INITIATION WITH MY ENEMY

De la même auteure chez

addictives

Le voisin parfait est un enfoiré

CAMILLA SIMON

INITIATION WITH MY ENEMY

addictives

À ma mémé, tu as toujours énormément lu
et tu étais tellement contente
lorsque je t'ai appris que je sortais un livre.
Tu étais si impatiente de le lire en papier,
malheureusement, tu es partie avant…

Tu étais si jeune dans ta tête et si libérée.
Je garderai toujours en mémoire ce fantasme
que tu avais et qui nous faisait tant rire,
nous, tes petites filles.

Je t'aime.

1

Galiane

Je lisse des plis imaginaires sur ma blouse unie impeccable et remonte machinalement mes lunettes sur mon nez, pour la énième fois. Je sais qu'elles sont bien en place pourtant ! Le regard braqué sur mes pieds, je toque d'une main tremblante à la porte du bureau de mon rédacteur en chef.

Inspire. Expire.

Ça ne sera pas pire que la fois où j'ai dû faire un discours à ma remise de diplôme quand j'ai été reçue première de ma promo. J'ai cru me faire pipi dessus puis j'ai repensé à ce qu'Eda, ma meilleure amie, m'avait glissé à l'oreille avant que je me lève : « Imagine-les tous à poil, même le doyen ! »

C'est ce que j'ai fait et je m'en suis sortie avec brio mais là je vais être seule avec mon chef qui me fout une trouille monstre et l'imaginer à poil n'est pas la meilleure des solutions : il est proche de la retraite et cela me collerait plutôt des sueurs froides. Beurk !

– Entrez !

Un frisson d'anxiété parcourt mon corps puis j'actionne la poignée et me jette dans la gueule du loup.

Je découvre mon rédacteur en chef, M. Stones, ainsi que le grand manitou installés dans un imposant canapé de cuir. Je travaille depuis peu pour ce magazine féminin britannique, *The Ladies*. J'y suis entrée pour effectuer un stage, et j'ai dû faire mes preuves au sein du service, à coups d'heures supplémentaires et d'acharnement, afin de conserver ma place à l'issue des six mois. Pourtant, même après tout ce temps, être seule face à ces deux hommes me tétanise : je sens la sueur couler le long de mon dos et mes mains devenir moites.

Et l'atmosphère générale de la pièce ne fait que me stresser davantage : tout est tellement en fouillis dans ce bureau ! Moi qui aime les choses carrées, rangées et organisées, j'en ai le cœur qui palpite. Oui, OK, je suis peut-être un petit peu psychorigide, mais j'ai besoin de garder le contrôle sur tout… D'autres diront que je suis maniaque, moi je me dis que je suis juste une fille un peu timide qui a besoin de rituels pour se sentir bien…

– Bonjour Gaïa, asseyez-vous, me lance M. Stones.

– C'est Galiane, le reprends-je tout en m'asseyant face à eux avec un énorme chat coincé dans la gorge.

Je déteste qu'on écorche mon prénom.

Il balaye ma remarque d'un geste de la main puis s'enfonce dans le canapé tandis que je triture mes doigts avec nervosité.

– Vous faites du bon boulot ici. Vos articles sont très bien rédigés et documentés. Vous avez su faire preuve de ténacité, de régularité et d'originalité depuis le début de votre contrat, et même encore avant, pendant votre stage. C'est pourquoi nous avons décidé de vous proposer une nouvelle mission !

Je les regarde, surprise mais ravie : mon travail depuis ces derniers mois a enfin payé !

– Vous allez lancer une nouvelle rubrique numérique. Vous serez désormais Miss Love !

Quoi ?

– C'est-à-dire ? demandé-je en sentant mon rythme cardiaque s'emballer.

J'ai peur de la réponse…

– Ce sera une rubrique où vous parlerez de sexe ! s'exclame-t-il joyeusement, pas gêné le moins du monde. Vous allez aborder des thèmes divers et variés sur ce sujet sous la forme d'une chronique hebdomadaire. Cela fait défaut dans notre magazine et nous avons besoin de renouveau pour mieux suivre les modes. Nous devons toucher un public plus jeune et vous êtes la benjamine du service, donc la plus au fait de toutes ces choses-là. Je suis persuadé que ça va plaire !

Si je dis non, il va se passer quoi ? Ils me vireront ? Je ne veux pas perdre mon job ! *The Ladies* est un magazine réputé en Grande-Bretagne, des milliers de journalistes en herbe rêveraient d'y travailler ! J'ai tout donné ces derniers mois afin que l'on m'offre un poste sérieux et intéressant. Et voilà qu'on me propose de rédiger une chronique sur le sexe.

Mais moi, je n'y connais rien au sexe ! Je suis vierge !

Eh oui, j'ai 22 ans et je le suis toujours !

Résumons : je suis une grande timide et je n'aime pas perdre le contrôle.

Conclusion : je n'ai jamais bu d'alcool ni fait l'amour.

Ma colonne vertébrale n'est plus la seule à être humide de sueur, je sens des gouttes descendre le long de mes tempes.

Je suis sûre que même M. Stones ferait une meilleure chronique que moi ! Au moins, lui, il peut prononcer le mot « sexe » sans rougir comme une pivoine…

Dis quelque chose, Galiane !

Les deux chefs me dévisagent dans l'attente d'une réponse de ma part, l'air serein, comme s'ils étaient persuadés de me faire le plus beau cadeau du monde. Alors je prends une profonde inspiration, m'éclaircis la voix et lâche un « oui » qui va tout bouleverser.

Cette chronique n'est pas une opportunité, non… C'est un fardeau. Et comment vais-je expliquer ça à mes parents ?! Mon père est pasteur !

« Salut papa ! J'ai eu une belle proposition aujourd'hui au boulot ! Je vais écrire des articles qui parlent de cul, de pénis et de vagin ! »

Je vais me taire, ça vaudra mieux…

– Parfait ! s'extasie M. Stones. On part sur un rendu en début de semaine prochaine, pour votre première chronique ? Ça vous laissera le temps de la peaufiner, même si je suis sûr que les idées fusent déjà ! Pour les sujets, vous avez carte blanche, choisissez ce que vous voulez et surprenez-moi !

Trop généreux…

Je vais parler de quoi ? Je n'y connais absolument rien, moi !

***

Pourquoi je lui ai raconté ?!

Ma meilleure amie se tord de rire derrière son comptoir en zinc. Elle est littéralement en train de se foutre de moi, elle a même arrêté de ranger les étagères derrière elle, où sont étalés tous les alcools possibles et imaginables.

J'ai les joues en feu. Elle n'est pas discrète : malgré la musique et le brouhaha habituel du petit pub rustique qu'est le Red Lion, les gens nous dévisagent et cela me met vraiment mal à l'aise.

– Eda ! Chut !

– Oh, mais c'est fort, ça ! C'est une vierge qui va parler de cul !

– EDA !

Je baisse les yeux sur le bar et agrippe de mes deux mains mon verre vide.

Je sens sur moi le regard railleur de Sedge, le frère d'Eda, qui sert des clients à l'autre bout de la pièce. Même s'il ne nous entend sûrement pas de là où il est, il a dû remarquer mes joues écarlates et il doit être ravi de voir que je suis mal à l'aise…

On aurait pu penser qu'en tant qu'amie de sa sœur et petite sœur de son meilleur ami, j'aurais eu droit à au moins un peu de sympathie de sa part, mais non ! Il me déteste et me le fait bien sentir, et ce, depuis qu'on est gamins. Je crois qu'il n'a jamais raté une occasion de se foutre de moi !

Nos mères sont meilleures amies depuis le lycée pourtant. Elles ont d'ailleurs eu nos deux frères en même temps, et Eda et moi en même temps aussi, deux ans plus tard.

Bref, tout le monde s'entend à merveille dans ces deux familles, sauf Sedge et moi ! Il était parti à Paris pour ses études de commerce et j'aurais préféré qu'il y reste ! Sa sœur et lui ont eu ce pub grâce à leur oncle Phil qui a pris sa retraite depuis peu et qui leur a proposé de prendre sa suite. Il ne s'est jamais marié, n'a jamais eu d'enfants, et il avait bien envie que cet endroit qui lui tenait tant à cœur reste dans la famille. Son neveu et sa nièce avaient toujours adoré ce pub et ils ont tout de suite accepté : Eda a été formée par Phil, et Sedge a décidé de suivre un cursus qui va lui permettre de mieux gérer cette affaire.

Mais apparemment ce cursus est fini…

Dommage !

Sedge est le genre de type arrogant et imbuvable que je préfère éviter à tout prix.

– Ton jus d'ananas, m'annonce Sedge, et j'entends très bien la moquerie dans sa voix.

Son bras me frôle alors qu'il dépose sans ménagement le verre devant moi, et je ne peux m'empêcher d'observer les muscles tendus de son avant-bras. Tiens, tiens, c'est nouveau ça… OK, Sedge a toujours été beau, mais il n'a jamais été baraqué comme ça, si ?!

Mes yeux remontent machinalement sur son visage pour continuer leur inspection. J'observe, un peu plus attentivement que tout à l'heure, sa barbe de quelques jours et sa mâchoire carrée.

Nan mais depuis quand il est devenu aussi… sexy ?

OK, il a toujours ce petit air supérieur insupportable, mais à part ça, waouh !

Cela fait déjà une semaine qu'il est revenu de France mais je suis toujours aussi surprise par son physique. Il a tellement changé. Le jeune homme a laissé place à un mâle beau à regarder, malheureusement… J'ai des yeux pour voir et je me dois d'être objective même si cela m'écorche de l'admettre.

Sedge doit sentir mon regard sur lui car il tourne la tête dans ma direction, et je détourne aussitôt les yeux. Autant éviter de lui tendre une perche pour qu'il se moque de moi s'il me trouve en train de baver devant son physique de beau gosse exécrable !

– Merci, fais-je du bout des lèvres en braquant mon regard sur le comptoir, me forçant à ne pas croiser ses yeux si particuliers, noisette au centre et vert sur le pourtour.

Pourvu qu'il n'ait pas compris les propos de sa sœur !

Ça aussi, ça serait une belle perche pour qu'il se foute de moi, tiens…

Je ne crie pas ma virginité sur tous les toits. Il n'y a qu'Eda qui est dans la confession et j'ai mis du temps avant de lui dire. Elle ne me juge pas même si parfois elle essaie de me convaincre de me faire « sauter » par le premier homme venu pour que je sache au moins de quoi il s'agit…

– Tu as un plan ? reprend Eda en se tournant vers moi.

– Un plan ?

– Pour cette Miss Love ? Tu vas faire comment ?

Je prends une gorgée de mon jus de fruits afin de me donner une contenance. Des milliers de questions sans réponses viennent me vriller le cerveau.

– Tu pourrais me parler de ta vie sexuelle ? demandé-je en faisant une mine triste.

– Ça va pas ! Si Lewis tombait sur ta chronique, il me priverait de sexe à coup sûr !

– Tu ne veux même pas prendre le risque pour ta meilleure amie ?

– Tu comprendras quand tu auras vu le loup, jeune demoiselle ! Je t'aime mais là, toi contre du sexe, c'est le dernier que je choisis.

Je lui adresse une moue boudeuse qui la fait rire. Sedge la rappelle à l'ordre silencieusement en lui envoyant un regard mauvais.

– Je dois me remettre au boulot, mon associé ne plaisante pas avec ça. Je vais finir par regretter qu'il ait fini ses études… souffle-t-elle en plissant le nez.

J'observe ma meilleure amie servir une bière à la pression et je pars dans mes pensées en admirant ses gestes fluides et alertes.

Toute cette histoire me stresse. Je ne vais quand même pas coucher avec le premier homme venu pour pouvoir rédiger ma chronique !

Je n'ai jamais été attirée par le sexe et surtout je ne me suis jamais sentie assez en confiance avec mon corps pour expérimenter la chose.

– Tu n'as qu'à regarder du porno, souffle Sedge à mon oreille, me faisant sursauter.

Mon jus d'ananas se renverse partout sur moi, mais sur le coup, je m'en fiche presque, car une seule information arrive à mon cerveau : il a donc tout entendu…

Sedge sait que je suis vierge ! Oh, mon Dieu…

Et en plus, ce salaud ne se gêne pas pour me le renvoyer à la figure !

Je le fusille du regard, attrape une serviette en papier sur le comptoir et essaye de réparer les dégâts mais je pense que je ne fais que les aggraver.

– Et voilà ! Tu es content ?!

– Pas de ma faute si tu es toujours dans la lune. Je te donnais juste un conseil.

J'ai envie de lui coller mon poing dans la figure.

– Je n'en ai rien à faire de tes conseils, monsieur le queutard !

– Il faudrait peut-être que tu ailles en trouver une, de queue, petite fouine, si tu ne veux pas que tes chroniques tombent à l'eau et qu'ils te congédient, dit-il, moqueur.

Un sourire en coin apparaît sur son visage.

Ravie de voir que mon absence de vie sexuelle l'amuse…

Et puis il m'énerve avec ce surnom débile ! Quand j'étais enfant, j'étais très curieuse et je voulais toujours tout savoir, et bien sûr, il a retourné ça contre moi en m'affublant de ce petit nom.

Mais la petite fouine, elle lui dit merde !

Néanmoins, une boule se fiche dans mon estomac. Car, même si je déteste l'admettre, il n'a pas tort sur tous les points. Je vais me faire virer dans exactement une semaine…

2

Galiane

Je rentre dans notre spacieux appartement, situé non loin de Trafalgar Square, juste au-dessus du Red Lion. Le bâtiment est de style victorien avec sa façade blanche, typiquement londonien, et j'ai la chance de le partager avec ma meilleure amie. Leur oncle a laissé à Sedge et Eda le pub ainsi que deux logements voisins. Eda m'a gentiment demandé si je voulais être coloc et Sedge a proposé son appart à mon frère, Brock, le temps qu'il finisse ses études à Paris.

Et maintenant qu'il est revenu, je suppose qu'ils vont faire une coloc, eux aussi.

Je range mes chaussures toujours au même endroit, de manière qu'elles soient parfaitement alignées dans le placard réservé à cet effet. J'attrape également les bottines de mon amie, qui traînent en plein milieu du couloir qui mène à nos chambres. Je sais qu'elle est bordélique, et je sais aussi que la règle de notre « cohabitation sans heurts » est que chacune s'occupe de ses propres affaires, mais parfois, c'est plus fort que moi, je ne peux pas m'empêcher de remettre un peu d'ordre ! Je prends ensuite tout mon temps pour me préparer un sandwich aux crudités et au tzatziki, me sers un verre de jus de tomate et finis par m'installer dans le canapé.

Bon, l'heure est venue…

J'ai repoussé ce moment au maximum, mais maintenant je dois prendre mon courage à deux mains. En plus, Eda fait la fermeture ce soir, donc c'est le moment idéal pour me lancer un « film instructif » via l'Apple TV.

Grâce à la recherche vocale, je dicte le mot *porno*, sans pouvoir m'empêcher de baisser la voix, puis clique d'une main fébrile sur la première miniature apparaissant dans ma recherche. J'ai déjà vu des courts extraits de ce genre de… films ? Documentaires ? Mais je n'ai jamais poussé le vice jusqu'à en regarder un plus de quelques minutes. Pourtant, je dois le faire pour mon nouveau poste, je n'ai pas le choix.

Je commence à croquer dans mon sandwich lorsque la porte d'entrée s'ouvre à la volée, me faisant sursauter et battre le cœur à tout rompre. Un gémissement me parvient mais mon regard paniqué est dirigé vers Sedge qui, lui, regarde l'écran.

Oh, mon Dieu ! Où est cette fichue télécommande ?!

– Tu as écouté mon conseil à ce que je vois, dit Sedge d'un ton goguenard.

Je rentre la tête dans les épaules et appuie frénétiquement sur la télécommande mais celle-ci ne veut pas obéir. Mes doigts tremblent et deviennent moites.

Je voudrais m'enfouir au fond de mon lit, me recouvrir de ma couette et oublier le moment le plus embarrassant de ma vie.

Je jette un regard en coin en espérant que Sedge a eu la décence de partir mais non, il est toujours là, la tête penchée, le regard braqué sur la télé.

Il fronce le nez puis son regard s'ancre au mien.

– Tu comptes faire un article sur ça ?!

Je me lève et parviens enfin à éteindre la télé avec le bouton situé sur le côté de celle-ci. Le silence revient dans la pièce. Que ça fait du bien de ne plus entendre les gémissements que les acteurs poussaient !

– Je me documentais, sombre idiot ! Comme tu le sais déjà, je ne maîtrise pas le sujet !

Il souffle puis passe une main sur l'arrière de sa tête, mettant à mal sa coupe de cheveux déjà pas très bien soignée. Son geste fait remonter son tee-shirt et mon regard plonge vers ce bout de peau dénudé. Je détourne rapidement le regard.

Mais ça va pas !

Qu'est-ce qu'il me prend ? Il est vraiment sexy, certes, mais ce n'est pas une raison pour que je me mette à le reluquer tout à coup ! Je crois que toute cette histoire de Miss Love commence à me monter à la tête…

– Il est pour quand, ton article ?

– Pourquoi ? grogné-je en croisant les bras sur ma poitrine.

– OK. Bye ! dit-il, insolent, en faisant volte-face.

– Pour dans six jours… annoncé-je d'une petite voix.

Il se place alors face à moi, une main sur son torse et l'autre se frottant le visage, tout en me fixant intensément de ses yeux particuliers. J'aimerais lui faire rabattre l'air supérieur qu'il affiche en cet instant.

– Le plaisir féminin, ça te parle ?

Je fronce les sourcils. Où veut-il en venir ?

– Bon sang, petite fouine ! Ne me dis pas que tu ne t'es jamais touchée ?!

Je rougis tandis que mon estomac semble peser des tonnes.

Je suis vraiment en train d'avoir cette conversation avec Sedge ?!

Je fais non de la tête sans oser le regarder dans les yeux.

– Alors tu n'as plus qu'à !

J'écarquille les yeux. Il me conseille réellement de me… toucher ?!

Où est mon lit ? Je veux hiberner et je m'en fiche bien si on est au printemps !

– Si tu veux rédiger ton premier article, oui. Tu as ton sujet : le plaisir féminin solitaire. Souvent tabou mais pratiqué et utile à vous, les femmes.

Il me lance un clin d'œil après sa dernière tirade, commence à pivoter vers la sortie puis se ravise. Il lève sa main devant lui, écarte son index et son majeur en leur faisant faire un V puis passe sa langue entre eux tout en me décochant un sourire moqueur.

– Connard ! éructé-je.

– Vierge ! me balance-t-il en claquant la porte vivement derrière lui.

Je m'écroule sur le canapé et souffle sur une mèche me barrant la vue.

Comment je peux envisager ne serait-ce qu'un instant de suivre le conseil de ce trou du cul ?!

Je ne suis pas à l'aise avec mon corps, alors envisager de me caresser, de m'explorer… Mais si je veux garder mon boulot, il faudra bien que j'écrive un article et Sedge a raison, me crie ma conscience. Je suis une femme, je dispose de ce qu'il faut et je pourrais donc me « documenter » en direct. Je dois prendre mon courage à deux mains et me lancer…

Un bip retentit sur mon téléphone, coupant court à mes pensées. Je m'en empare et vois rouge. C'est encore Sedge.

[Il paraît que dans la baignoire
c'est bien avec le pommeau
de douche, petite fouine.]

Je m'étrangle.

[Va te faire foutre, enfoiré !]

[C'est toi qui devrais essayer…]

Je balance mon téléphone sur le canapé et me dirige vers ma chambre d'un pas rageur. Je déteste ce type !

Comment peut-il être le frère d'Eda et le meilleur ami de mon frère ?!

La porte de ma salle d'eau est entrouverte, j'aperçois le pommeau dans ma douche.

Je déglutis avec dégoût et tourne le dos. Envisager de me caresser, c'est une chose, mais envisager de me caresser *à l'aide d'un objet*, c'est au-dessus de mes forces !

Mon téléphone émet un nouveau bip.

Si c'est encore ce petit fouille-merde de Sedge, je vais lui dire ma façon de penser !

Déjà qu'il connaît mon secret le plus « honteux »…

Car oui, être vierge à 22 ans dans notre société actuelle n'est pas commun.

Je me saisis de mon portable et découvre, ahurie, son message, assorti d'un lien Internet podcast sobrement intitulé « Dans mon bain ».

[Va voir Voxxy.org, ça va t'aider.]

C'est quoi ce truc ?

Mais ma curiosité a raison de moi. Je clique sur le lien et découvre un site audio pour les femmes.

Cet abruti m'a envoyé sur un site porno audio !

[Alors ?]

[Alors rien du tout,
p'tit merdeux !]

[Je fais ça pour t'aider…
J'ai hâte de lire ta chronique…]

Je ne sais pas pourquoi, mais son texto me semble étrangement sensuel. C'est comme s'il me murmurait à l'oreille qu'il avait hâte de pouvoir m'imaginer faire toutes les choses que je vais décrire dans mon article…

Je chasse cette pensée saugrenue, le regard braqué sur l'écran de mon téléphone.

J'écoute ? J'écoute pas ?

Mon cerveau livre une bataille acharnée avec ma conscience mais je finis par lancer le podcast.

Une douce voix féminine commence à parler et à décrire l'ambiance avec en bruit de fond de l'eau qui coule en goutte à goutte. Elle m'enjoint de me détendre, de prendre une profonde inspiration puis commence à parler de mes doigts qui vont explorer ma zone la plus intime de mon corps. « C'est chaud », « C'est doux », « Tu as envie de plus ? Alors fais bouger tes doigts plus vite ». Sa voix se fait langoureuse, sa respiration devient forte et erratique.

Est-ce qu'elle est en train de se… en même temps ?!

La femme commence à gémir doucement, tout en continuant à parler d'une voix fébrile.

OK, plus de doute possible…

Je rougis comme une tomate, et un léger frisson me parcourt, alors que son plaisir évident envahit la pièce. Elle a l'air de vraiment prendre son pied…

C'en est trop pour moi. Je ferme mon téléphone, passe sous la douche pour me changer les idées et me plonge sous la couette.

Cette journée ne peut pas avoir existé. C'est juste un cauchemar, je vais me réveiller !

3

Galiane

The Faim en fond sonore dans mes écouteurs, je m'active à nettoyer les traces de mon petit déjeuner, tandis qu'Eda, qui a fini tard dans la nuit, est toujours au lit. Après la nuit que je viens de passer, j'ai besoin de ranger, de faire le ménage. J'ai rêvé de la scène suggérée dans Voxxy et me suis réveillée ce matin avec le corps en ébullition. Je ne comprends pas l'état dans lequel je suis. Cette chronique va me tuer…

Heureusement aujourd'hui nous sommes samedi. Je vais pouvoir me documenter en toute intimité dans ma chambre et pas au bureau devant tous mes collègues. Je sursaute en entendant la sonnette retentir.

– Brock ! Tu m'as foutu une de ces trouilles ! m'époumoné-je en découvrant mon frère sur le pas de la porte, un sourire fier sur le visage.

Je lui octroie un coup de poing sur le biceps.

– T'as pas du sucre ? On n'en a plus, demande-t-il en pénétrant dans l'appart en laissant la porte entrouverte.

– On n'est pas votre supérette personnelle, fais-je, une main sur la hanche. Il va peut-être falloir que vous alliez faire les courses. Hier c'était du beurre qu'il vous fallait.

– Vous êtes juste à côté…

– C'est pas une raison pour nous taxer !

– Allez, ma petite sœur préférée, du sucre… dit-il en prenant un regard de chien battu.

– Je suis ta seule sœur.

– Oui mais tous les frères rêveraient d'avoir une sœur comme toi…

– C'est bon, arrête ton opération de charme… dis-je, un sourire sur le visage.

Il sait que je ne peux jamais lui résister bien longtemps.

Je me dirige vers le placard et en sors du sucre. Mais je me fige dans mon geste quand j'entends Sedge souffler à mon frère depuis le palier :

– Demande-lui aussi du café, il n'y en a plus…

Je soupire. De vrais gamins…

– Ce ne serait pas plus facile que vous preniez votre petit déjeuner ici ? fais-je, ironique.

– Ah, ben si tu le proposes si gentiment, commente le trou du cul qui me sert de voisin en entrant aussitôt dans notre appartement.

Je serre la mâchoire alors qu'il prend place sur une chaise, en passant sa main dans ses cheveux châtains aux reflets roux qui lui tombent légèrement sur le front. Je hais ce type ! Il m'exaspère, m'irrite et me met dans une rage folle en deux secondes. C'est comme s'il y avait un bouton spécial « Sedge » et quand il appuie dessus, je pète les plombs. Et je sais qu'il aime ça, ce p'tit con ! Il ne fait que me chercher en permanence.

Déjà un sourire en coin apparaît sur son visage. Il sait que ça m'énerve qu'il soit là et puis d'ailleurs, il ne pouvait pas s'habiller avant de venir ?! Il est torse nu et cela ne semble pas le gêner le moins du monde. Il est beau, ça c'est indéniable. Son corps est très bien sculpté, fin et sec, juste ce qu'il faut. Mais est-ce que c'est une raison pour se passer de fringues ?! N-O-N.

Inspire. Expire.

Il est juste ici pour le petit déjeuner et ensuite basta !

Mon frère avale ses tartines rapidement car il est déjà en retard pour son travail de « consultant cloud ».

Après des mois à lui demander de m'expliquer concrètement ce qu'il fait, et après des mois à ne rien comprendre à ses réponses, j'ai fini par laisser tomber…

En revanche, Sedge a l'air de prendre tout son temps. Il remue son café d'un geste lascif. Je sens son regard sur moi, pénétrant et curieux. Mes épaules se tendent, je me tourne et m'active sur la vaisselle. Dos à lui, je peux contrôler mes humeurs et éviter de lui en coller une. Pourquoi ne suis-je plus adolescente ? Je me contrôlais beaucoup mieux en sa présence.

Soudain, je me crispe en sentant son corps juste derrière moi. Son bras nu apparaît à ma vue lorsqu'il dépose son mug dans l'évier. Je déglutis de gêne.

Inspire. Expire.

– Tu as passé une bonne soirée ? demande-t-il à mon oreille. Voxxy a su te guider ?

Oh ! L'enfoiré !

Je pivote vivement vers lui, mes reins contre le plan de travail et lui toujours aussi près de moi. Je détaille ses yeux si particuliers avec colère et le repousse d'une main sur son torse nu.

Il est aussi sexy qu'il est pénible !

– J'ai pas écouté ! Je me suis couchée et j'ai passé une nuit reposante.

– Tu mens.

– N'importe quoi !

– Si. Je te connais. Je parie que tu as écouté et que tu en as été choquée.

Il croise ses bras sur sa poitrine et colle un air suffisant sur sa belle gueule.

– Non.

– Si. Et ensuite tu t'es couchée sans même t'être touchée !

– Je…

Je me frotte le front, la bouche soudain sèche. Comment peut-il lire en moi si facilement ?

– Cinq jours, petite fouine. Il est temps que tu te serves de tes doigts… me souffle-t-il à l'oreille, en se rapprochant à nouveau.

Son souffle chaud balaye ma joue, me provoquant des frissons que je ne m'explique pas.

– Dans la baignoire, Lia. Écoute mon conseil.

Dans sa bouche, ce surnom qu'il utilisait petit me déstabilise, et pendant un instant, je ne sais pas comment réagir. Je finis par lui jeter à la figure l'éponge que je tenais encore, mais je le rate de peu.

Pour toute réponse, j'ai droit à son rire moqueur et la porte qui claque.

Je le déteste !

***

Eda est de soir encore. Parfait ! Je vais pouvoir me faire une soirée télé en tête à tête avec moi-même. J'ai tenté de me documenter cet après-midi sur Google, j'ai parcouru des tonnes d'articles Wikipédia mais tout me semblait sonner faux... Je suis un peu démoralisée, je ne sais pas comment je vais pouvoir écrire la première chronique de Miss Love.

Je m'affale sur le canapé et allume la télévision où je tombe sur *Cinquante nuances de Grey* qui vient juste de commencer. Je pars vite chercher mon carnet et un stylo afin de prendre des notes, peut-être que c'est le bon compromis pour apprendre sans avoir à regarder des films porno. Je rentre facilement dans le film, il faut dire que l'acteur est... hot ! Et j'aime beaucoup Anastasia. Elle pourrait être moi : jeune et sans expérience. Je bloque totalement sur une scène, curieuse mais aussi très envieuse... Je me sens émoustillée et la chanson de Beyoncé, « Haunted », renforce ce sentiment. Christian surprend Anastasia dans sa chambre et la déshabille tout en lui masquant la vue. Je ne me rends pas compte à quel moment j'ouvre la bouche mais je regarde, hypnotisée, la scène qui se passe sous mes yeux. Je n'ai jamais voulu regarder ce film, au grand désespoir d'Eda. Ce genre de films ne m'intéressait pas mais ce soir je le découvre avec un autre regard : il est instructif même si j'ai laissé tomber la prise de notes, beaucoup trop absorbée par ce qu'il se passe sur l'écran et me demandant bien ce qu'un glaçon peut provoquer. Je sursaute au bruit de la claque qu'administre Christian à sa partenaire et me cache les yeux. Oh, bordel… Et l'acteur… Jamie Dornan est si sexy… Je me mords la lèvre…

Arf !

Je me lève, fais trois allers-retours dans le salon. Les mains moites, je me frotte le front, remonte les lunettes sur mon nez.

Et puis mince ! Qui le saura ?! Ça restera juste entre mon corps et moi !

Je dispose des bougies tout autour de la baignoire, me plonge dans l'eau chaude du bain, et enclenche nerveusement la playlist de *Cinquante nuances de Grey*.

Si ça peut m'aider à me détendre…

Je reste d'abord immobile, sans savoir par quoi commencer. J'ai terriblement conscience de mon corps à cet instant, de ce que je m'apprête à faire, et l'appréhension monte en même temps que mon rythme cardiaque s'accélère.

Peut-être que si je ferme les yeux…

Je clos mes paupières, tente de me relaxer, de ne pas trop me poser de questions. Mes mains un peu tremblantes viennent effleurer mes tétons qui se durcissent sous mes caresses. Je les pince et me mords la lèvre lorsque je sens des fourmis monter doucement le long de ma poitrine et descendre au creux de mon intimité. J'arrête aussitôt, prise de timidité.

Pourtant je suis seule ici dans cette salle de bains, et personne ne peut savoir ce que je m'apprête à faire !

J'inspire longuement et reprends l'exploration de mon corps.

Mes tétons dressés fièrement, j'englobe mes seins, les pétris, les malaxe, remarquant pour la première fois la douceur de ma peau. De mon autre main, je trace des cercles sur la peau de mon ventre puis atteins mon pubis. Ma gêne est toujours présente mais elle est vite balayée par une chaleur qui envahit par vagues mon corps… J'ai un moment d'hésitation mais je me rabroue.

Courage ! Pense à Miss Love !

Mes doigts glissent plus bas jusqu'à rencontrer mes lèvres et mon clitoris. Je pose mon index sur ce dernier et commence à dessiner des ronds hésitants autour de lui. Au début, je ne ressens pas grand-chose, mais petit à petit, une sensation d'ivresse s'insinue en moi. Yeux fermés, je me laisse emporter par la chanson. Puis, instinctivement, je frotte mon anatomie en un va-et-vient de plus en plus rapide et le plaisir augmente. Des frissons me parcourent et m'électrisent et je sens un feu inconnu couver au creux de mon intimité.

Je veux en découvrir plus, aller plus loin…

Mon index descend et écarte mes lèvres, j'hésite un instant à aller plus loin mais l'excitation me pousse à continuer.

Je glisse mon doigt à l'intérieur de mon intimité et commence un long va-et-vient. Mon autre main caresse mon téton érigé, un bien-être encore plus grand m'envahit et m'arrache un gémissement. Je me laisse guider et emporter par les sensations que je ressens dans tout mon être. L'électricité parcourt mon corps et laisse une traînée incandescente sur son passage. Mon ventre se tord, mon vagin enserre mon index et je pousse un cri comme je n'en ai jamais poussé de ma vie !

– Bordel de cul de merde !

J'ouvre grand les yeux en comprenant que c'est moi qui viens de sortir cette injure. Ma poitrine tendue monte et descend au rythme de ma respiration saccadée.

Je viens… Je viens de me toucher et c'était incroyable. Je viens de me donner mon premier orgasme !

Mon portable émet un bip.

[Tu as pris ton pied, petite
coquine. Je t'ai entendue.
Heureusement que ton frère
n'est pas là.]

Quoi ?!

Paniquée, je me redresse aussitôt, n'osant plus laisser échapper un son. Mon excitation redescend d'un coup, mon bien-être est remplacé par un sentiment de honte et j'ai juste envie de me plonger dans l'eau de mon bain afin d'oublier que Sedge m'a entendue…

Comment je vais faire pour soutenir le regard goguenard qu'il ne manquera pas d'afficher demain ou pour supporter ses allusions sûrement à peine masquées quand il me parlera ?

J'ai plus qu'à le tuer et à cacher son corps !

Pourquoi nos appartements sont-ils sur le même palier, et pourquoi les murs sont-ils si fins ?!

Bien sûr, il fallait que Sedge vienne gâcher ce moment pourtant si intense ! Je n'en reviens pas d'avoir osé me masturber pour la première fois de ma vie… Et j'en reviens encore moins de ne pas l'avoir fait avant ! Toutes ces sensations nouvelles que je ne soupçonnais même pas… C'était si bon.

Alors j'enfouis ce connard de Sedge au fond de mon cerveau et me focalise sur ma victoire du jour : je vais pouvoir rédiger ma première chronique sereinement, en sachant vraiment de quoi je parle. Et pourquoi pas remettre ça !

4

Galiane

Je suis vraiment sur le point de faire lire ça à mon boss ?

Il m'a demandé de le prévenir dès que j'avais fini pour que l'on débriefe ensemble de vive voix, mais là, tout de suite, j'ai plutôt envie de m'enfuir en courant. Je relis une dernière fois ma chronique, si intime, sur un sujet si délicat pour moi… C'est déjà compliqué d'aborder la question du sexe avec Eda, mais alors avec M. Stones !

Bon, courage, le plus dur est fait, maintenant je n'ai plus qu'à appuyer sur une misérable touche !

Les mains moites, j'envoie enfin à mon rédacteur en chef le résultat d'une semaine de stress total et de découvertes inattendues :

Un plaisir solitaire qu'il ne faut pas taire !

Aujourd'hui je voudrais vous parler du plaisir solitaire chez les femmes.

Je vous vois lever les yeux en l'air en disant « Jamais de la vie ».

Eh bien croyez-moi, vous avez tort !

Je vous conseille… Non, je vous ordonne même de partir explorer votre corps et plus particulièrement votre vagin !

Ce sujet encore tabou à l'heure actuelle dans notre société est pourtant primordial.

En tant que femme, nous devons nous connaître nous-même avant de laisser quiconque nous donner du plaisir. Qui de mieux que vous pour savoir ce qui vous plaît ? Ce que vous désirez et ce que vous n'aimez pas ?

Alors faites-vous couler un bain chaud et attrapez votre pommeau de douche ou installez-vous confortablement dans votre lit, tamisez les lumières et partez à l'exploration de vous-même accompagnée d'une musique sensuelle. L'ambiance est importante afin de libérer vos réticences et d'entrer plus facilement dans votre fantasme.

Laissez courir vos doigts sur votre peau frémissante et caressez-vous.

Donnez-vous du plaisir !

Libérez-vous des tabous et devenez la meilleure amie de votre vagin !

Miss Love

Je frappe à la porte entrouverte du bureau de mon boss. Il me fait signe d'entrer tout en continuant sa conservation téléphonique, et je prends place en face de lui.

Allez, je peux le faire…

– Oui, Gaïa ? demande-t-il après avoir raccroché.

C'est Galiane… Je vais me l'écrire sur le front à force…

– Je viens de vous envoyer la chronique pour Miss Love.

– Ah, oui, très bien.

Il s'empare de la souris de son ordinateur, le regard braqué sur l'écran. Pendant quelques instants, il reste impassible, et je déglutis difficilement. Est-ce que mon article est si nul que ça ? Ce n'est pas ce qu'il attendait ? Puis il finit par lever les yeux vers moi, un large sourire aux lèvres.

– C'est très bien, Gaïa. Vous avez fait du bon travail.

– Vraiment ?!

Je n'en reviens pas. Ma chronique a plu !

– Oui. Vous dites les choses sans détour, c'est parfait ! C'est exactement ce qu'il nous faut, une Miss Love libérée qui n'a pas peur d'appeler un chat un chat !

S'il savait…

– Je transmets votre article rapidement afin qu'il soit mis en page et diffusé dans les plus brefs délais, enchaîne-t-il. J'attends votre prochaine chronique pour la semaine prochaine.

Ma joie retombe aussitôt, et la peur m'assaille de nouveau. Prochaine chronique dans sept jours…

Je vais écrire sur quoi ?!

***

Je débarque à l'appartement après avoir passé une

journée à me triturer les méninges sur le sujet du prochain article. J'hésite, clé enfoncée dans la serrure, lorsqu'un bruit me parvient depuis l'appartement des garçons. Je regarde ma montre. Ça ne peut pas être mon frère, il rentre habituellement bien plus tard du travail.

Je souffle puis prends mon courage à deux mains et vais taper deux coups sur le bois dur de la seule autre porte présente sur le palier.

– Eh, Miss Love ! Terrible ta chronique ! m'accueille Sedge en levant ses sourcils en alternance.

Je pose ma paume sur son torse nu et le fais reculer pour entrer dans son appart. Ses yeux taquins viennent se poser sur ma main et je la retire aussitôt, remonte mes lunettes pour me donner une contenance, ferme la porte derrière moi puis prends une grande inspiration.

– J'écris sur quoi, maintenant ?

Son rire fuse, mais quand je le foudroie du regard, il a la décence de s'arrêter. Il se dirige dans son salon et se laisse tomber souplement sur son canapé en cuir marron. J'en fais de même mais en gardant bien une distance entre lui et moi. Le dos raide, je n'ose le confronter du regard. Cette situation est totalement absurde. Je viens quémander de l'aide auprès de la seule personne que je déteste et qui ne se gênera pas pour se foutre de moi.

– Tu es vraiment en train de me demander conseil ou je rêve ?

– Sedge, grondé-je.

– Galiane.

Soupir.

Ce type m'exaspère. Il me met hors de moi en un temps record.

– OK, je vais t'aider mais j'ai quoi en échange ?

– Tu me fais du chantage ?

– Non, je te propose un troc. Je t'aide sur les sujets de ta rubrique et toi… (Il pose son index sur son menton mal rasé, yeux levés sur le plafond.) Je sais ! Tu nous nourris !

– Pardon ?!

– Bouffe contre conseils sur le sexe. C'est à prendre ou à laisser, petite fouine.

– Mais tu vas arrêter avec ce surnom débile, p'tit merdeux !

– Non, j'aime trop te voir enrager ! Bon, alors, tu as fait le plaisir féminin, donc ton prochain article sera sur le plaisir masculin !

– Et je fais comment ?! J'ai pas de pénis ! Et ne me dis pas en regardant du porno ! le stoppé-je. J'ai donné une fois, ça m'a suffi ! Je vais voir si Eda peut m'aider.

Sedge grimace à l'évocation de sa sœur.

– Tu m'as moi. J'ai un pénis.

– Ah bon ? Tu l'as encore ?! Non parce que vu comment tu traites les femmes, je m'étonne que l'une d'entre elles ne te l'ait pas coupé, fais-je en mimant un coup de ciseaux de mes doigts.

Je l'entends déglutir rapidement.

Galiane 1 – Sedge 0.

Oh, que c'est jubilatoire de le voir perdre de sa superbe

même si cela ne dure qu'une micro-seconde !

– Tu peux aussi te débrouiller seule, Miss Love, dit-il en se dirigeant vers la porte.

– OK, c'est bon.

J'extirpe un carnet et un stylo de mon sac à main et m'installe plus confortablement sur le canapé. Pourquoi n'ai-je jamais exploré le sexe ? Je ne serais pas dans cette situation sinon, à me sentir piégée face au regard supérieur de Sedge. Il se joue de ma naïveté, s'en amuse et s'en délecte. Je le devine très bien à ses yeux brillants de suffisance.

– Je t'écoute.

– Alors le pénis, tu vois comment c'est fait ? demande-t-il sans attendre de réponse. Au bout il y a le gland et vers l'arrière les testicules. Elles sont très importantes. Elles sont souvent mises de côté. Erreur !

Je le sens mal…

Mes joues s'enflamment aussitôt, je triture mes mains et évite soigneusement son regard.

Est-ce que c'est humainement possible d'être plus mal à l'aise ?

Sedge continue son explication à grand renfort de gestes et je sais qu'il prend un malin plaisir à ce malaise que je ressens. J'ouvre mon carnet, enlève le capuchon du stylo et décide de prendre des notes. Au moins, comme ça, j'ai une bonne raison de ne pas le regarder dans les yeux… Tout ça est vraiment trop déstabilisant et déroutant.

– Quand on est excités, l'afflux de sang nous fait bander.

Je manque de m'étrangler face à son langage cru. Il parle de sexe comme s'il me racontait sa journée derrière le comptoir de son bar. Naturellement. Et voilà qu'il accompagne sa phrase d'un geste plus qu'explicite… Et voilà que, du coup, je l'imagine en érection… Oh… J'ai envie de me cacher et d'oublier toute cette conversation.

Mais il reprend, indifférent à ma gêne.

– Il ne faut pas se concentrer que sur le pénis, Lia. On a plein de zones érogènes comme les tétons, les oreilles, etc. J'adore, par exemple, caresser mon gland du bout du pouce tout en malaxant mes couilles…

J'ai la bouche sèche.

Ne l'imagine pas, ne l'imagine pas…

– Galiane, tu suis ?

– Oui, oui… soupiré-je.

– Tu veux un dessin ?

– Un dessin ? Pour quoi faire ?

– Tu m'as l'air toute perdue. Tu as déjà vu un pénis quand même ? Tu as déjà dû jouer à touche-pipi, non ?

Il se fout de moi ! Je vois bien à ses yeux débordant de taquinerie qu'il prend un malin plaisir à me torturer.

– Bon, je reprends. Lorsqu'une femme nous fait une pipe, ce qu'on aime nous en tant qu'homme, c'est lâcher prise. Notre bien le plus précieux se trouve dans votre bouche. Il faut faire attention à vos dents mais nous sommes aussi à votre merci. Et une bouche… Mon Dieu, c'est même mieux qu'un vagin, Lia.

J'ai l'impression d'avoir des vapeurs. J'aimerais m'éventer avec mon carnet mais je ne veux pas lui montrer mon trouble. Sa voix, sa façon de parler, son attitude et ses yeux pénétrants me renversent malgré moi. Je ne devrais pas éprouver ça, je ne devrais pas sentir ma culotte s'humidifier alors que mon pire ennemi est en train de me parler…

– Lorsque vous nous sucez, il ne faut pas vous contenter d'utiliser que votre bouche. Nous avons la chance, pour certains, d'être bien montés, et vous, vous avez une petite bouche, alors pensez à utiliser une de vos mains à la base de notre sexe…

Oh, bazar… J'ai chaud ! Ma bouche est sèche, j'aurais bien besoin d'un verre d'eau et puis tant qu'à faire d'une bassine remplie de glaçons aussi pour éteindre ce feu en moi. J'ai commencé cette conversation en étant mal à l'aise et je la termine excitée… par cet imbécile ? Non, ce n'est pas possible…

Je me lève précipitamment du canapé tout en refermant mon carnet.

– C'est bon. J'ai tout ce qu'il me faut.

– Tu es sûre ? Parce que je peux…

– Non, ça ira, le coupé-je en interceptant tout de même son air moqueur clairement affiché sur son visage de p'tit merdeux.

Je remonte mes lunettes puis me précipite vers la porte d'entrée, manquant au passage de tomber en butant contre la console.

Je claque la porte dans mon dos et m'y appuie. Je viens d'écouter Sedge parler de verge, de gland et de testicules… Et c'était perturbant, mais aussi tellement fascinant…

Ce type a le don de parler de sujets délicats de façon totalement normale et décontractée, ce qui fait que j'ai de quoi rédiger ma chronique alors que je n'ai jamais vu ni touché de pénis de ma vie.

Miss Love est dans la place !

Je me dirige vers la cuisine, bois un grand verre d'eau glacée pour apaiser mon corps en ébullition, et tant que tout est frais dans ma tête, je rédige la chronique sur mon ordinateur portable.

J'ai demandé à Eda et son frère de ne rien dire sur mon nouveau poste, même pas à Brock et surtout pas à mes parents. Vous imaginez si mon père tombait dessus en sachant que c'est moi qui ai écrit ces conseils sexuels ?

Je chasse aussitôt cette pensée et vais me renseigner sur Google pour savoir si ce que m'a raconté Sedge est bien vrai. Je me méfie de ce type comme de la peste. Même si je reconnais qu'il a été de bon conseil la première fois, je connais sa fourberie…

Après une heure de recherche sur la toile, je ne saurais plus dire si un pénis c'est beau ou pas… J'en ai tellement vu, de formes, de tailles et de couleurs différentes. Je crois que j'en suis un peu écœurée pour ce soir.

Mes doigts s'activent sur le clavier de mon ordinateur, parfois ils restent en suspens, effacent puis recommencent. Je sens mes joues en feu tellement je suis mal à l'aise à cause de ce que j'écris. Je fais plusieurs allers-retours entre mes notes et Google afin de coller au plus juste à la réalité.

Miss Love va me rendre folle !

Je me relis une dernière fois avant de tout éteindre.

Donner du plaisir à son homme, comment s'y prendre et comment y prendre du plaisir !

Maintenant que vous maîtrisez votre anatomie, nous allons parler de celle de ces messieurs.

Messieurs connaissent très bien la leur. Pour eux ce n'est pas tabou de se donner du plaisir.

Ils se masturbent comme ils vont pisser. Facilement et très souvent !

Cette chronique s'adresse aux femmes hétéros ; ne vous inquiétez pas, il y aura d'autres chroniques pour les femmes homosexuelles.

Revenons au sexe de monsieur. Il se le bichonne, il l'aime son pénis, mais ce n'est pas toujours le cas pour vous, sa partenaire.

Vous ne savez pas forcément quoi en faire, comment lui procurer du plaisir. Je dirais qu'il faut pratiquer, se laisser guider par votre partenaire et déchiffrer ses émotions lors de l'action.

Je vais vous délivrer quelques conseils afin de mettre votre homme à genoux :

- N'ayez pas peur d'empoigner sa verge fortement.

- Les dents peuvent avoir beaucoup d'effet à condition de faire attention.

- N'oubliez pas ses testicules : cajolez-les, léchez-les et il deviendra fou.

- Pensez à caresser, mordiller ou lécher les tétons, les oreilles, les fesses…

Mais surtout ne vous prenez pas la tête. Si votre homme voit que vous prenez aussi du plaisir, le sien n'en sera que décuplé !

Masturber votre homme est un acte totalement sain. Cela doit être un échange entre deux êtres consentants.

Surtout, ne vous mettez pas la pression. Pratiquer, parler et partager avec votre partenaire sera la meilleure solution afin de lui donner du plaisir mais aussi d'en prendre !

Miss Love

***

Ma chronique sur comment donner du plaisir aux hommes a encore fonctionné. M. Stones était très content de venir me féliciter et moi gênée qu'il ait pu la lire… Depuis que je suis devenue Miss Love, mes collègues hommes me regardent différemment et mes collègues femmes viennent se confier ou me poser des questions.

« Je suis vierge ! » ai-je envie de leur crier au visage.

Je rédige mon prochain article littéraire sur le nouveau livre de Jojo Moyes lorsqu'un raclement de gorge m'interrompt.

Je me retourne et découvre Molly ainsi que Tonia, m'adressant un grand sourire.

– On voulait te féliciter pour Miss Love. Ça ne doit pas être évident mais tu te débrouilles vraiment très bien et sans vulgarité, dit Molly.

– Merci, c'est gentil, réponds-je en remontant mes lunettes tout en sentant mes joues rosir.

– Ta prochaine chronique sera sur quel sujet ? demande Tonia qui rougit à son tour.

– Euh… eh bien, je n'ai pas encore arrêté mon choix…

– Nous sommes impatientes de te lire et si un jour tu as besoin de témoignages, pense à nous ! avance Molly, affichant un grand sourire sur son visage rond.

Je leur retourne leur sourire puis reporte mon attention sur mon sujet de rédaction.

Ça me fait du bien de revenir à mes petites habitudes, à des articles sur des sujets basiques qui ne me font pas rougir jusqu'aux oreilles…

– Galiane ?

Je suis tellement concentrée que je n'ai pas entendu mon collègue arriver, me faisant sursauter au passage.

– Oui, Darrel ?

Il se racle la gorge, passe une main sur sa nuque en évitant soigneusement mon regard.

– Merci pour ta chronique, ma femme aime beaucoup. Elle la lit avec attention et met en application, dit-il en rougissant.

Je me mords la lèvre afin de ne pas rire.

Si j'ai bien compris, il prend du bon temps avec sa femme et me remercie pour ça.

– Je suis contente alors, Darrel, affirmé-je alors qu'il se racle la gorge puis déguerpit comme s'il avait le feu aux fesses.

C'est la meilleure, ça… Aux yeux de tous, je suis vraiment devenue la pro en matière de sexe !

***

Je rentre à l'appartement en fin d'après-midi, accueillie par ma meilleure amie plus que surexcitée.

– Je t'ai trouvé un rencard pour ce soir ! annonce-t-elle sans même m'avoir saluée.

Je range mes chaussures à leur place, pends ma veste au portemanteau puis remonte mes lunettes en soupirant intérieurement.

– Tu as entendu, Galiane ?

– Oui, je ne suis pas sourde mais pourquoi ?

– Pourquoi ?! Mais pour que tu puisses écrire tes chroniques en ayant expérimenté ! Ça me paraît logique, non ?

– Expérimenté ?

– Je ne te dis pas d'aller jusqu'au bout mais une caresse par-ci, par-là…

– Eda… soupiré-je.

– Ça va être fun !

– Mais c'est qui ce type ? Et puis tu l'as trouvé comment ?

– Il s’appelle Allen et c’est un client régulier du Red Lion, donc tu auras à peine à descendre l’escalier pour pouvoir le rencontrer. Il est vraiment charmant, tu verras.

– Eda… soupiré-je à nouveau. Je n’ai franchement pas envie de faire des rencontres.

– Tu comptes rédiger tes chroniques comment ? me demande-t-elle en posant une main sur sa hanche et en haussant un sourcil. Et puis tu comptes rester vierge jusqu’au mariage ?!

– Mais non !

– Alors qu’est-ce qui t’empêche de découvrir popol ?! Tu es belle, Galiane. (Je lève les yeux au ciel à sa remarque.) Les mecs se retournent sur toi mais tu ne les vois même pas. Laisse-toi aller, tu n’es pas obligée de rentrer avec ce type après votre soirée mais essaye au moins… dit-elle en me faisant son regard de biche. Et si ce n’est pas lui le bon, tu en rencontreras d’autres !

– Je ne cherche pas à me caser.

– C’est pas ce que je te demande ! Je veux juste que tu passes du bon temps, Galiane, me dit-elle en me lançant un clin d’œil. Il n’y a pas de mal à prendre du plaisir de temps en temps.

– Mais je ne sais rien de ce type en plus !

– Allen, 25 ans, trader et célibataire. Il est vraiment mignon et soigneux.

– Soigneux ?! dis-je en faisant une grimace.

– Quoi ? Tu préfères les bad boys ? Je ne sais même pas quel est ton type de mec.

– Jamie Dornan !

Son prénom a fusé sans que j'y réfléchisse avant.

– Très bon choix. Il n'est pas à mon goût mais je comprends qu'il puisse te plaire.

– Et si je ne sais pas quoi lui raconter à cet Allen ? Et s'il me trouve ennuyeuse ? Et si, moi, je le trouve pénible ?

Je commence à ne pas me sentir bien, là. Je n'ai jamais eu de rencard de ma vie. Je ne sais pas comment je dois me comporter.

– Tout ira bien, je serai là.

– Et ton frère ?

– Quoi, mon frère ?

– Il bosse ce soir ? Car franchement je ne supporterais pas qu'il puisse se moquer de moi et me faire des remarques devant Allen.

– Non, il n'est pas de service, ce soir.

Je suis soulagée. Déjà que je ne suis pas hyper emballée par ce rendez-vous alors en plus si Sedge en est témoin…

– Je fais comment si cet Allen est lourd, Eda ?

– Si c'est le cas, tu me passes commande d'un jus de tomate et je saurai qu'il faut que je te sorte de là. Ça te va ?

– Ça marche… soufflé-je, déjà au bout de ma vie.

– Allez, fais-toi toute belle ! Bon, je vais au pub, à tout à l'heure !

Je me sens comme sur le point de me rendre à une foire aux bestiaux pour choisir le meilleur étalon qui sera prêt à m'honorer.

Beurk ! Des frissons me parcourent l'échine. Je remonte mes lunettes sur le nez, dépitée.

Si je ne me rends pas au pub, Eda est capable de venir me chercher par la peau des fesses. Et puis, ça ne me coûte rien de rencontrer cet Allen… Qui sait, peut-être qu'il saura me faire craquer ?

***

Serviette coincée autour de ma poitrine, je regarde avec effroi mon dressing. J'aime m'habiller simplement : jean, tee-shirt, baskets. C'est simple et efficace.

Mais ce n'est sûrement pas ce à quoi Eda pensait en me disant de me faire toute belle…

On met quoi pour aller à un *date* ? Je n'en ai jamais eu, et vu l'état de stress extrême dans lequel je suis déjà, je ne suis pas sûre que cela me plaise. Mon cerveau se pose mille questions. Et si je n'étais pas à son goût ? Je me trouve quelconque, alors…

J'ouvre le dressing de ma meilleure amie et déniche une robe noire. Eda me dit souvent que si je ne sais pas quoi porter, une robe noire est la solution et que l'on peut la mettre en toutes circonstances.

Et c'est vrai qu'après l'avoir enfilée, je me trouve plutôt mignonne !

Je lisse les plis imaginaires dessus, me maquille très légèrement, mets du parfum et des ballerines noires.

C'est parti…

Je prends une grande inspiration, prête à me jeter dans la gueule du loup… ou pas.

5

Sedge

Qui c'est ce type ?

Je ne le sens pas !

Il pue l'arrogance à plein nez !

Il n'est clairement pas fait pour ma petite fouine !

Je bous.

J'enrage.

Il faut que je trouve une solution. Ce type mange des yeux Galiane et trouve toujours un moyen de la toucher, comme à l'instant, où il replace derrière son oreille une mèche de cheveux égarée. En plus, il n'arrête pas de loucher dans son décolleté. Et d'ailleurs, pourquoi est-ce qu'elle porte cette robe ?! Depuis que je suis rentré de Paris, je ne l'ai vue qu'en jean, haut simple et baskets. Elle aurait très bien pu rester comme ça. Elle est très bien avec. Je ne peux pas la laisser rentrer avec lui car lui, c'est ce qu'il souhaite, j'en suis persuadé, vu les œillades qu'il lui lance depuis le début de leur rendez-vous. Lorsqu'il m'a passé commande, il a exigé deux mojitos sans même tenir compte de ce qu'aurait voulu Galiane. Je déteste les types qui font ça. Avant de la servir, je lui ai demandé si c'était bien ce qu'elle voulait boire et j'ai senti à sa moue qu'elle aurait préféré autre chose mais n'a rien osé dire.

Je les ai dosés légers mais elle en a bu trois et comme je sais qu'elle ne boit jamais d'alcool, je crains qu'elle soit vite bourrée…

Ses yeux se sont déjà étrécis et elle glousse à la moindre parole du péquenaud alors qu'il n'est franchement pas drôle. Je tends l'oreille dès qu'il se met à parler et c'est pas brillant…

– Mais tu vas la lâcher ! C'est pas ta sœur ! fulmine Eda alors qu'elle me surprend en train de surveiller le type. Et puis, je me charge de tout si quelque chose dérape. Tu peux rentrer, Sedge, tu n'es pas censé travailler ce soir.

– Il y a beaucoup de monde, autant que je vous file un coup de main, dis-je, alors que si Eda ne m'avait pas mis au courant des plans qu'elle avait pour Lia ce soir, je serais tranquille dans mon appart.

Je la fusille du regard pour toute réponse afin qu'elle arrête de me prendre la tête.

Non, Galiane n'est pas ma sœur et heureusement. Depuis la fin de l'adolescence, j'éprouve des choses pour elle et certainement pas un amour fraternel… Lia m'attire mais elle me déteste et je ne peux que la comprendre. Je n'ai pas été tendre avec elle plus jeune. Avec Brock, nous nous amusions aux dépens de nos petites sœurs… Je me souviens d'une fois où j'ai limé la corde attachée à un pneu que nous utilisions pour nous jeter dans le lac… Galiane a fait un beau plat avec le pneu et au passage s'est explosé la lèvre… Ce que je pouvais être stupide à cette époque ! Et puis, nous avons grandi et j'ai commencé à la regarder différemment mais elle ne pouvait pas m'encadrer après tout ce que je lui avais fait, alors la seule chose que j'ai trouvé à faire pour encore avoir de l'interaction avec elle, c'est de la titiller, la chercher dès qu'on se voit. J'aime la voir s'énerver contre moi. J'aime voir cette rage qu'elle contient. Je sais que sous la glace se cache le feu. Et j'aime tant quand elle déchaîne ce feu sur moi…

Alors je joue les connards et j'aime ça.

Mais j'aimerais encore plus pouvoir la mettre dans mon lit. Lui faire découvrir le désir, être son premier…

Pendant toutes ces années, je me suis toujours demandé comment ça serait, de coucher avec elle. Et je crois que je pourrais bientôt avoir ma réponse…

Car Miss Love va m'aider.

Je bous comme un con en les regardant. Quand la main du type se pose sur la cuisse nue de Lia, un voile noir obscurcit mes pensées mais heureusement ma petite fouine la repousse d'un sourire.

Je suis soulagé qu'elle ne semble pas réceptive à ses tentatives de drague.

Lorsqu'elle se lève tout en lançant un regard à ma sœur afin de certainement lui signifier la fin de ce rendez-vous, je les suis discrètement et me poste à l'entrée du pub. En me collant bien contre la vitre, je peux voir la porte d'accès à nos apparts qui se trouve juste à côté de celle du Red Lion. Je veux être sûr que Lia est en sécurité et surtout savoir si elle rentrera seule ou pas. Et puis qu'est-ce que ça peut bien me faire ?! Ma réaction me surprend. Galiane peut bien faire ce qu'elle veut après tout ! Non ?! Je l'admets, j'aimerais coucher avec elle, j'ai toujours été attiré par elle mais je suis étonné de redouter à ce point que Lia puisse monter avec ce type. Mon cœur tambourine comme un forcené contre ma cage thoracique et je ne comprends pas pourquoi…

Galiane se tient droite devant la porte qui mène à l'étage. Ses lèvres bougent tandis qu'elle se triture ses doigts joints. Le type se raidit légèrement, il est dos à moi mais il semble mécontent. Je commence à comprendre que Galiane l'éconduit. Elle pose une main sur la poignée et il la retient de sa poigne sur son avant-bras. Je me tiens prêt à intervenir au cas où mais Lia articule quelque chose et lui lance un sourire contrit. Le type hoche la tête, enfonce ses mains dans sa veste et part sans un regard pour elle. Je peux enfin relâcher la pression. Galiane monte seule. Ouf, putain…

Je m'adosse contre la fenêtre et essaye de me calmer avant de regagner l'appart que je partage avec mon meilleur ami.

J'atteins notre étage et vois Lia, le front appuyé contre sa porte d'entrée, les épaules tombantes. Est-elle triste ? J'aimerais lui dire qu'il ne lui arrivait pas à la cheville mais nous n'avons pas ce genre de considération l'un envers l'autre. Je baisse le regard sur mes clés que je tiens fermement entre mes doigts, jette un œil à ma porte mais le profond soupir qu'elle lâche me dissuade de la laisser en plan. Je fais un pas vers elle avant de me lancer.

– Lia ?

Elle sursaute puis se tourne vers moi. Son regard est embué.

Est-ce dû à l'alcool ?

– Est-ce que tu vas bien ?

Elle part dans un ricanement moqueur.

– Sedge Cunningham me demande si je vais bien ?! J'ai dû trop forcer sur les mojitos. C'est dégoûtant en plus ! Je pensais qu'il allait pouvoir m'aider, ce type, pour ma chronique. Eda m'a conseillé de parler du désir mais je ne sais même pas ce que c'est, dit-elle, les bras ballants, le corps lourdement appuyé contre le bois de sa porte.

Elle remonte nerveusement ses lunettes sur son nez. Ce que j'aime ses lunettes ! Ça lui donne un air de petite coquine avec son carré brun où pas un cheveu ne dépasse et ses yeux à la couleur bleue tachetée de marron.

– Tu devrais rentrer et te coucher, lui conseillé-je, la gorge étrangement nouée.

Je serre mes poings fortement contre moi. J'aimerais tellement lui montrer ce qu'est le désir…

Elle hoche la tête puis disparaît dans son appartement.

Je reste figé sur le palier, la respiration rapide. J'aimerais enfoncer cette porte et la rejoindre sous les couvertures. J'aimerais m'enfoncer en elle et la faire crier de plaisir. Lui montrer les plaisirs charnels et couvrir son corps d'attentions.

Je regagne mon lit, les reins en feu, le sexe bandé d'imaginer sa robe noire retroussée sur ses hanches étroites et mon sexe fiché en elle jusqu'à la garde.

6

Galiane

J'ai passé ma nuit à rêver de pénis qui me sautaient dessus tels des piranhas prêts à me mordre.

Je secoue la tête afin de chasser ces images de mon esprit et rejoins la cuisine où Brock et Sedge prennent déjà leur petit déjeuner. Je plisse les yeux. J'ai un vague souvenir du p'tit merdeux sur le palier et de son regard *hazel* empli d'une lueur inconnue. Mais l'alcool a dû me jouer des tours.

– Qu'est-ce que vous fichez ici ? demandé-je, surprise.

– Eda nous a laissés entrer quand elle est sortie et tu nous nourris, rétorque Sedge en m'envoyant un clin d'œil discret qui me hérisse instantanément.

J'avais oublié cette histoire de conseils sur le sexe en échange de la bouffe…

– Alors, ce rencard ? demande mon frère tout en portant son mug de café à ses lèvres.

– Rien à dire. Garçon gentil mais sans plus, réponds-je en leur tournant le dos.

Je sens de façon très accrue le regard de Sedge braqué sur moi. J'attends sa vanne qui ne vient pas, même pas une petite sur mon rencard.

Il doit couver un truc, ce n'est pas possible autrement. Il est né pour m'embêter.

– Je dois aller bosser, je vais être en retard si ça continue, annonce mon frère. (Il vient déposer un baiser sur ma tête.) Sedge, on sort ce soir ?

– Je peux pas, lui répond-il la bouche pleine, je bosse au pub.

– OK, faut qu'on se cale un truc, vieux ! À plus tard !

La porte claque derrière mon frère, me faisant sursauter. Je sais que Sedge est encore là à me scruter. J'ai toujours eu depuis toute petite cette capacité à savoir qu'il était dans une pièce avant même de le voir. Mon corps éprouve une aversion tellement forte pour lui depuis l'adolescence qu'il le sent sans avoir besoin de le voir.

Je tourne un peu la tête dans sa direction et le vois se servir à nouveau du café – il ne peut pas le prendre dans son pub ?! Puis il continue à le boire en ne me lâchant pas du regard, me mettant mal à l'aise. Son sourire en coin qu'il affiche entre chaque gorgée finit de m'agacer. Je me retourne tout en croisant les bras contre ma poitrine.

– Tu veux quoi ?! demandé-je, peu aimable.

Son petit air diabolique a le don de me mettre hors de moi.

– Je veux te rendre folle, Lia. Tu sais que j'aime tant te titiller.

– Tu m'emmerdes, Sedge ! Tu ne peux pas te trouver un autre punching-ball ?

– Et me priver de nos joutes verbales ? Me priver de tes yeux rageurs ? Jamais ! J'aime trop ça pour arrêter ! Ça m'avait tellement manqué !

Je lève les yeux et les bras en l'air en émettant un borborygme.

Je hais ce mec !!!

– Tu en es où avec ta nouvelle chronique ?

Je soupire lourdement. J'en suis au point mort… ai-je envie de lui dire mais je me tais.

– Tu m'as dit que tu voulais parler du désir ? me demande-t-il, curieux.

Je le regarde, surprise. J'ancre mon regard qui crache du feu dans le sien, rieur.

– Ta langue se délie quand tu es pompette, petite fouine.

Je ne boirai jamais plus… Pourquoi lui ai-je dit ça ?!

– J'irai voir sur Internet. Je vais bien trouver, fais-je en me dirigeant vers ma chambre afin de mettre un terme à cette discussion dérangeante.

Je n'entends ni ne vois le corps musclé de Sedge se déplacer. Je le sens juste au moment où il plaque son corps contre le mien, m'emmenant buter contre le mur du couloir.

Surprise, confuse et en colère, je redresse la tête vers ce p'tit merdeux qui bloque mon corps du sien. Nous n'avons jamais été aussi proches, lui et moi. Je sens ses muscles fermes et cela provoque en moi un trouble jusqu'alors inconnu. Ma respiration devient chaotique mais c'est certainement dû à la colère sourde qui est prête à exploser s'il ne me libère pas très vite.

Sedge appuie son corps un peu plus contre le mien. Sa chaleur m'envahit et me submerge.

J'ai envie de remonter mes lunettes sur le nez mais il a agrippé mes poignets et les maintient plaqués contre le mur à hauteur de ma tête.

– Dégage ! Tu fais quoi ? demandé-je avec rage mais ma voix ne me semble pas aussi assurée qu'elle devrait.

– Je vais te donner un aperçu du désir, Lia, dit-il d'une voix rauque et sensuelle. Tu n'as qu'à dire « non » et j'arrêterai.

Une fois ses paroles assimilées, je pars dans un grand fou rire, peut-être encore sous l'emprise de l'alcool, je ne sais pas ! Face à ma réaction incontrôlée, la mâchoire de Sedge se resserre de contrariété. Ou d'autre chose… Son regard coléreux me fusille sur place, faisant mourir mon rire dans ma gorge.

Il penche sa tête et vient nicher son nez juste dans le creux de mon cou. Je suis surprise par son geste et ne sais pas quoi en penser. Il me tient toujours fermement contre le mur et je ne peux pas me soustraire à son toucher.

Dis non, Galiane ! Allez, un petit effort. Ouvre la bouche et dis-lui non.

Son nez m'effleure délicatement et son souffle laisse une traînée de frissons sur ma peau. Je ferme les yeux, savourant cette sensation inédite pour moi.

Concentre-toi, Galiane. Tu le détestes. Tu ne dois pas aimer ce qu'il te fait !

Je ne *dois* pas aimer mais je me rends compte que j'apprécie un peu trop son contact. Il fait naître en moi des frissons irrépressibles que j'aimerais pouvoir contrôler et surtout lui cacher.

Oh, bordel ! Je sens le bout de sa langue se poser contre ma chair fine et en réponse mes cuisses se serrent. Il dépose un baiser à la naissance de mes cheveux juste derrière mon oreille. Ses baisers sont délicats et légers, en totale contradiction avec ce que je ressens au fond de moi. Je suis littéralement en feu.

Il me fait quoi ?! Mon corps, ce traître, a l'air de plutôt bien apprécier la chose.

2 x 2 = 4, 3 x 3 = 9, 4 x 4 = 16, 5 x 5 = 25, 6 x 6 = 36, 7 x… 7 x… Oh, bordel…

Sa main caresse légèrement le contour de ma poitrine, son pouce effleure la pointe tendue de mon sein. Je me sens liquide contre ce mur. Bientôt je ne serai plus qu'une flaque à ses pieds. Mon cœur bat à un rythme effréné et plus Sedge poursuit son jeu, plus mon cœur cogne fort en moi. Mon ventre se contracte au passage de sa main. Il relève mon tee-shirt et sa main chaude se pose sur ma hanche. Je déglutis péniblement tellement ma bouche est sèche. Je n'ai plus du tout envie de lui dire non…

La pulpe de son doigt dessine des arabesques au creux de ma taille. Sa bouche vient se poser sur mon menton et y dépose un léger baiser. Je ne suis qu'un brasier. De la lave coule partout en moi et prend possession de mon corps. Je devrais le repousser, oui je devrais, mais en suis-je capable ? En ai-je envie ?

C'est Sedge, putain ! Je déteste cet homme ! me hurle ma conscience.

Mais j'aime tellement ce qu'il me fait ressentir… lui répond mon corps.

Je me sens vivante sous ses caresses. J'aime l'effervescence qui coule dans mes veines. L'idée d'être à sa merci.

Je m'embrase quand la paume de sa main vient se poser à plat sur ma féminité palpitante et que, de son autre main, il agrippe l'arrière de ma cuisse et remonte ma jambe en la faisant glisser tout contre la sienne, rapprochant son corps encore plus du mien, si c'est possible.

C'est ça le désir ?! Cette boule électrique que je ressens là où sa main se trouve ? Cette pression en moi qui me semble incontrôlable et pourtant que je devine libératrice si Sedge continue ainsi ?

Ma poitrine monte et descend au rythme de mes battements de cœur chaotiques, effleurant son torse nu. Je n'ose le toucher. Je n'ose le faire fuir car je veux ses caresses. Je veux découvrir ces plaisirs que je ne connais pas même si c'est mon pire ennemi qui me les fait découvrir. J'aurai une discussion plus tard avec ma conscience.

Mais tout s'arrête soudainement. Je peine à me tenir debout sur mes jambes cotonneuses. J'écarquille les yeux et observe Sedge, la respiration aussi chaotique que la mienne, le regard embué de… désir ?!

Il se racle la gorge, passe une main derrière sa nuque tout en se reculant puis déclare :

– C'était un aperçu de ce qu'est le désir, petite fouine. Je ne pensais pas que tu allais me laisser faire… Tes nichons ont l'air déments !

– Dégage ! arrivé-je à lui cracher au visage.

Ce type est un enfoiré !

La porte claque sur son rire démoniaque et ma fierté qui disparaît avec.

J'ai honte. Je me laisse glisser le long du mur tellement mes jambes flageolent.

Je ne suis qu'une idiote ! Comment ai-je pu me laisser avoir par ce type ?!

La porte claque à nouveau. Eda m'observe, inquiète.

– Tu vas bien ?

Je hoche juste la tête mais je ne sais pas si je lui fais signe que non ou que oui…

Eda s'accroupit devant moi et pose sa main sur la mienne.

– Tu as de la fièvre ? Tu as les joues toutes rouges.

Juste le désir…

– Ça va, j'ai voulu trop en faire avec le ménage, soufflé-je en mentant éhontément à ma meilleure amie.

– Galiane, l'appart est nickel, on a déjà eu cette discussion.

– Lewis va bien ? demandé-je en changeant sciemment de sujet et en me relevant, priant pour que mes jambes ne me trahissent pas.

– Je suis amoureuse ! dit-elle, un sourire lumineux et heureux lui barrant le visage.

– Je suis contente pour toi, Eda. Lewis est un homme bien, affirmé-je en me dirigeant vers ma chambre.

Je me laisse tomber à plat ventre sur le lit, bras et jambes écartés telle une étoile de mer sans plus aucune force. J'étouffe un cri de rage dans ma couette, avant de me retourner en posant une main sur mon ventre encore palpitant de désir. Il faut que je pense à autre chose, que j'oublie les mains de Sedge sur mon corps et les sensations qu'il m'a fait ressentir même si elles étaient très agréables. Cela n'aurait jamais dû se produire. La musique est mon échappatoire en temps normal. Je me redresse, attrape mon smartphone et appuie sur le bouton *play* de ma playlist quand une des chansons de *Cinquante nuances de Grey* débute.

Oh, non ! Certainement pas !

Je change de playlist, les doigts tremblants et gourds. Barbra Streisand. Voilà qui est mieux. Ça n'appelle pas au désir ça ! Ça va faire redescendre la pression que je ressens en moi.

Je me laisse tomber en arrière en poussant un profond soupir et ferme les yeux.

Comment ai-je pu le laisser me caresser ainsi ?

La musique m'apaise, emportant avec elle la honte de m'être laissé faire et surtout d'avoir apprécié ce qu'il me faisait.

Je le déteste !

Alors pourquoi ai-je tant aimé ça ?

7

Sedge

Je saute sous la douche afin de faire redescendre la pression. Mon sexe bandé veut sa délivrance. Je suis heureux d'être parvenu à mes fins, même si pour le moment, ça me fait surtout mal là, plus bas… J'ai voulu lui faire ressentir et lui faire comprendre ce qu'est le désir. Le désir réel. Le vrai, celui qui vous vrille les tempes, vous fait perdre tout contrôle et vous met les reins en feu.

Et j'ai bien l'impression d'y être parvenu !

J'agrippe mon pénis, plaque la paume de ma main contre la faïence et commence à me masturber en ayant l'image de Lia en tête. Sentir ses formes sous mes doigts, le renflement de sa poitrine, la douceur de sa peau, son souffle empli de désir tout contre ma joue m'a fait disjoncter.

Il faut vraiment que je couche avec elle, pour enfin me la sortir de la tête, ça commence presque à virer à l'obsession, là…

Je m'active, resserre fort la pression de mes doigts autour de ma verge et jouis en de grandes giclées, les yeux de Lia ne me quittant pas derrière mes paupières closes.

Oui, je veux juste pouvoir assouvir mon désir tout en lui faisant découvrir le plaisir.

Je veux qu'elle garde ce souvenir de nous deux.

Amants et non ennemis.

***

Mais c'est pas vrai ! Je vais tuer ma sœur !

J'assiste au troisième rencard de Lia en quatre jours ! Et bien sûr, Eda est derrière tout ça. Inutile de préciser que je suis d'une humeur de chien.

Les habitués l'ont bien compris et ne me cherchent pas ou se tournent vers Eda pour passer commande.

Je ne quitte pas Lia des yeux. Heureusement elle n'a pas retenté de prendre de l'alcool et reste bien sagement à ses verres de jus de fruits. J'esquisse un sourire en coin lorsque je la vois regarder sur le côté, l'air profondément ailleurs.

Tu l'ennuies, mec !

Ce mec est bien trop sophistiqué et propre sur lui, le genre à passer ses journées derrière un bureau et à être le parfait fils à sa maman.

Moi, je ne l'ennuierais pas, je la ferais gémir de plaisir…

C'est décidé, je vais lui proposer de l'aider pour ses chroniques.

De l'aider vraiment…

Bien plus que ce que j'ai pu faire jusqu'à présent.

Et de manière bien moins théorique.

Je veux la faire devenir folle de moi rien qu'avec mes caresses, mes effleurements et mes allusions. Je veux qu'elle me désire à en perdre la tête. Je veux la voir jouir sous mes doigts et ma bouche.

Je veux qu'elle me supplie d'aller plus loin. De m'offrir ce qu'elle redoute de donner à un homme. Je veux être celui qu'elle choisira pour cette unique fois.

Après tout, ça sera gagnant-gagnant : je pourrai enfin coucher avec elle et assouvir mon fantasme qui prend un peu trop de place dans mon esprit, ces derniers temps, et elle, elle pourra prendre son pied et rédiger des chroniques de Miss Love très bien documentées…

8

Galiane

Bon sang ! J'ai eu trois rencards en quelques jours et pas un seul ne m'aura fait palpiter le cœur comme ce p'tit merdeux de Sedge. Ce n'est vraiment pas possible. Je déteste ce type ! Qu'est-ce qui tourne pas rond chez moi ? Ça doit être dû aux hormones, je ne vois que ça… Mais alors pourquoi ne suis-je pas réceptive à un autre ?

La nuit je me réveille le corps en feu, le souffle court et le cœur battant la chamade car je revis la scène contre ce mur. Je retrouve les sensations si nouvelles et pourtant si agréables sur ma peau et en moi. Le corps en émoi, je souffre de ce vide que je ressens et que je ne comprends pas.

Miss Love va me faire devenir chèvre. Je n'arrête pas de visionner et de lire des sujets sur le sexe, le désir et le plaisir. Je dois rendre ma prochaine chronique dans deux jours et je n'ai toujours pas écrit le moindre foutu mot…

Je vais me faire virer, putain.

Et mon esprit, ce traître, n'arrête pas de rêver de Sedge.

De son corps sur le mien. De sa chaleur et de son souffle tout contre moi. De sa main plaquée contre mon intimité…

Je n'arrive même plus à le regarder et à répondre lorsqu'il me cherche, préférant fuir la pièce dans laquelle il se trouve.

Je m'extirpe de mes draps et me dirige au radar vers ma salle d'eau afin de me rincer le visage, en espérant me remettre les idées en place. Lorsque j'actionne le robinet, un geyser d'eau me fouette le visage et me mouille entièrement.

Putain ! Je voulais juste me rafraîchir un peu, pas prendre une douche !

Je redresse la tête et place mes mains afin de me protéger de l'eau, mais en vain. Mes cris ont dû alerter Eda ou mon frère car des pas se rapprochent précipitamment de ma chambre.

– Lia, qu'est-ce que t'as fait encore ?! demande Sedge, agacé.

Je peux le noyer ?!

– Pourquoi ce serait de ma faute ?! Aide-moi plutôt !

Il s'en va, me laissant batailler seule avec l'eau qui asperge toute la pièce.

Mais qu'est-ce qu'il fait ce con ? Et où est Eda ?

Enfin l'eau s'arrête et Sedge revient, fier comme un paon, le regard moqueur et avec des outils que je ne connais pas. Il se dirige vers le robinet et bidouille quelques secondes.

– Le joint était desserré, explique-t-il d'un air suffisant.

J'ai déjà dit que je détestais ce type ?

Je suis toujours figée dans ma stupeur mais aussi dégoulinante, et les yeux si particuliers de Sedge qui dévalent le long de mon corps me troublent un peu trop. Je suis en culotte de coton blanc et en simple débardeur, blanc également. Ou comment participer au concours de miss tee-shirt mouillé dans votre salle d'eau… J'attrape un grand drap de bain et m'entortille dedans. Il aurait pu se retourner plutôt que de me mater !

– Fiche-moi le camp ! Mais tu… tu vas arrêter avec ton air suffisant ?! On n'aurait jamais dû vous laisser nos clés, putain !

Eda a fini par donner un double de nos clés aux garçons car elle en avait marre qu'ils viennent sonner sans arrêt chez nous ces derniers temps pour venir manger ou juste discuter.

– Même pas un « merci Sedge » ?

– Non. Tu m'as reluquée !

Son regard s'ancre au mien et la lueur brillante que j'aperçois me cloue sur place. Je déglutis péniblement alors qu'une boule de feu naît en moi. Je ne saurais dire si c'est de l'angoisse, de la colère ou bien… du désir ? Non !

Sedge fait un pas vers moi en arborant un regard enflammé et fixe ma bouche avec gourmandise. Je me plaque contre le mur en faïence, trop abasourdie par l'effet que je semble lui faire pour réagir. Je ne sens même pas le froid m'envahir. Bouche ouverte, les yeux rivés aux siens, j'attends.

J'attends quoi ?

Idiote ! Rembarre-le !

Il envahit mon espace personnel et sa chaleur répond à la mienne. Je ne sais plus ce que je dois faire. Si j'ai envie de bouger ou pas. Si je veux retrouver les sensations qu'il a su faire naître une première fois en moi.

Je le déteste, je le déteste, je le… veux ?

Putain de corps qui me trahit encore !

Il plaque son avant-bras sur la paroi froide du mur, ses yeux m'observent avec attention. Cet homme, mon ennemi, me désire-t-il vraiment ?

Je devrais le repousser et lui rire au nez. Je devrais passer à autre chose et ne surtout pas l'encourager. Rien de bon ne sortira de cette histoire. Nous nous haïssons. Mais je suis curieuse. Tellement curieuse d'explorer ce qu'il a déjà éveillé en moi… Je suis surprise, d'ailleurs, d'être si réceptive à lui, mais je veux savoir et connaître. Ma bouche est sèche et mon cœur bat frénétiquement. Ma curiosité maladive me pousse à lui laisser l'accès à mon corps. À découvrir entre ses bras le désir et le plaisir dont je lis tant de témoignages depuis que je suis devenue Miss Love.

Oui, je veux découvrir ces sensations inconnues. Je veux le laisser m'apprendre, me guider et me transporter dans ce monde qu'est la passion. Je le hais mais je sais au fond de moi que c'est avec lui que je veux découvrir mes premiers émois. Malgré mon aversion pour cet homme, je lui fais profondément confiance. Et mon corps semble être d'accord avec ça.

Je ne doute plus en cet instant que Sedge me désire.

Son regard est différent. Cette lueur que j'aperçois au fond de ses yeux finit de me convaincre. C'est avec lui et pas un autre homme que cela doit se passer.

– Est-ce que tu veux découvrir plus, Lia ?

Je déglutis. Ce surnom que lui seul emploie me colle des frissons dans tout le corps.

Ai-je envie d'apprendre ? Avec lui ?

OUI !

Et je ne comprends pas comment cela est seulement possible mais je laisse mon instinct décider.

Je hoche la tête et ferme les yeux.

– Dis-le moi, Lia. Dis-moi oui et regarde-moi, demande-t-il d'une voix que je ne lui connais pas.

– Oui, Sedge.

Il soupire fortement et fond sur moi.

Oh... Waouh...

Je ne m'attendais pas à ce qu'il pose ses lèvres sur les miennes. La surprise passée, je l'accueille et me délecte de la douceur de ses lèvres. Son baiser se fait hésitant puis lorsqu'il sent que je me détends et l'accepte, il se fait plus sauvage et insistant. Sa langue vient caresser la mienne. Son goût de cannelle m'envahit. J'embrasse Sedge. J'embrasse mon pire ennemi. Et j'aime ça. Tellement.

Ses mains viennent s'arrimer à mes hanches, il m'enlace et colle mon corps contre le sien. Je m'attendais à avoir un mouvement de recul, à être rebutée par notre proximité soudaine, mais pas du tout. J'en veux plus, plus de sa chaleur contre mon corps, plus de son souffle contre ma bouche, de sa langue qui danse avec la mienne.

– Je veux te voir, Lia.

Je prends une profonde inspiration, me détache de lui, m'empare du drap de bain et le laisse glisser au sol.

Je viens vraiment de faire ça ?

Je ne comprends pas mon audace.

Ou ma folie…

Mais là, tout de suite, je préfère ne pas y penser, ne pas réfléchir à ce qu'on s'apprête à faire…

Je préfère le faire, tout simplement.

Alors j'agrippe le bas de mon tee-shirt humide et l'enlève.

J'entends le souffle retenu de Sedge. Je relève les yeux sur lui, mais les siens sont perdus sur ma poitrine. Il passe sa langue sur la lèvre inférieure. La chair de poule m'envahit et mes tétons pointent droit vers lui.

– Tu es tellement belle, déclare-t-il en me reprenant dans ses bras, et son compliment me déstabilise.

Je n'ai pas l'habitude qu'on me dise ça, et encore moins que Sedge me dise ça !

Il me soulève, j'enroule mes jambes autour de ses hanches et la chaleur de son torse nu me réchauffe instantanément. Mon corps crépite de mille et une sensations si agréables… Mon cœur ne sait plus à quel rythme battre et mon cerveau est si cotonneux que je me laisse emporter et envahir par ce que je ressens sans penser aux conséquences.

J'ai tout à apprendre, et je me laisse guider par celui qui va me montrer la voie.

Une chaleur au creux du ventre commence à se développer

et se déploie, alors que les mains de Sedge se pressent contre moi. Je le regarde différemment en cet instant. Je n'ai pas voulu m'attarder sur lui depuis son retour mais je dois bien admettre que je le trouve de plus en plus beau.

De plus en plus sexy, de plus en plus troublant…

Ça compenserait presque son caractère horripilant !

Pressés par le désir, nous arrivons rapidement dans ma chambre. Heureusement que je possède une salle d'eau privée et qu'on n'a pas besoin de repasser par les parties communes de l'appartement… J'aurais eu bien trop peur de croiser Eda ou pire, mon frère.

Comment je pourrais lui expliquer que je suis à moitié à poil dans les bras de son coloc connu pour enchaîner les conquêtes, quand il me voit encore comme sa petite sœur qu'il doit protéger de tout ?

Sedge m'allonge sur le lit, son regard ne lâche jamais le mien. Je ne sais pas où il veut m'emmener mais je sais que quoi qu'il arrive, je le laisserai faire.

Je me sens fragile sous son regard brillant de désir, en simple culotte blanche alors que lui porte un jogging, mais je me sens aussi… prête.

Sedge se met à califourchon sur moi, attrape mes mains et les place au-dessus de ma tête. Je ne peux rien faire, je suis à sa merci, et un petit frisson me gagne.

Ça ne me dérange absolument pas de le laisser faire…

Si en temps normal, je déteste qu'il ait le dessus, dans cette situation, c'est bien différent…

Je suis inexpérimentée et je serais très certainement

gourde si je m'aventurais à le caresser. Je préfère le laisser me guider et me diriger. Ses yeux ne quittent pas mes lèvres entrouvertes et il plonge dessus tel un affamé. Sa langue vient taquiner la mienne d'abord langoureusement puis elle se fait plus pressante et impérieuse. Je l'accueille et réponds à la moindre de ses sollicitations. J'aime son goût et sa façon de m'embrasser comme si cela lui était vital et nécessaire. Sa main gauche glisse le long de mes bras et vient caresser mes flancs en un effleurement, tandis que sa main droite garde toujours mes poignets prisonniers. Il se penche puis englobe un téton entre ses lèvres.

Oh, bon sang de bon Dieu de merde !

Je me tortille sous lui, la sensation que cela fait naître en moi est enivrante… Je ne pensais pas pouvoir ressentir autant de choses alors qu'il n'a même pas encore touché mon intimité. D'abord surprise, je me laisse emporter par la chaleur que cela fait monter par vagues en moi. Son autre main passe sous l'élastique de ma culotte et je sens la pulpe de son doigt se poser sur mon clitoris. Il appuie fort dessus puis commence un lent va-et-vient. Je me cambre de plus belle et viens agripper les draps entre mes mains désormais libres. Si j'ai pris du plaisir en me caressant dans mon bain l'autre jour, ce n'était rien par rapport à ce que je ressens sous son toucher expert… Il m'enlève le dernier rempart de vêtement que je possède et m'écarte largement les cuisses. Je me sens gênée mais son regard enflammé me donne le peu d'assurance dont j'ai besoin. Il vient positionner sa tête entre mes jambes, le bout de sa langue pointe vers mon sexe et aussitôt, la chaleur qui m'avait déjà envahie se décuple. Je ferme les yeux et me laisse porter par les attentions de mon pire ennemi.

Est-ce que la haine peut décupler les sensations au lit ? L'amour, c'est prouvé, mais est-ce pareil avec la haine ?

Parce que c'est dément. Je n'ai pas encore vraiment d'éléments de comparaison, mais ce qu'il me fait, là, en bas, c'est juste le paradis !

Je sens une boule au creux de mon intimité se former. Des picotements m'envahissent, mon corps se crispe, une vague semble sur le point de me submerger et puis… plus rien.

J'ouvre les yeux subitement et vois Sedge s'essuyer le visage et se relever comme si de rien n'était, son érection bien visible sous le tissu de son survêt'.

– Tu fais quoi ?

– Tu as pu découvrir le désir, le plaisir… et la frustration. Bon article !

Et il s'en va, me laissant sur mon lit, nue, pantelante et frustrée à mort.

Quoi ?! Oh, je vais le tuer ! Je me suis fait avoir encore une fois !

Comment ai-je pu le laisser m'approcher si intimement ? Comment ai-je pu me laisser berner par son regard brillant de désir ? J'ai enterré si rapidement mon aversion envers lui pour une simple promesse de plaisir, aussi délicieuse soit-elle !

Je me sens tellement idiote de mon comportement et de mon manque de discernement ! Plus jamais on ne m'y prendra !

Sedge est mon ennemi, et il ne se passera plus rien entre nous !

9

Galiane

Mon article sur la frustration a encore plu. Je l'ai écrit sous le coup de la colère. J'étais si frustrée et en rogne après moi ! Comment j'ai pu laisser ce p'tit merdeux me faire ça ?! J'ai des frissons de dégoût rien qu'en repensant à ce moment où j'ai failli complètement lui laisser la voie à ce que j'ai de plus intime…

Miss Love va vraiment avoir ma peau.

En attendant, je suis en plein rendez-vous galant dans le pub de ma meilleure amie. Et je m'amuse non pas avec l'homme en face de moi qui m'ennuie à mourir, mais avec mon pire ennemi.

Enfin, « avec »… À ses dépens, plutôt !

Je vois la vapeur sortir par ses oreilles. Je sais qu'il bout intérieurement. Mon rencard me dévore des yeux tout en me caressant lascivement la main et je le laisse faire. Non pas que ça me plaise… D'ailleurs, je m'en veux un peu de laisser le pauvre garçon se faire des idées, mais la perspective de faire enrager Sedge est beaucoup trop tentante.

À mon tour de le frustrer…

Et à la façon dont il pince les lèvres, clairement, mon petit manège fonctionne. À vrai dire, je suis quand même un peu déçue que la caresse délicate de mon rencard ne me fasse ni chaud ni froid. J'aimerais réellement ressentir davantage, mais l'étincelle n'est pas là. Pourquoi mon corps ne réagit-il qu'au contact de celui de Sedge ?

J'intercepte ses regards courroucés, presque possessifs, et j'aime voir ses yeux braqués sur moi, brillants de désir et de colère. Son attitude est raide et il est sec avec ceux qui l'abordent. Il n'apprécie vraiment pas l'attention que me porte Branden/Brandon – je ne sais même plus comment il s'appelle – et je m'en amuse. Je ne veux pas que Sedge pense qu'il a le moindre pouvoir sur moi. Qu'il peut avoir ce qu'il veut de moi en un claquement de doigts. Lorsque je déciderai de quitter le Red Lion, il ne pourra pas me suivre car je sais que ce soir il fait la fermeture. Je pourrai alors lui faire croire que j'ai fini la soirée avec mon rencard. J'avoue que j'adore ce petit jeu, j'y prends même du plaisir…

J'annonce à l'oreille de B. mon souhait de rentrer, je remonte mes lunettes afin de me donner du courage et je m'avance vers la sortie, non sans avoir vérifié que Sedge m'avait repérée. Le bip d'un SMS reçu me fait ouvrir mon téléphone.

[Il ne monte pas.]

[C'est un ordre
ou une question ?]

[Un ordre !]

[Je fais ce que je veux.
Tu n'es pas mon frère.]

[Putain ! Arrête de faire
ta gamine. Ne le laisse pas
monter !]

[Bonne nuit, frérot !]

Je m'esclaffe en envoyant le dernier SMS. J'aimerais tellement voir sa tête lorsqu'il le lira.

– Tu m'offres un dernier verre ? demande Branden/Brandon.

Mince. À faire comme s'il me plaisait toute la soirée, je lui ai fait espérer des choses.

J'ai été vache, sur ce coup…

– Il se fait tard, je travaille tôt demain. Une autre fois.

Il hoche simplement la tête et dépose un léger baiser sur ma joue alors que je m'apprête à monter l'escalier.

Ouf, il n'insiste pas…

Eda passe la soirée – et certainement la nuit – avec Lewis, j'ai donc l'appartement pour moi. J'en profite pour me déshabiller et je file sous le jet d'eau chaude de ma douche.

– Ça t'amuse de te foutre de moi ?! demande Sedge.

Je pivote vivement, sursaute de peur et pose une main sur mon cœur qui bat à mille à l'heure.

J'en ai vraiment marre qu'il s'incruste chez nous sans jamais frapper.

Surtout quand je suis nue !

Il va vraiment falloir qu'on pense à récupérer nos clés.

– Dégage ! Tu n'as rien à faire ici ! éructé-je.

Le regard froid et dur, Sedge avance tel un lion prêt à bondir sur sa proie. Et sa proie, c'est moi, entièrement nue sous son regard.

Merde. J'ai voulu jouer…

Il entre dans la douche tout habillé, le jet d'eau vient le mouiller en quelques secondes.

Je déglutis face à son visage fermé et sa respiration saccadée.

– Tu l'as fait exprès ?

– Quoi ?

– Ne me prends pas pour un imbécile, Lia. Ce type, tu l'as fait exprès ?

– Faire exprès de quoi ?

Il plaque ses mains sur la paroi, de chaque côté de mon visage.

– Tu veux jouer, Lia ?

Je déglutis. Si je veux jouer ? Euh… là, tout de suite ? Plus vraiment…

– Ne. Refais. Plus. Jamais. Ça, Lia.

– Sinon quoi ? arrivé-je tout de même à demander malgré ma bouche pâteuse.

Il ne me répond pas mais fond sur moi. Il englobe mon visage de ses mains, me maintenant fermement et mord dans ma lèvre inférieure.

Waouh…

Mon cerveau est parti en vacances ou au paradis, au choix.

Je n'arrive même pas à me connecter avec la réalité. Sedge pétrit mes fesses, son baiser se fait plus poussé. Il exige l'accès total à ma bouche. Je suis faible : je le lui donne… Je me laisse emporter par sa fougue et la fureur qu'il tente de maîtriser. Son corps est raide mais il se détend au fur et à mesure que notre baiser s'approfondit. Sa bouche se fait plus douce, sa langue plus caressante et je fonds. Je me noie. Comment arrive-t-il à me faire perdre la tête en si peu de temps ? Je passe avec lui de la haine à un désir profond en quelques secondes.

Mais je ne devrais pas ! La dernière fois, il s'est foutu de moi et m'a laissée en plan !

Je mords fortement sa lèvre et il recule sous le coup de la surprise et de la douleur.

– Aïe ! Mais ça ne va pas ?!

– Si, très bien. Tu ne joueras pas avec moi une troisième fois, Sedge. Maintenant, dehors !

Je redresse les épaules, nue, l'eau ruisselant sur mon corps mais digne et fière de ma rébellion.

Il s'essuie furieusement avec une serviette qui traîne et sort de la pièce en frappant du plat de la main le mur en faïence. Je sursaute. Une fois que j'ai entendu le bruit du claquement de la porte d'entrée, je sors, m'enroule dans une serviette et m'effondre sur mon lit, le corps en feu mais les émotions se bousculant par milliers dans mon cerveau. Je ne comprends pas ce que je ressens pour lui, ce que je pense de cette situation. Nous avons visiblement envie l'un de l'autre alors que nous sommes en guerre depuis tant d'années !

Il m'a toujours fait l'effet d'un bâton de dynamite. En sa présence, j'explose. Je ne le supporte pas et pourtant j'ai l'impression que mon corps est en manque de lui alors qu'il ne l'a jamais goûté. Comment est-ce possible ? Est-ce que l'alchimie des corps existe vraiment ? Si oui, pourquoi est-ce le sien qui m'attire ? Celui de mon pire ennemi. De mon interdit.

10

Sedge

Je claque une deuxième porte en quelques secondes.

Putain !

J'ai envie de hurler ! De frapper !

Je me suis fait avoir.

J'ai joué.

Je l'ai cherchée.

Je l'ai trouvée.

Elle m'a eu.

Mais je ne peux pas l'en blâmer. Je l'ai laissée en plan par deux fois. C'est Galiane. Elle a beau être une fille douce et gentille, derrière ce masque se cache le feu. De la lave coule dans ses veines et en ma présence, le volcan s'éveille et entre parfois en éruption. Et avec moi, elle n'a jamais pris de gants.

Elle me déteste trop pour ça.

Mais pas assez pour combattre éternellement l'attirance qu'il y a entre nous…

L'avoir dans mes bras l'autre jour, le corps palpitant de désir, m'a tué. Si je m'étais écouté, je lui aurais sauté dessus et l'aurais faite mienne aussitôt. Mais elle est vierge, elle n'a aucune expérience et je veux que sa première fois soit extraordinaire. Je veux l'amener à la découverte du plaisir progressivement. Je veux qu'elle en redemande. Je veux qu'elle soit accro à moi, même si cela est éphémère, même si elle me déteste.

Je la veux.

Mais elle n'a pas l'air décidée à me laisser l'avoir…

11

Galiane

Je ne sais pas ce qui m'a pris quand j'ai accepté cette soirée à quatre.

Eda et ses plans foireux, le retour.

Je remonte mes lunettes pour la énième fois depuis le début de la soirée.

Eda a invité Lewis, son petit ami, geek sur les bords et adorable, mais elle a aussi invité un collègue de Lewis, James.

James est, comment dire… c'est un cachet de Xanax.

Il est soporifique au possible. Il est charmant mais il ne parle que de lui.

Après un délicieux repas japonais commandé par ma meilleure amie – il ne vaut mieux pas qu'elle cuisine, on risquerait tous l'empoisonnement –, nous nous retrouvons dans le salon, prêts à lancer un film d'horreur.

Je déteste ce genre de films mais à trois contre un, je ne faisais pas le poids.

Eda est blottie contre son chéri sur le canapé face à la télé, et je suis installée sur l'autre canapé aux côtés du tranquillisant… Je suis horrible mais c'est vrai. Et quand je le sens se rapprocher de moi, je me crispe aussitôt.

Il fout quoi ? Je ne lui ai envoyé aucun signal pourtant !

La porte s'ouvre soudain. Nous sommes dans le noir mais je sais que c'est *lui*. Sedge allume la lumière et nos regards s'ancrent quelques secondes. Je peux y lire de la confusion et de la colère jusqu'à ce qu'Eda lui aboie dessus en lui ordonnant d'éteindre cette foutue lumière.

C'est lorsque je le sens s'asseoir – s'imposer – entre James et moi que, pour la première fois de ma vie, je suis soulagée par sa présence. James, quant à lui, ne semble pas aussi ravi que moi de cette séparation impromptue…

Alors que je sursaute lorsque la scène d'horreur pleine de sang surgit à l'écran, la main chaude de mon pire ennemi se pose sur ma cuisse et m'apaise un court instant, mais je la retire rapidement, comme si elle m'avait brûlée. Il ne faut pas que j'oublie qu'il est toujours le p'tit merdeux de service !

– Qui a choisi ce film ? C'est un navet et Lia n'aime pas ce genre de films.

Je plisse les yeux. Il se souvient de ça ?

– Je vais aller me coucher, je suis fatiguée, prétexté-je pour échapper au regard troublant de Sedge, et à celui déçu de James.

***

Mes écouteurs dans les oreilles, en pyjama sous la couette, je navigue sur Instagram quand un texto apparaît à l'écran.

[C'était qui ce mec ?]

[Ça ne te regarde pas.]

[Si.]

[Non !]

[Si !]

Je soupire.

Ohhhh ! Mais il est pénible ce type !

[Tu m'énerves mais à un point !]

[Tant que je t'inspire quelque
chose, ça me va.]

Et après, on se demande pourquoi je suis violente avec lui ?!

[Tu boudes ?]

Arggg… Ce qu'il peut être gonflant ! J'attrape mon ordinateur portable, le cale sur mes jambes. J'ai une chronique à rédiger pour dans quelques jours, et je n'ai aucune idée du sujet…

[Tu boudes. Tu vas le revoir ?]

Pourquoi insiste-t-il tant avec James ? Est-ce qu'il est à nouveau… « jaloux » ?

Ou du moins agacé que je puisse potentiellement avoir envie d'un autre, alors que lui prend un malin plaisir à souffler le chaud et le froid !

Il est sans gêne, franchement !

[Je vais me le faire !
T'es content ?]

J'attends quelques secondes mais aucun petit point ne vient danser sur l'écran. Il a lâché l'affaire ! Enfin !

Je me concentre donc sur mes recherches. Je vais, je pense, parler des fantasmes. Et je peux parfaitement rédiger cette chronique seule, sans l'aide du fouille-merde qu'est mon voisin ! Même si, en soi, je n'ai jamais vraiment eu de fantasmes, donc je vais devoir y réfléchir très sérieusement…

Après avoir parcouru de nombreux articles, noté des idées et des mots-clés sur mon carnet, je me sens prête à débuter l'ébauche de mon futur article que j'intitule : « Les Fantasmes inavoués des femmes. »

Alors que je finis de taper ces mots, je relève la tête, sentant une présence. La poignée de ma chambre s'abaisse. Mon cœur commence à battre plus rapidement. Et si c'était un cambrioleur ? Eda et Lewis sont couchés, je n'aurai qu'à crier fort, cela les alertera…

Mais je suis comme statufiée et je ne sais même pas si un bruit arrivera à franchir la barrière de mes lèvres.

La porte s'ouvre, et mon regard se pose sur celui de Sedge. Je libère le souffle que je retenais et lui balance mon coussin en pleine figure.

Il fait quoi ici ?!

Mon pire ennemi referme la porte tout en douceur afin de faire le moins de bruit possible, et il s'y adosse. Ses cheveux aux reflets roux sont en bataille et cela lui donne un côté sexy que je m'empresse de tenter d'oublier. Il est torse nu, comme toujours, et j'empêche mes yeux de dévier vers le sud en plongeant mon regard dans le sien. Il respire la colère et ce côté dangereux me procure des frissons que j'essaye de réfréner. Je ne comprends vraiment pas les réactions de mon corps lorsqu'il est proche de moi.

– Qu'est-ce que tu fiches ici ? chuchoté-je.

– Tu vas vraiment te taper le premier venu ? Et lui en plus ? demande-t-il en maîtrisant son timbre de voix afin de ne pas réveiller ma colocataire et son ami.

Pourtant, je peux percevoir la colère tapie au fond de lui et les éclairs dans ses yeux.

Il va vraiment me faire la morale, là ?!

– Je n'ai pas de comptes à te rendre, Sedge.

Il s'assoit sur mon lit lourdement tandis que ses yeux tombent sur l'écran de mon ordinateur. Je n'ai pas le temps de réagir qu'il a déjà lu le titre de l'article.

– Les fantasmes inavoués ? Vraiment ? demande-t-il en levant un sourcil.

Son petit air suffisant me hérisse le poil. Je claque l'écran de mon ordinateur.

– Ça ne te regarde pas.

– Tu as des fantasmes, Lia ?

Je détaille les traits de son visage avec intérêt. Je n'y décèle aucune moquerie ni jugement, juste de la curiosité.

– Sedge…

– Allez ! Dis-moi tout ! demande-t-il en donnant un léger coup d'épaule contre la mienne.

– Non !

– Pourquoi ?

– Ce serait… bizarre.

– Pas plus que quand je t'ai tripotée. Et ce n'était en rien bizarre, dit-il en m'adressant un clin d'œil.

Je grimace.

Charmant.

J'aimerais vraiment effacer ces moments d'égarement. C'est de la faute de Miss Love, tout ça !

Et voilà que je commence à souffrir de dédoublement de la personnalité…

– Je te raconte un de mes fantasmes et tu fais de même, dit-il sérieusement en m'adressant un regard curieux.

– Je n'ai pas envie de connaître tes fantasmes, Sedge.

Ou peut-être que si…

Je sais que Sedge a la réputation d'être un bon amant. J'ai été très souvent confrontée aux ragots lorsque nous vivions encore chez nos parents respectifs, plus jeunes et que certaines n'avaient pas leur langue dans leur poche. C'était un peu comme un trophée, passer dans le lit – et pas que, il avait l'air d'être inventif – de Sedge Cunningham. Il avait la réputation d'être un amant attentionné et qui assurait l'orgasme à tous les coups à n'importe quelle heure et n'importe où.

Alors peut-être que connaître les fantasmes d'un mec avec autant d'expérience pourrait m'être utile.

Ce serait purement professionnel, bien sûr. Ça me permettrait d'alimenter ma chronique…

– Je commence. J'aimerais que ma partenaire ait un œuf vibrant que je puisse actionner à tout moment.

– Un quoi ?

– Un œuf vibrant.

Sedge prend mon ordinateur et frôle ma poitrine au passage. Je retiens péniblement un gémissement mais il ne semble pas avoir fait attention à son geste, puis il ouvre l'ordinateur, tape sur le clavier et me montre l'écran. La page affiche de nombreux modèles, de formes différentes et aux couleurs variées. Je clique sur un lien et commence à lire, intriguée, en essayant d'oublier la présence de l'intrus à mes côtés. Le site explique que cela procure du plaisir aux femmes en étant seule ou à deux. La forme de l'œuf permet de l'introduire dans le vagin et il envoie des vibrations que l'on peut contrôler grâce à une télécommande ou avec son smartphone. Ma bouche est soudain sèche mais je reste curieuse tout de même, bien évidemment dans un but totalement professionnel… Ou pas…

– Après cette chronique, tu devrais en faire une sur les sextoys. À ton tour.

Je déglutis. Je ne vais certainement pas lui répondre !

– Si tu veux que ta chronique fonctionne, va falloir que tu saches si tes fantasmes tiennent la route.

Je le déteste encore plus quand il a raison !

Je m'éclaircis la voix, prends une inspiration et me lance.

– Un plan à trois.

– Pour de vrai ?!

Je fronce le nez. Beurk ! Même pas en rêve mais d'après les études que j'ai lues, c'est celui qui revient le plus.

– Non, mais il revient tout le temps sur Internet.

– Trop commun ! Faut que ta chronique se démarque. Parle de candaulisme, Miss Love.

– De quoi ?

– Note sur ton petit carnet. *c.a.n.d.a.u.l.i.s.m.e*, m'épelle-t-il.

– Oui, maître ! dis-je, sarcastique.

– Oh, oui ! J'aime quand tu me parles comme ça ! Tu ne serais pas portée sur le BDSM par hasard ?

Je grimace. Il commence à m'agacer ! Mais c'est vrai que j'ai peut-être un peu surestimé mes capacités à rédiger cette chronique sans aide…

– C'est pas donnant-donnant ?

– Non, ce n'était pas un de tes fantasmes.

Je soupire. Il m'énerve !

Je lève les yeux en l'air et pose mon crayon sur le menton, comme je le fais lorsque je réfléchis intensément.

Bon, il y aurait bien quelque chose, mais…

Je remonte mes lunettes puis me détourne de son regard.

Est-ce que je peux vraiment lui révéler ça ?

– Se faire surprendre, finis-je par avouer.

– Tu veux qu'on te surprenne en train de te faire baiser ?!

Je rougis instantanément.

Il semble choqué par mon aveu et se tourne vers moi et bien sûr mes yeux ne perdent pas une miette de son torse musclé et ferme et…

Galiane ! Reprends-toi ! Ne flanche pas ! Sois forte !

Je replonge difficilement mon regard dans le sien et raccroche les wagons mais ne manque pas de voir apparaître un petit sourire moqueur sur son visage.

Prise en flagrant délit de matage…

– Non. Pas me faire surprendre mais qu'il y ait un risque.

– T'es une coquine, en fait…

Mes joues s'échauffent. C'est à la fois bizarre et normal de parler de ça avec lui. Il ne porte pas de jugements, il m'écoute simplement.

– OK. Note-le pour ton article.

– À toi.

– Que ma partenaire ne porte pas de culotte toute une journée et qu'elle soit en public.

Je fronce les sourcils.

– Pourquoi ?

– Savoir que je peux la prendre à tout moment de la journée est très excitant et cela veut aussi dire dans des lieux publics au risque de se faire surprendre.

J'ai chaud…

Je note son fantasme d'une main tremblante pour mon prochain article.

Comment ce type que je déteste peut-il m'inspirer ce que je ressens au fond de moi ? Je brûle littéralement de l'intérieur et j'ai envie d'assouvir ma curiosité, de connaître certains plaisirs dont je ne soupçonnais même pas l'existence. Le désir qu'il m'a fait découvrir est de nouveau là, rien qu'en l'écoutant parler de ses fantasmes. Sa voix est sensuelle et je ne l'avais jamais remarqué. Tout chez lui est un appel au sexe…

12

Sedge

– Putain de…

Mon grognement de douleur vient mourir dans la paume de Lia. Son regard paniqué et le soleil baignant dans sa chambre me font comprendre que nous nous sommes endormis et que j'ai passé la nuit dans son lit.

En tout bien tout honneur, malheureusement…

Des bruits nous parviennent depuis le salon.

Eh merde…

Eda, Lewis et Brock sont déjà réveillés et je suis dans la chambre de ma petite fouine qui vient de donner un coup sur mon sexe bandé et qui me bâillonne avec sa main pour m'empêcher de crier plus fort encore. Mon réveil aurait pu être plus fantastique que ça…

– Tu étais en train de m'attaquer avec ton… ta… se justifie-t-elle en chuchotant, sa main toujours posée sur mes lèvres.

Je sors ma langue et viens lécher sa paume afin qu'elle enlève sa main de ma bouche. D'un air dégoûté, elle l'enlève et l'essuie sur le drap.

– Je faisais quoi ? dis-je, perplexe.

– Tu te frottais contre mes fesses…

Bordel ! Pourquoi je dormais ?!

– Ils sont tous là… m'informe-t-elle. Et tu es dans ma chambre !

Son air horrifié m'arrache un sourire. En retour elle m'administre une pichenette sur le front. J'ai toujours détesté lorsqu'elle me faisait ça, plus jeune.

– C'est pas drôle, Sedge !

Non, en effet… Si Brock me trouve dans la chambre de Lia, je suis un homme mort. Il me connaît bien, et je sais que la dernière chose qu'il souhaiterait, c'est que je pervertisse sa petite sœur innocente…

Je sais donc qu'on a intérêt à se faire discrets, pourtant je ne peux pas résister à l'envie de taquiner ma petite fouine. Elle est tellement belle en cet instant. Son regard portant encore les stigmates de notre courte nuit, la trace de son oreiller imprimée sur sa joue gauche et l'inquiétude clairement affichée sur son visage me donnent envie de pousser ses limites.

Je me positionne sur le côté, lui faisant face. Ses yeux bleus scrutent mon visage.

Elle me déteste mais elle est attirée par moi, sinon jamais elle ne m'aurait laissé la toucher.

Et je veux qu'elle me laisse encore la toucher…

Je lève ma main et suspends mon geste en l'air quelques secondes, pour lui laisser le temps de m'arrêter si elle le souhaite. Mais elle se contente de fermer les paupières, et je vois que la chair de poule la parcourt alors qu'elle semble attendre ma caresse.

Je pose le dos de ma main sur sa joue en une caresse légère. Sa peau est si douce, si chaude… Puis je fais descendre ma main jusque dans le creux de son cou. La pulpe de mon pouce vient dessiner des cercles à l'endroit où sa peau est la plus fine, et Lia expulse l'air qu'elle retenait. Mon cœur s'emballe dans un rythme soutenu, sans que je sache bien pourquoi, et je rapproche mon corps du sien.

– Lia… Laisse-moi t'explorer et te donner du plaisir.

– …

– S'il te plaît…

– Ils… Ils sont juste de l'autre côté… souffle-t-elle.

– Alors c'est l'occasion de réaliser ton premier fantasme…

Ses yeux océan s'ouvrent vivement sur mon visage. Elle se mord la lèvre inférieure puis hoche tout simplement la tête.

Un sourire de vainqueur naît sur mon visage.

Bordel ! Elle va me laisser à nouveau explorer son corps !

Je la fais se mettre sur le dos et me positionne sur elle, entre ses jambes ouvertes pour moi. Mon sexe bandé reposant contre le sien, j'ancre mon regard brûlant dans ses prunelles bleues, où je vois briller son désir naissant.

Sa bouche légèrement ouverte m'invite à la goûter. Je ne me fais pas prier. Nos lèvres scellées, nos yeux fermés, j'attrape ses mains, les remonte au-dessus de sa tête et les garde entrelacées. Nos langues se découvrent plus en profondeur, se taquinent et se cherchent. Son goût dans ma bouche me fait durcir encore plus. J'abandonne ses lèvres afin d'aller explorer son cou où je dépose une pluie de baisers. Puis je me redresse, lui enlève son tee-shirt, et sa poitrine se dévoile enfin sous mon regard gourmand. J'aime ses seins. Pile la bonne taille. Ni trop gros, ni trop petits. Je les prends dans mes mains, les rapproche puis viens malaxer de mes pouces les tétons érigés. Lia se cambre à ces simples attentions, mais mord dans sa lèvre afin de n'émettre aucun son alors que les bruits du salon nous parviennent encore. J'embrasse la courbe de ses seins et viens mordre dans la chair tendre de l'un d'eux. Je respire l'odeur de sa peau sucrée puis passe le bout de mon nez sur son ventre, lui arrachant des frissons. Elle est si réceptive à mes caresses… Je redresse la tête et tombe sur son visage abandonné. Elle a la tête rejetée en arrière, les yeux fermés, et ses dents sont plantées dans sa lèvre inférieure.

Une vision qui me fait bander à mort…

Je remonte vivement, avide de ses lèvres.

À mon tour d'y planter les dents…

Lia gémit sous mes assauts, et quand je viens mordiller son lobe d'oreille et le tirer légèrement, elle soupire de plus belle.

J'ai tellement envie de la dévorer tout entière…

Je pose ma bouche sur son sein et aspire son téton durci. Je le lèche quelques secondes, tire légèrement dessus et Lia se cambre en réponse.

La voir se tendre de plaisir à la moindre de mes caresses me pousse à lui en donner encore plus, à la satisfaire jusqu'à l'entendre crier mon nom, à lui donner son premier orgasme en duo…

Je continue ma route vers le bas, déposant de brefs baisers sur la peau douce de son ventre, jusqu'à atteindre sa culotte où je découvre Marie des *Aristochats*. Cela me tire un sourire. Lia a toujours aimé ce dessin animé. Je me redresse afin de lui demander la permission silencieuse de la lui enlever. Elle hoche la tête et en un éclair sa culotte gît au pied de son lit. Lia referme les cuisses, nerveuse.

Je remonte jusqu'à son visage et l'embrasse à nouveau, pour la mettre en confiance, pour lui faire comprendre qu'elle n'a rien à craindre avec moi. Mes doigts suivent son flanc gauche jusqu'à venir se poser sur son mont de Vénus.

– Tu m'arrêtes à tout moment, Lia. Si tu ne veux pas ou plus, dis-le-moi.

En réponse, elle ouvre lentement ses jambes, me laissant libre accès à son intimité. J'y dépose la paume de ma main et elle frémit.

La toucher si intimement, dans son lit, sachant qu'à tout moment on peut nous découvrir, accroît la tension sexuelle entre nous.

Je descends afin de lui faire découvrir les sensations d'une bouche à cet endroit jusqu'à l'explosion. Mes doigts la pénétreront plus tard. Je veux prendre mon temps. Je veux lui faire découvrir le sexe lentement. Je veux la faire devenir folle de moi.

Je pose ma langue sur son bouton rose et la goûte. Sa saveur salée m'enivre et me chavire.

Ma langue lui administre des caresses qui la font se cambrer, refermer ses cuisses par moments et crisper ses pieds. Je sens qu'elle est silencieuse par nécessité, mais j'espère pouvoir l'entendre gémir bientôt… Je passe ma main dans mon jogging car je n'en peux plus. Mon sexe me fait un mal de chien tellement je bande. Je me masturbe pendant que je lui prodigue un cunni de dingue. Ma langue dévie plus au sud et vient la pénétrer tandis que mon index s'occupe de son clitoris. Mon regard ne la quitte pas un seul instant et je vois la surprise se peindre sur son visage. Nos yeux ancrés, je continue mes attentions avec ma langue. Quel bonheur de la voir s'envoler dans l'orgasme que j'ai fait naître au fond d'elle… Je ne tarde pas à partir aussi et à éjaculer comme un bleu dans mon pantalon.

Mon cœur bat dans un rythme frénétique. Je viens d'avoir le meilleur rapport de toute ma putain de vie, sans pénétration.

C'était… magique.

Irréel.

Absolument incroyable.

13

Galiane

Bordel de crotte !

Je viens d'avoir mon premier orgasme par cunnilingus, et c'est mon pire ennemi qui me l'a donné… Enfin, plus si ennemi que ça…

Je n'ose ouvrir les yeux sur lui. C'était… J'ai joui avec mes yeux dans les siens. Maintenant je me sens honteuse. Je n'arrive pas à expliquer ce que je ressens véritablement. Je suis encore sur un nuage post-orgasmique.

J'ai découvert ça avec Sedge ! Merde ! Et pourtant, bien que je me sente gênée de m'être laissé aller comme ça, cela était aussi naturel. C'est Sedge, le garçon que j'ai toujours connu. Après lequel je courais toujours. Et puis nous avons grandi et nous avons commencé à nous haïr, tout simplement. Je suis incapable de me rappeler le moment où j'ai commencé à ne plus l'admirer. L'ai-je vraiment détesté ? Ou était-ce juste une manière de me protéger de lui et de ce qu'il pouvait faire naître en moi ?

Je suis perdue…

– Lia… chuchote-t-il.

Je me tourne vers lui, son regard semble inquiet. Il vient poser sa main sur ma joue. Son geste est si intime et pourtant si normal… J'ai envie de m'abandonner avec lui. De le laisser me guider dans cet apprentissage dont je ne connais rien.

Quand je pense que j'ai réalisé un de mes fantasmes avec Sedge…

– Tu ne regrettes pas, j'espère, demande-t-il, un air inquiet clairement affiché sur le visage.

Sa préoccupation me touche.

Mais comment pourrais-je regretter ce moment hors du temps ?

Cependant, quand il vient déposer un léger baiser sur mes lèvres, c'est là que je prends réellement la mesure de ce qu'il vient de se passer.

– Mon Dieu ! On vient de faire quoi ?!

– De baiser comme des dieux.

J'ouvre les yeux et le regarde, interrogative.

– On a baisé, Lia, même s'il n'y a pas eu pénétration. Ça peut faire l'objet d'une de tes prochaines chroniques…

Son regard taquin ne parvient pas à faire baisser le stress qui vient de grimper en flèche en moi.

– Je… j'ai couché avec toi ! Mais on se déteste !

– Pas au lit, visiblement…

– Ça fait de nous des quoi ?

– Sex friends ?

– On n'est pas amis !

– Sex enemies ?

– Galiane !? Tu vas bien ?

En entendant Eda de l'autre côté de la porte, je panique et pousse vivement Sedge, qui se retrouve par terre dans un bruit sourd.

– Galiane ? lance Eda derrière la porte de ma chambre.

– Oui ! J'ai… j'ai fait tomber des livres.

– OK. Tu n'as pas oublié notre journée shopping ?

Flûte !

– Non, non. J'arrive !

Je me tourne vers Sedge qui se frotte une fesse. C'est vrai que le lit est haut…

Je m'enroule précipitamment dans le drap, brutalement revenue à la réalité.

– Tu comptes partir ? me demande ce dernier.

Il s'approche de moi, le regard plein de désir, tout en passant son pouce sur sa lèvre inférieure.

– On aurait pu passer la journée ici, tous les deux.

Pourquoi ce programme me plaît-il ?

Parce qu'il t'a fait grimper aux rideaux, petite coquine !

– Je… je dois… Eda m'attend et tu pourras regagner ton appart, aussi.

Je file dans la salle d'eau, Sedge sur mes talons.

– C'était un moment d'égarement. Nous ne pouvons et ne devons pas recommencer. Pour tout un tas de raisons, il ne faut pas, affirmé-je, catégorique.

Même si pour le moment, je n'en vois aucune suffisamment convaincante pour résister à ses yeux brûlants…

Il s'avance lentement, je recule jusqu'à être coincée contre la vasque. Sedge m'emprisonne de son corps en déposant ses mains de chaque côté de mes hanches, à plat sur le meuble.

– Je veux te faire jouir encore. Que tu passes toute la journée avec la sensation de mes doigts et ma bouche sur toi…

Je déglutis péniblement. Pourquoi ce qu'il me dit provoque un feu à l'intérieur de mon intimité ?!

Je vais finir addict au sexe !

Je hoche simplement la tête. C'était tellement bon tout à l'heure… Mais j'ai aussi envie de le voir totalement nu. Je veux poser mes mains sur lui. C'est si déroutant d'avoir envie de ces choses. C'est toujours Sedge, l'homme que je déteste le plus.

Il règle la température de l'eau, enlève son pantalon puis me tend la main. Je lâche le drap qui me protégeait de son regard. Je ne me suis jamais trouvée sensass, simplement banale, mais le regard de feu de Sedge posé sur moi me trouble et me donne de l'assurance.

Je plonge sous l'eau, offrant mon visage à la pluie du pommeau se déversant du plafond.

Tant pis pour les bonnes résolutions, on verra plus tard…

Sedge vient embrasser ma clavicule puis me fait pivoter vivement et je me retrouve dos à lui. Je plaque les paumes contre la faïence froide de la douche. Il m'intime de sa jambe d'écarter les miennes. Son doigt se pose sur mon bouton rose, je pince les lèvres afin de ne laisser échapper aucun bruit. Il s'empare du pommeau amovible dans l'autre main et le positionne sur mon sexe. Je ferme les yeux et me laisse transporter par les sensations qu'il fait naître en moi. C'est divin. Son doigt s'active et la chaleur de l'eau et la puissance du jet sur mon intimité me collent des frissons dans tout le corps. J'ai envie de crier mais nous ne sommes pas seuls dans l'appartement.

Et le risque de se faire surprendre ne fait que m'exciter davantage et décupler mon envie de crier…

Mais quand je sens son sexe bandé coulisser entre mes fesses, je ne pense plus. Je ne suis que sensations. C'est inimaginable ce qui se passe dans mon corps. L'eau est pourtant chaude mais ma peau se couvre de chair de poule. De ses lèvres il vient butiner ma nuque, m'arrachant des crépitements dans le corps et lorsqu'il plante ses dents dans ma chair, une boule de feu prend place dans mon intimité et de la lave coule dans mes veines. Mes jambes se mettent à trembler tellement ce qu'il me fait est intense, mes seins s'alourdissent et se tendent lorsqu'une explosion intense vient me vriller le cerveau. Mes jambes vacillent alors et Sedge me rattrape d'un bras. Le souffle erratique et le cœur battant la chamade, je pose mon front contre la paroi froide.

Mon Dieu, que c'est bon. Comment Sedge arrive-t-il à chaque fois à prendre possession de moi ?

Réponse : mon sex enemy est un dieu du sexe…

Je me tourne et ancre mon regard au sien. Ses yeux *hazel* ont pris une teinte plus foncée. Sa poitrine se soulève et se baisse au rythme de sa respiration rapide. Je me redresse et pose mes lèvres sur les siennes, collant mon bassin au sien.

Moi aussi, je veux lui donner du plaisir comme il l'a fait avec moi…

– Apprends-moi. Montre-moi, Sedge.

Dans son regard, la surprise se mêle à quelque chose de plus animal, et il reprend ma bouche dans un baiser sauvage et implacable. Il pose sa main sur la mienne et la guide jusqu'à son sexe. C'est la première fois que je touche un pénis. La peau a l'air si fine et fragile, et pourtant il est si dur sous mes doigts. Je resserre ma prise autour de sa queue et commence, sous son impulsion, à lui prodiguer un va-et-vient.

Et si je lui faisais mal ? Et si je ne lui donnais pas de plaisir ?

– Arrête de réfléchir, petite fouine, me chuchote-t-il comme s'il avait lu dans mes pensées.

Je souris et continue de le masturber. Alors que je resserre mes doigts, son visage se crispe et je ne perds pas une miette de son beau visage, de ses yeux fermés. Je peux le contempler à ma guise et j'aime voir ses traits emplis de désir, j'aime me dire que c'est moi qui ai ce pouvoir sur lui.

J'accélère et pose ma bouche au creux de son cou, car j'aime lorsqu'il le fait sur moi. Je le sens se crisper davantage et un liquide chaud coule le long de ma jambe. Sedge pose sa main sur la mienne afin de me signifier que je peux arrêter.

– C'était… dément, murmure-t-il, reprenant son souffle.

Et je ne peux qu'être d'accord avec son affirmation.

Cette douche restera gravée en moi pour toujours. C'était si magique et intense comme moment ! Même si je l'ai vécu avec mon pire ennemi…

***

– Tu vas bien, Galiane ? me demande Eda.

Je laisse retomber ma main qui était en train de caresser la soie d'une nuisette tout en me demandant si ça plairait à Sedge…

Mon Dieu… J'ai perdu la tête…

Il m'a fait perdre la tête…

Eda m'a entraînée avec elle dans sa virée shopping, donc Sedge a dû pouvoir regagner son appart en cachette. Il faut vraiment que l'on soit prudents, surtout avec Brock afin qu'il ne puisse se douter de rien…

« Que l'on soit prudents… » Comme si on allait recommencer ! Ce n'est pas le cas… Si ?

Depuis tout à l'heure, je suis complètement perdue, je ne peux pas m'empêcher de me repasser en boucle ce qu'il s'est passé.

C'était si incroyable et surprenant. Je suis partagée entre l'euphorie d'avoir découvert ces plaisirs et la circonspection. J'ai fait des choses inavouables avec Sedge ! Et impossible de me confier à Eda, elle ne comprendrait pas.

– Oui, pourquoi ?

– Tu m'as l'air sur un nuage post-orgasmique… Et pourtant ce n'est pas possible, alors je ne sais pas…

Pour toute réponse, je hausse les épaules et passe à un autre rayon pour qu'elle ne remarque pas ma gêne.

Je suis très classique sur la lingerie, j'aime quand c'est confortable et simple mais j'aimerais essayer des ensembles plus affriolants, qui font plus femme. Et qui rendraient Sedge fou…

Même si je devrais juste reposer ces sous-vêtements aussitôt et repousser cette idée dans un coin de ma tête !

Pourtant, je repars du magasin avec deux ensembles totalement inédits pour moi. Eda jubile bien que je lui aie prétexté une chronique pour Miss Love.

Nous allons prendre un brunch réconfortant et papotons de tout et de rien. Eda, plusieurs fois et de façon peu subtile, cherche à savoir si je ne lui cache pas un amant secret.

Comment lui dire que si, et que c'est son grand frère qui tient ce rôle… Grand frère que j'ai toujours eu en horreur… jusqu'à peu.

Tant de questions me submergent et que je tente d'enfouir. Je n'ai pas envie d'analyser cette situation compliquée. Je veux juste profiter de cette journée avec ma meilleure amie et oublier son frère et les conséquences de nos petits jeux intimes qui risquent de nous exploser un jour ou l'autre à la figure.

14

Galiane

Deux jours que nous avons « couché » ensemble, Sedge et moi. Deux jours que je ne sais pas quoi en penser. Deux jours que j'ai envie de recommencer… Je n'aurais jamais cru qu'il me bouleverserait à ce point. Je me sens perdue et en même temps j'ai envie de franchir le palier qui nous sépare et de revivre ces merveilleux moments avec lui. Je me suis sentie vivante entre ses bras. Forte et belle. Désirable et désirée pour la première fois de ma vie.

Et ce soir, je m'apprête à le revoir pour la première fois depuis notre craquage sous la douche…

C'est l'anniversaire de Brock et pour l'occasion les garçons ont invité beaucoup de leurs amis chez eux.

C'est pour ça que je suis en bug devant mon placard depuis plusieurs minutes, sans savoir quoi porter. Je ne suis pas une reine de la mode. J'aime qu'un vêtement soit confortable lorsque je le porte, mais ce soir, j'ai envie d'autre chose…

Et si je mettais la robe bordeaux à petits pois blancs et à la coupe trapèze que j'ai dénichée lors de ma virée shopping avec Eda ?

Je l'enfile en vitesse et me félicite de mon choix.

Oui, c'est pas mal…

J'y associe des escarpins noirs à talons que je porte très peu, mais qui s'accordent bien avec ma tenue.

Je me contemple dans le miroir et j'aime ce que je vois. Mes cheveux courts au carré, lissés, tombent parfaitement. J'ai maquillé mes yeux en foncé. Je me mords la lèvre lorsque le fantasme de Sedge me revient en mémoire.

Suis-je prête à le réaliser ? À aller à leur soirée sans petite culotte… et à l'allumer ?

Mon ventre se tord de désir. Oui. Je veux pousser mes limites et le faire devenir dingue. Je veux qu'il ne désire que moi. Qu'il oublie ses différentes conquêtes. Je n'ai pas l'expérience d'une femme sexuellement active, alors je vais le rendre fou en utilisant ses fantasmes.

Je redresse le menton, poitrine en avant, prête à vivre ma meilleure soirée, mais avant, j'envoie un SMS à Sedge.

[J'ai perdu quelque chose
qu'il faudrait que tu m'aides
à retrouver…]

[Tu as perdu quoi, Bubble ?]

Bubble ?!

Horrifiée, j'en lâche mon téléphone. Brock vient de me répondre sur le portable de Sedge ! Il m'a donné ce surnom petit car j'étais ronde, enfant...

– Galiane ? Il fallait que tu perdes un truc maintenant ?! C'est urgent ? entends-je Brock râler depuis le couloir.

Merde. Merde. Merde.

Je panique !

Vite, réfléchis !

– Bubble ? demande-t-il en apparaissant dans l'encadrement de ma porte de chambre.

– Arrête avec ce surnom !

– Tu as perdu quoi ?

– Une des boucles d'oreilles d'Eda, prétexté-je.

– Et en quoi Sedge peut t'aider ? demande-t-il en croisant les bras sur sa poitrine.

– C'est lui qui les lui a offertes. Si jamais je ne la retrouve pas, il me dira où il les a achetées.

– OK. T'es prête ? Faut que j'aille accueillir mes invités, dit-il en repartant dans son appart.

Je m'écroule sur le lit. J'ai eu chaud...

Un bip retentit.

[Tout est OK ? Désolé,
je ne pensais pas qu'il allait
lire ton SMS.]

[La prochaine fois, garde
ton téléphone sur toi !]

[Tu as perdu quoi ?]

[Tu ne mérites même pas
de le savoir ! J'ai flippé !]

– Alors ?

Je sursaute à la question que vient de poser Sedge adossé contre le chambranle de ma porte.

– Bordel ! Tu m'as fait peur !

– Tu as fait une bêtise pour avoir autant les chocottes ?

– Non…

– Tu as perdu quoi, Lia ?

Je me lève et prends mon air de peste. Je passe devant lui et lui glisse à l'oreille :

– Ma culotte.

Puis je file, limite en courant, jusqu'à son appartement. Le temps qu'il se remette de sa stupeur, je suis déjà arrivée à la fête de l'autre côté du palier, étonnée par mon audace mais d'humeur joueuse.

Lorsqu'il arrive, je suis accaparée par un copain de Brock, Hunter, que j'apprécie mais en tant qu'ami.

Même si Eda m'a fait comprendre que lui aimerait bien autre chose…

J'intercepte le regard de Sedge devenu sombre. Je passe une main sur ma nuque, ce qui fait remonter le tissu fluide de ma robe sur ma cuisse et je peux sentir son regard si particulier sur moi qui me réchauffe de l'intérieur. La lave a repris possession de mon corps.

Je me dirige vers le buffet, Hunter sur les talons, et me sers un verre de jus d'ananas.

Une caresse légère sur mes fesses vient me surprendre. Je redresse la tête et découvre Sedge tout proche de moi.

– Hunter ! Ça fait longtemps, mec ! lance Sedge d'un air entendu. Je te pique Galiane, si ça ne t'ennuie pas. Il faut que je voie un truc avec elle pour la fête.

– Oui, bien sûr, lâche Hunter d'un ton enjoué, même si son air penaud indique tout le contraire.

Et à moi, il ne pose pas la question de savoir s'il nous dérange ?

Même si la réponse est : non, pas du tout…

Sedge pose une main dans mon dos et me dirige vers le couloir.

– Tu fais quoi, là ? dis-je, mimant la contrariété, alors qu'au fond de moi, je suis ravie de la tournure que prennent les choses.

– Tais-toi et avance. Vite, m'intime-t-il.

Il ouvre la porte de sa chambre et me pousse à l'intérieur. Il la referme vivement et la verrouille. Il me plaque contre celle-ci, tombe à genoux devant moi et remonte ma robe. Je suis surprise par sa rapidité mais aussi émoustillée de voir l'effet que l'absence de ma culotte provoque sur lui.

– Putain ! T'as pas de culotte ! s'exclame-t-il en ancrant ses yeux aux miens.

Je me sens rougir.

Et mouiller…

La respiration saccadée, je me sens prendre feu alors qu'il ne m'a pas encore touchée.

Sedge me surprend en soufflant sur mon sexe puis la pulpe de son pouce vient se poser sur mon clitoris. Je me mords la lèvre et ancre mon regard au sien. Son doigt s'active sur mon intimité, m'arrachant des frissons. Et quand il agrippe l'arrière de mes cuisses et me positionne sur ses épaules comme si j'étais assise sur lui, c'est carrément un gémissement qu'il m'arrache…

Il sort le bout de sa langue et vient effleurer délicatement mon bouton rose. Je me fais l'effet d'une voyeuse en ne quittant pas ce qu'il me fait des yeux mais cela m'excite tellement… Sa langue se met à me dévorer comme si j'étais un plat exquis. Je m'accroche à ses cheveux et me laisse porter par le plaisir qu'il me procure. Heureusement que je ne suis plus debout car mes jambes auraient déjà lâché. C'est si bon, si fort…

Jamais de ma vie je n'aurais imaginé cette scène. Sedge, l'homme que je déteste le plus au monde en train de me faire un cunnilingus d'enfer avec tous ses potes et mon frère dans la pièce d'à côté ! Je mords dans le dos de ma main afin de ne pas faire de bruit. Je ne pense pas que la musique couvrirait le cri qui menace de s'échapper du plus profond de mon corps crépitant d'électricité. Je ferme les yeux car je sens monter en moi la pression qui naît au creux de mon intimité à chaque fois que l'orgasme n'est pas loin. J'ai compris le fonctionnement du désir et du plaisir sur mon corps, et je sais que je m'apprête à exploser… Je sens mon vagin se contracter, mon corps se couvre de chair de poule et des étoiles apparaissent devant mes yeux.

– Sedge ! Putain ! Arrête de niquer et viens me filer un coup de main ! aboie la voix de mon frère juste derrière le panneau de bois.

Merde !

Sedge me repose délicatement et me prend dans ses bras. Mes jambes me portent à peine. J'ai l'esprit embué de cet orgasme dévastateur. La peur de nous faire surprendre a dû décupler les sensations… J'aimerais pouvoir rester dans cette chambre avec Sedge, j'aimerais pouvoir continuer nos jeux intimes, mais je sais aussi que mon frère ne doit en aucun cas se douter de quelque chose.

– J'arrive ! crie Sedge.

Il encadre mon visage de ses mains et dépose un baiser sur le bout de mon nez. Bouche ouverte, je reste figée. Je trouve son geste presque plus intime que ce qu'il vient de me faire avec sa langue. C'est si attentionné et doux…

– Reste ici quelques minutes et ensuite sors. D'accord ?

Je hoche simplement la tête. Je suis encore pantelante de l'orgasme qu'il vient de me prodiguer. Je pose mon front contre la porte et la verrouille derrière lui, puis j'attends trois minutes avant de retourner à la fête d'anniversaire de mon frère. Trois minutes pendant lesquelles mon cerveau cogite.

Mon Dieu…

Sedge vient de me faire jouir dans sa chambre alors que mon frère et sa sœur sont de l'autre côté du mur accompagnés d'une vingtaine de personnes. Je suis une fille perdue…

J'ouvre la porte doucement et passe la tête par l'entrebâillement. Le chemin semble libre. Je m'y engouffre et referme la porte derrière moi avant de rejoindre le salon en catimini.

– T'étais où ? Je te cherchais partout ! me demande Eda en me sautant dessus.

Vu ses yeux et son élocution, elle doit déjà avoir bien entamé le punch !

– Aux toilettes.

– Ah bon ? Je suis allée voir…

– Les nôtres, pas envie d'attendre.

– Ah, oui ! T'as raison.

Je me surprends moi-même face à ma capacité à mentir si facilement et rapidement.

Et je n'en suis pas fière…

Cette histoire me fait faire n'importe quoi, comme raconter des salades à ma meilleure amie…

Je tourne ma tête sur la gauche, sentant des yeux braqués sur moi. Sedge… Avant que je comprenne que je suis en train de lui retourner son regard empli de désir, Eda me ramène sur terre :

– T'allumes qui, là ?

Merde, elle a les yeux partout !

– Hunter ?

– Tu me poses la question ?

Je lève les épaules et heureusement Lewis nous rejoint, lui faisant oublier sa question.

Hunter revient avec un verre à la main et me l'offre, au même moment où mon téléphone vibre.

Je le regarde machinalement.

[Ne le laisse pas poser
les mains sur toi !]

Je relis une deuxième fois son message.

Pardon ?! De quoi je me mêle ! Je suis venue ici pour le rendre fou de désir, c'est vrai, mais là, ça va trop loin. Nous ne sommes que sex – enemies – friends, après tout.

Je range mon téléphone dans ma pochette et souris à Hunter en me rapprochant de lui. Je sais que c'est mal, ce que je suis en train de faire, mais je veux rabattre le caquet à mon sex friend. Comme ce nom l'indique, il n'est pas mon petit ami ! Non mais !

Mon téléphone vibre à plusieurs reprises mais je n'en ai que faire.

– Je dois te l'emprunter à nouveau, Hunter, annonce Sedge en s'emparant de mon poignet.

Il m'amène une fois de plus dans sa chambre, claque la porte et s'y adosse.

– Tu m'expliques ?

– Non, toi tu m'expliques, fais-je en croisant les mains sur ma poitrine. Je n'ai pas tout saisi. Tu m'interdis de parler avec qui je veux ?

– Non, juste de te faire tripoter par le premier venu !

– Merde ! Je ne t'ai pas écouté, tu m'as déjà tripotée !

– Lia, gronde-t-il.

– Sedge.

– Putain ce que tu peux être chiante ! s'emporte-t-il en fonçant sur moi.

Il entoure mon visage de ses mains et dépose sa bouche sur la mienne.

La haine peut-elle vraiment conduire à cette alchimie que je ressens avec lui ?

On se repousse.

On se cherche.

On s'attire.

On se désire.

Mais je ne voudrais être nulle part ailleurs que dans ses bras en cet instant. Il me fait me sentir vivante et vibrante. J'aime sa façon de me dévorer du regard lorsqu'il pose ses yeux sur moi. J'aime me sentir si désirable sous son regard *hazel*.

Je veux simplement continuer ce qu'on est, ce qu'on a et ne pas penser aux conséquences.

Lui et moi. Sex enemies, pour le meilleur. Le pire peut bien partir en vacances quelque temps.

15

Galiane

Osons parler de nos fantasmes, mesdames !

Fantasmer, c'est excitant et souvent notre imaginaire érotique nous amène vers des souhaits que l'on considère comme interdits. Parce que trop atypiques, trop gênants, trop osés…

Pourtant, fantasmer alimente notre désir, alors mesdames, osez !

Et puis, ces fantasmes ne sont pas obligés d'être réalisés, ils peuvent rester une chimère, mais si vous êtes en confiance, vous pouvez aussi les mettre en pratique lorsque vous êtes avec votre partenaire, afin de favoriser votre montée du désir.

Les fantasmes qui reviennent le plus souvent sont :

- faire l'amour dans un endroit insolite comme sur une plage, en forêt, dans un ascenseur ou dans un parking ;

- coucher avec un autre partenaire que le sien comme une célébrité ou un inconnu ;

- un strip-tease, le voyeurisme, le BDSM.

Bien sûr, ce ne sont que quelques exemples parmi tant d'autres, et si ces fantasmes-là ne correspondent pas aux vôtres, cela ne veut pas dire que vous n'êtes pas normales ! En ce qui concerne les fantasmes, il faut savoir oublier les normes, ne pas se mettre de barrières, et laisser son imagination dériver !

Alors explorez vos fantasmes, réalisez-en certains, et conservez-en d'autres dans votre jardin secret !

Soyez libre, tout simplement !

Miss Love

Je finis de taper les derniers mots de mon article, plutôt contente de mon travail, quand mon chef me fait sursauter.

– Gaïa.

Il n'a toujours pas retenu mon prénom… Je pivote sur mon fauteuil de bureau.

– Oui ?

– Suivez-moi s'il vous plaît, dit-il sans un regard pour moi.

Merde ! J'ai fait une bêtise ? Il va me renvoyer ? Je commence à transpirer. Je me suis battue pour garder ma place ici, je me suis démenée, j'ai même donné de ma personne pour pondre ses chroniques, et maintenant il veut me virer ?

Je le suis en me faisant la plus discrète possible mais je sens les regards curieux et conspirateurs de certains de mes collègues. Heureusement, les regards encourageants de Molly, Tonia et Darrel me réconfortent.

Tout ira bien, tout ira bien...

M. Stones ouvre la porte avec brusquerie et se dirige vers son bureau en se laissant lourdement tomber dans son fauteuil. Je referme la porte et m'avance, le cœur au bord des lèvres.

– Nous avons eu une idée ! s'écrie-t-il soudain. Vous allez aussi tenir un courrier du cœur/sexe en plus de Miss Love.

J'ai dû mal comprendre...

– Pardon ?!

– Votre chronique est très appréciée et on reçoit énormément de courriels de femmes et d'hommes. Les voici, on vous les a imprimés et je vous les ai fait transférer vers une boîte mail spécialement dédiée.

Il se penche, attrape une grande boîte en carton et la dépose sur son bureau.

Bon, la bonne nouvelle, c'est que je garde ma place. La mauvaise, c'est... tout le reste ! Comment je vais bien pouvoir m'en sortir ?!

***

Aïe !

Bien sûr, en voulant ouvrir la porte de mon appartement, j'ai perdu l'équilibre et cette saleté de carton a chuté sur mes pieds, déversant du même coup tous les papiers sur le sol.

Il manquait plus que ça... Comme si ces courriers ne rendaient pas déjà ma vie assez compliquée !

Et évidemment, celui que j'ai le moins envie de voir déboule sur le palier, plié de rire.

– Sedge ! Arrête de rigoler ! C'est pas drôle ! Viens m'aider plutôt que de te foutre de moi !

Quelques minutes plus tard, je me retrouve sur mon lit, au milieu d'un fatras de courriers, ordinateur portable sur les cuisses et Sedge à mes côtés, un sourire moqueur toujours accroché au visage.

– Quelle promotion, dis donc ! Toi qui étais vierge il y a moins de deux semaines, tu te retrouves à conseiller tout le royaume !

Pour toute réponse, je lui tire la langue et continue à farfouiller parmi les mails.

Il y a des demandes de conseils vraiment bizarres et vu mon manque d'expérience, je serais incapable de répondre à la plupart sans l'aide de Google ou de Sedge…

– Je ne vais pas y arriver… soupiré-je.

Sa tête vient se nicher au creux de ma clavicule, son souffle chaud me procure des frissons.

– Sedge, arrête, j'ai du boulot. Tu le vois bien, non ?!

Je tente de rester ferme mais c'est vraiment difficile lorsqu'il est aussi près…

– Je te détends… dit-il en mordillant le creux de mon cou.

– C'est vraiment pas le moment, soupiré-je en le poussant légèrement de mon épaule, alors que j'ai juste envie de lui sauter dessus.

Sedge se lève du lit et regarde par la fenêtre les gens se promener dans la rue, tandis que j'essaye tant bien que mal de ne plus lui prêter attention et de me concentrer sur les courriers. Je fais trois piles. Une avec les courriers auxquels je pense savoir répondre, une avec les courriers qui nécessiteront que je me documente et une troisième avec les courriers « on verra lorsque j'aurai le courage ».

Qui regroupe notamment les questions qui portent sur l'échangisme ou sur une certaine « balançoire sexuelle »...

– Lia ?

– Sedge, pas maintenant ! Tu es pire qu'un gosse ! Laisse-moi travailler.

– Justement. Tu n'as pas un courrier qui parle de ça ? demande-t-il, un air taquin dans la voix.

Mais de quoi il parle...

Je redresse la tête en poussant un soupir, et découvre avec horreur ce que Sedge tient entre les mains : mon vibromasseur, offert par Eda à mon anniversaire. Autant dire que je ne l'ai jamais utilisé et que je ne savais même plus où je l'avais rangé. Pourquoi il a fallu que Sedge le retrouve ?!

Avant que j'aie eu le temps de réagir, Sedge me lance la télécommande du vibromasseur d'un air taquin et s'apprête à me tendre également le sextoy, quand Eda déboule dans ma chambre.

– Galiane ! Il faut que...

J'ai à peine le temps de dissimuler la télécommande entre mes mains, et je vois Sedge glisser le sextoy dans la poche arrière de son pantalon, le visage blême.

Eda suit mon regard et découvre son frère dans ma chambre.

Oh, mon Dieu…

Elle fronce les sourcils et nous regarde tour à tour d'un air sceptique.

– Tu fais quoi, ici ? demande-t-elle sèchement à Sedge.

Trouver quelque chose, trouver quelque chose…

Je m'éclaircis la voix, détourne le regard de mon amant et le pose sur sa sœur.

– En plus de Miss Love, je vais devoir répondre à un courrier du cœur et du sexe, dis-je précipitamment en désignant les piles de courriers sur mon lit. J'ai fait tomber le carton en voulant ouvrir la porte et ton frère est venu m'aider à tout ramasser et bien sûr il est tombé sur les courriers. Et tu le connais… Il a exigé de les lire sinon il balancerait à mes parents et à mon frère ce que j'écris pour le magazine.

– Mais t'es un enf… Oh ! Je ne vais pas le dire parce que tu es mon frère mais franchement tu abuses, Sedge ! éructe-t-elle. Et puis c'est quoi cette posture ?!

– Euh… quoi ?

– Avec tes mains derrière le dos, on dirait un papi ! s'esclaffe-t-elle. Tu as un balai coincé dans le cul ou quoi ?!

Sedge déglutit et fait non de la tête tout en se déplaçant comme un crabe, longeant les murs. Heureusement, Eda ne prête plus attention à lui, absorbée par la lecture d'une lettre et elle se met à rire en s'installant sur le lit à mes côtés, le courrier entre ses mains.

– Oh, celui-ci ! Il pense que sa copine simule. Le pauvre. Je l'ai déjà fait.

– Simuler ? Avec Lewis ?

– Oh, non ! Avec Lewis c'est le nirvana assuré à chaque fois. Il est à l'écoute et prend son temps. Les préliminaires sont divins avec lui… Il fait des trucs avec sa langue et ses doigts…

– Eda, gronde Sedge. Je suis là.

– Ce que tu peux être prude, parfois ! Je suis ta sœur mais je ne suis plus chaste, je te ferais remarquer.

Sedge fronce le nez aux paroles d'Eda. Il se tient toujours raide, cachant l'arrière de son corps.

– Et puis faut bien que je dévergonde un peu ma copine, reprend-elle très sérieusement.

J'écarquille les yeux et vois Sedge se raidir encore plus – si c'est possible.

– Au fait, Lia, ça donne quoi, tes rencards ?

– Galiane, la reprends-je.

– T'es pénible ! Pourquoi il n'y a que lui qui a le droit de te surnommer Lia ? dit-elle en désignant son frère de l'index en prenant une mine boudeuse.

– Il l'a toujours fait.

– Mais tu le détestes ! C'est pas juste !

Sedge, enfant, avait un problème d'élocution. Il n'arrivait pas à dire mon prénom en entier alors il a commencé à m'appeler Lia et c'est resté. Je ne le tolère que venant de sa part sans pouvoir l'expliquer.

– Oui, c'est pas juste ! reprend ce dernier en imitant sa sœur pour se moquer.

Je me mords la lèvre, redresse la tête et ancre mon regard empli de taquinerie dans le sien. Il plisse les yeux et sursaute légèrement. Je viens d'actionner le sextoy. Je le vois se tortiller et me fusiller de ses yeux devenus ombrageux.

– Il y a un truc qui vibre, annonce Eda.

J'ai du mal à me retenir de glousser mais c'est tellement drôle de voir Sedge dans cette fâcheuse posture. J'augmente l'intensité au moment où le téléphone d'Eda sonne. Elle décroche et je comprends que c'est son petit copain à l'autre bout du fil.

– Je m'en vais ! À plus !

Nous suivons des yeux Eda partir de ma chambre et Sedge en profite pour me sauter dessus par surprise.

Je pousse un cri et me mets à glousser lorsqu'il m'administre des chatouilles pour se venger.

– Petite coquine… dit-il en se levant, le sextoy désormais dans sa main.

– S'il te plaît, rends-le-moi ! exigé-je en me levant à mon tour.

Je tends la main vers lui mais il le met hors de ma portée en levant le bras en l'air, un sourire vainqueur aux lèvres.

– Sedge ! grondé-je.

Son sourire de monsieur relou s'accentue.

J'ai le droit de le mordre ?

– Tu l'as testé ?

– Non, dis-je en rougissant. C'est… Enfin, on me l'a offert…

Il s'approche de moi, me faisant reculer. Je me retrouve coincée entre le mur et lui, tenant dans sa main gauche le sextoy de la honte. Je sens mes joues brûlantes et déglutis péniblement sous son regard ardent. Cet homme que je crois détester me fait tellement d'effets contradictoires… Ma poitrine se soulève au rythme chaotique de mon désir qui monte en flèche lorsque sa bouche vient s'abattre sur la mienne. Il la kidnappe dans une danse sauvage et sensuelle. J'aime son goût dans ma bouche. J'aime ses mains sur mon corps. J'aime vivre et ressentir ce qu'il fait naître en moi.

Mais qu'est-ce qui ne va pas, dans mon cerveau ?!

Il s'éloigne légèrement et se mord la lèvre inférieure. Je laisse échapper un gémissement. Ce qu'il peut être sexy quand il fait ça…

Il me fait reculer jusqu'à ce que je rencontre mon lit et m'intime silencieusement de m'y allonger. Son baiser reprend, plus exigeant que précédemment, plus appuyé, et je prends conscience que quoi qu'il me fasse, je l'accepterai. Je sais qu'il ne me blessera jamais dans cette intimité que nous nous créons.

Il me déshabille délicatement en recouvrant la parcelle de peau qu'il effeuille de doux baisers, puis me recouvre de ma couverture et fonce fermer la porte de ma chambre à clé. Il pose le Womanizer sur ma table de chevet et se dévêt à son tour alors que je frémis d'anticipation. J'aime son corps. Il est bien sculpté sans que ça soit trop, ses tablettes sont légèrement dessinées mais bien présentes. Lorsque mon regard se pose sur son sexe fièrement bandé, je me revois en train de le caresser sous la douche, et la chaleur au creux de mon ventre se décuple. Sedge se glisse à son tour sous la couverture et vient capturer ma bouche. Ses mains s'aventurent sur mon corps offert, je me laisse guider. Son pouce et la pulpe de son index viennent pincer mon téton dressé puis sa bouche vient aspirer l'autre tandis que je me cambre et mords dans ma lèvre. Il pose sa main libre sur ma féminité, m'arrachant un gémissement. Sedge arrête soudain toutes ses attentions et récupère le sextoy.

Il compte l'essayer, là, maintenant… sur moi ?

Il appuie sur le bouton et une petite vibration s'en échappe.

Apparemment, oui…

À cette pensée, une légère appréhension m'envahit, mais elle est vite remplacée par une vague de curiosité quand Sedge me susurre :

– Je vais poser ce côté sur ton clitoris. Ça va l'aspirer et les vibrations vont te procurer du plaisir. Tu as plusieurs niveaux d'intensité. Je vais y aller progressivement. Si tu veux arrêter à tout moment, tu me le dis. OK ?

J'acquiesce. Ma bouche est sèche, mais ma culotte, elle, est déjà trempée…

Il pose sa bouche contre la mienne puis vient chercher mon clitoris. La sensation est bizarre au début, c'est comme si Sedge m'avait collé un aspirateur sur faible intensité tout contre ma féminité.

Mais je ferme les yeux et, plus je me laisse guider par ce qu'il me fait, plus la sensation bizarre se transforme en sensation excitante…

Sa bouche vient taquiner une de mes pointes et je me cambre car là, plus bas, une boule de feu naît au creux de mon intimité. Avoir Sedge collé à mon flanc, ressentir sa chaleur, sa bouche sur ma poitrine et ce qu'il me fait en bas avec ce jouet est au-delà de ce que je pouvais imaginer. C'est inédit, particulier et inoubliable… Il augmente soudain l'intensité et mon corps se tend, alors que j'ouvre les yeux et les plante dans ceux de mon amant. Ils sont emplis de désir animal. Il me regarde avec tant d'intensité que ma bouche s'assèche instantanément. J'ai l'impression qu'il va me dévorer toute crue. Je m'approche de Sedge et viens lui mordiller le menton, lui arrachant un gémissement. Je sais qu'il aime cette caresse. Sa main libre bouge rapidement sous la couverture et je devine qu'il est en train de se donner du plaisir.

Cette vision m'excite, mais j'ai encore plus envie de l'exciter, lui…

Alors je passe ma main en dessous et chasse la sienne afin de prendre le relais. Nous nous caressons mutuellement, lui avec le vibro et moi avec mes doigts, et c'est juste… indescriptible. Je ressens tellement de plaisir. Je ne le quitte pas du regard mais lorsque l'intensité redouble, je me sens partir dans un orgasme dévastateur. Je pousse un cri incontrôlable, me cambre, me tends et retombe sur le matelas, dévastée par la jouissance. Mon regard vient se perdre dans le sien. Il a repris le relais sur son membre et je le vois jouir à son tour, avant de laisser tomber sa tête tout contre la mienne. Nos respirations peinent à reprendre un rythme normal. Nos nez s'effleurent et nos bouches reposent délicatement sur celle de l'autre. Cet homme que je pensais détester n'est pas celui que je croyais. Il m'offre des moments d'extase incroyable et je me sens bien avec lui, en totale confiance. Il est si prévenant dans nos ébats et s'oublie bien souvent, me faisant me découvrir en tant que femme alors même que nous ne sommes pas allés jusqu'au bout. Grâce à lui, je me sens plus à l'aise avec mon corps, plus sûre de mes charmes. Et plus les jours passent, plus j'ai envie d'en découvrir…

Je pose ma main sur son visage et caresse sa barbe naissante pendant que sa main vient se poser dans le creux de ma taille. Nous nous dévorons d'un regard devenu plus doux jusqu'à ce qu'une sonnerie brise ce silence post-orgasmique.

Sedge n'y prête pas attention mais l'appelant insiste alors il finit par sortir du lit, nu comme un ver.

– Quoi ? demande-t-il, peu aimable, en décrochant.

Sa respiration est tendue et son regard ne quitte pas le mien.

– OK. J'arrive, enchaîne-t-il.

Un sentiment de tristesse que je ne saurais expliquer m'envahit quand je le regarde se rhabiller en vitesse.

– Un problème au pub, Lia. Je dois y aller. (Il esquisse un pas en direction de la sortie puis s'arrête.) Eh merde !

Il revient sur ses pas, attrape mon visage en coupe et me donne un baiser digne de ceux au cinéma avant de réellement s'éclipser, me laissant pantelante dans le lit.

Que me fait-il ? Pourquoi me retourne-t-il autant ? C'est Sedge, mince !

Mon cœur bat rapidement, beaucoup plus qu'il ne le devrait dans ce contexte. Après tout, c'est juste pour le sexe, non ? Mais alors que la réponse qui me vient en tête me chamboule, je comprends que je joue à un jeu bien trop dangereux pour moi…

16

Sedge

Je charge Oliver, un de mes employés, de tenir le pub ce soir. Je suis parti en vitesse de chez ma petite fouine cet après-midi et là, j'ai besoin de la retrouver. Et quel meilleur moment pour lui donner l'orgasme de sa vie que quand Brock est en déplacement et ma sœur chez son mec ?

Même si je lui en ai déjà donné un il y a à peine quelques heures…

Depuis quelques jours, j'ai tout le temps envie d'être avec elle, d'être en elle, elle me rend fou… Je pensais qu'en la mettant dans mon lit, elle finirait par sortir de mon esprit, mais ça a eu tout l'effet inverse : j'ai juste envie de plus, tout le temps… Je grimpe l'escalier à vive allure et me précipite sur la poignée de la porte mais cette dernière tourne dans le vide.

La porte est fermée à clé. Lia n'est pas chez elle.

Je dégaine mon portable et lui envoie un rapide message.

[T'es où ?]

[Où tu n'es pas.]

Putain ! Elle est chiante quand elle s'y met !

[Lia.]

[Sedge.]

J'agrippe mes cheveux et tire dessus. Elle va me rendre dingue si ce n'est pas déjà fait.

[Putain Lia ! Dis-moi où tu es !]

[Au ciné. À plus !]

Lia est une fille prévisible. Elle a ses petites habitudes de grand-mère. Elle ne peut être qu'au cinéma du coin de la rue qui retransmet des films déjà sortis depuis belle lurette.

Je ne réfléchis pas plus et m'y précipite.

Il est temps de s'attaquer à un autre fantasme, cette fois : le faire dans un lieu public…

17

Galiane

Je sens une présence à mes côtés.

C'est pas vrai ! Le cinéma est quasi vide et faut qu'il y ait un gugusse qui me colle ! Je déteste ça !

Je tourne la tête vers la droite afin de savoir qui est mon nouveau voisin de place pot de colle.

OK, je m'attendais à tout, sauf à lui...

– Qu'est-ce que tu fais là ? demandé-je en retenant difficilement mon ton courroucé.

J'essaye tant bien que mal de me sortir Sedge de la tête depuis tout à l'heure, depuis que j'ai compris que nos petits jeux commençaient à me dépasser...

Et là, clairement, en se pointant ici, il ne m'aide pas.

– Je suis venu te tenir compagnie, me chuchote Sedge, d'un air de conquérant.

– Merci mais non merci. Tu peux repartir au Red Lion ou chez toi.

– Non, je n'ai pas envie et ce film a l'air bien.

– Tu détestes Bridget Jones.

– Ah bon ?!

– Tu m'énerves !

– Non, tu m'aimes !

Mon cœur en loupe un battement. Ce mot dans sa bouche me colle un rythme cardiaque chaotique. Je remonte mes lunettes sur le nez, nerveuse.

Je l'aime ? Non. Je ne l'aime pas.

Il est le grand frère pénible de ma meilleure amie.

Il est l'ado qui n'arrêtait pas de m'embêter.

Il est le meilleur ami de mon frère et je le déteste.

Il est mon sex enemy. Point barre.

Ce n'est pas parce qu'il fait battre mon cœur un peu trop vite ces derniers temps que ça veut dire quelque chose.

Mais… et si c'était le cas ?

J'éprouve des émotions entre ses bras, à son contact, ça, c'est sûr. Mais est-ce de l'amour au sens romantique du terme ? Non, c'est juste de l'amour platonique. Il est dans ma vie depuis ma naissance. Je me suis accoutumée à lui. C'est tout !

Il faut que j'arrête de me torturer l'esprit. Je vais finir chèvre entre lui et Miss Love.

J'ose jeter un œil discrètement à mon voisin. Il est concentré sur le film. Enfin, c'est ce que je pensais jusqu'à ce que sa main vienne enlacer la mienne. Sa chaleur m'électrise et me procure un profond sentiment de bien-être.

Je ne l'aime pas…

T'essayes de convaincre qui ?!

– Arrête de réfléchir, petite fouine.

Ah, il m'agace à toujours savoir ce que je pense !

– Laisse faire la vie. Profitons de ce que nous avons, toi et moi… chuchote-t-il près de mon oreille.

Son parfum musqué m'emplit. Un souvenir jaillit sans crier gare. Ce parfum. Le dernier cadeau que je lui ai offert avant qu'il ne devienne imbuvable avec moi. Je n'avais jamais remarqué son odeur avant ce soir. Du moins, ma conscience n'en avait pas encore pris connaissance. Elle a dû faire barrage.

Je déglutis péniblement. Ma poitrine pèse des tonnes et je ne suis plus du tout le film que je connais par cœur.

– Ne bouge pas, m'intime-t-il en susurrant à mon oreille.

– Quoi ?

Il pose un doigt tout contre mes lèvres et plante son regard brillant dans le mien. Je déglutis car je reconnais cette lueur dans ses prunelles…

Il se laisse glisser jusqu'au sol et se positionne à genoux face à moi. Je commence à avoir chaud, la panique s'empare de moi car j'ai compris ce qu'il compte faire mais la question est : est-ce que je suis prête à lui laisser encore plus de contrôle ? Il a déjà pris tellement de moi et ce qu'il s'apprête à faire ici et maintenant est totalement dingue, mais une voix au fond de moi me pousse vers cette luxure, vers ce besoin de me libérer et de m'explorer.

Je sens ses mains chaudes remonter le long de mes jambes nues, laissant sur leur passage une traînée irradiant ma peau de crépitements. Son regard est ancré au mien et je sais qu'il me laisse seule décisionnaire de la suite. Je prends une profonde inspiration et pose mon regard sur les deux seuls spectateurs en bas de la salle de cinéma. Je me mords la lèvre et passe ma main dans ses cheveux, il m'adresse un sourire à travers lequel je devine sa promesse que je ne serai pas déçue par la tournure des événements. Et je me bénis d'avoir choisi de porter une jupe fluide car Sedge plonge son visage en dessous. J'écarte les jambes et sens ses doigts se glisser dans ma culotte en l'écartant sur le côté. Mon regard est braqué sur le bas de la salle, je ne suis pas rassurée…

Bordel… La tête de Sedge est entre mes cuisses dans une salle de ciné ! C'est dément !

Je sursaute et me crispe légèrement lorsque je sens sa langue entrer en contact avec mes chairs humides d'impatience. Mon sex enemy s'apprête à me faire jouir dans un lieu public…

Mon cœur tambourine contre ma cage thoracique lorsque je sens son souffle tout contre mon clitoris, ma respiration se fait irrégulière lorsqu'il touche un point sensible de ma féminité et mes doigts se crispent sur les accoudoirs lorsque je me tends de plaisir. Je ferme les yeux et me mords la lèvre afin de retenir les gémissements qu'il fait naître tout au fond de moi. Je brûle et je suis prête à m'enflammer dans cette salle de cinéma presque au vu et au su des personnes présentes.

Je suis folle de le laisser faire mais c'est aussi délicieusement divin. Je me cambre et presse sa nuque afin de le plaquer encore plus contre mon sexe trempé. La jouissance vient me cueillir en silence mais à l'intérieur de moi, c'est un véritable tsunami. Je suis comme vidée de mes forces, liquéfiée par ce terrassement que j'ai subi mais aussi exaltée par ce que Sedge vient de me faire vivre. Et il en est fier lorsqu'il se redresse, essuie son visage du revers de la main et m'offre son sourire goguenard que je ne connais que trop bien.

Je laisse échapper un couinement et cache mon visage dans mes mains, à la fois honteuse et choquée par ce que j'ai laissé arriver, à l'abri de l'obscurité de cette salle, certes, mais j'ai quand même eu un cunnilingus entre ces murs…

Mon Dieu, je suis devenue une dévergondée…

Je déteste constater qu'il a ce pouvoir sur moi.

Je le déteste mais il me renverse en un claquement de doigts.

Et je n'arrive pas à éprouver de la honte à m'être offerte à lui ainsi. Au contraire, mon corps est bien en sa présence. Comme si mon cerveau occultait ces années de chamailleries pour ne conserver que les émotions que cet homme me fait éprouver.

La haine.

La confiance.

L'amour ?

– Le film est fini, petite fouine, entends-je la voix de Sedge m'interpeller.

– Quoi ?!

– Tu étais encore sur ton nuage post-orgasmique, toi.

– Non !

– Si ! Ce que tu peux être de mauvaise foi !

– Non ! Ce n'était pas si transcendant que ça, tu sais… fais-je pour l'embêter.

– Lia… Allez, viens, je t'offre un verre.

Je grimace. L'alcool et moi ne sommes plus amis.

– Sans alcool, il vaut mieux pour toi, dit Sedge, un sourire moqueur.

– Et si je veux boire de l'alcool ?!

Oui, je sais : de mauvaise foi…

– Non, tu n'en veux pas, dit-il en ancrant son regard *hazel* au mien tout en se levant de son siège.

Je fronce le nez. Ce qu'il peut m'énerver par moments !

Parfois.

Tout le temps…

***

Sedge m'emmène dans un pub irlandais sur Rupert Street à deux pas de Piccadilly Circus, et les dix minutes de trajet me semblent totalement irréelles.

C'est tellement étrange d'être là avec Sedge.

D'être ailleurs que dans une douche, dans un lit, avec les mains de l'autre partout sur le corps…

– Tout s'est bien passé au Red Lion, tout à l'heure ? demandé-je nerveusement.

Je ne sais pas trop quoi dire. Comment on est censé se comporter avec son sex enemy, en dehors des heures de « sexe » ? Je ne sais pas comment parler à Sedge sans lui crier dessus, moi ! C'est plus facile quand on se chamaille ou qu'on est trop occupés pour parler…

– Très bien. Nous avons eu la visite de l'inspecteur de la sécurité des aliments pour que nous puissions proposer un service de restauration.

– Eda m'en a déjà parlé, c'est une super idée ! m'enthousiasmé-je, oubliant un peu ma gêne.

Sedge me fixe de son regard particulier et esquisse un sourire en coin. Nous marchons côte à côte en silence jusqu'à entrer dans le O'Connors. Tout est de bois foncé et de moulures. L'ambiance est vraiment particulière dans ce style de pubs, feutrée et lourde, et j'adore ça. Ça sent la bière, le whisky, la friture, et la chaleur qui se dégage me fait du bien – les nuits sont encore fraîches à Londres. Les clients parlent, rient fort, font tinter leurs chopes de bière, et cette agitation bon enfant me détend un peu.

Allez, je peux le faire… J'ai réussi à me mettre nue devant lui, à me confier sur mes fantasmes les plus intimes, je peux bien avoir une conversation innocente avec lui !

Sedge me conduit jusqu'à une table, une serveuse arrive rapidement et nous commandons des burgers avec des frites ainsi qu'une bière brune pour lui et un coca pour moi. Je ne sais pas quoi faire de mes mains alors je joue avec le menu plastifié qui traîne sur chaque table, la nervosité s'emparant de moi. La serveuse nous dépose un petit ramequin de cacahuètes avant de nous laisser.

Je laisse mes yeux traîner sur le visage de Sedge. Je l'ai toujours trouvé beau mais ces derniers temps mon regard a changé sur lui. J'ai remarqué plein de petits détails comme de légères taches de rousseur sur ses pommettes et son nez.

– Pourquoi me fixes-tu comme ça ? me demande-t-il en plissant les yeux.

Je pique un fard instantanément, honteuse de m'être fait prendre à le contempler.

– Non, rien. J'étais perdue dans mes pensées, soufflé-je.

Il me décoche un sourire lumineux. Je l'ai vraiment mal jugé. Je me suis accrochée au Sedge adolescent et imbuvable, c'est désormais un homme et il a changé, indéniablement.

Même s'il continue à me taquiner et à me rendre folle ! Mais ses petites attentions, même moqueuses, ont une autre saveur, désormais…

– Paris ne te manque pas ? Ta vie étudiante là-bas ? Tu as dû bien en profiter… dis-je pour changer de sujet.

Même si je n'ai pas particulièrement hâte de l'entendre parler de cette période où je sais très bien qu'il n'a pas été chaste…

Et encore ce fameux sourire de conquérant.

– Paris est une très belle ville. J'ai vraiment aimé la découvrir. À l'école, mes potes parisiens m'ont fait découvrir cette ville en dehors des sentiers touristiques. Et c'est vrai que j'ai aussi pas mal profité à un autre niveau… Eh oui, Lia, les filles me courent après, que veux-tu que je fasse ?! plaisante-t-il.

Je lui lance une cacahuète à la figure. Il se met à rire et mes yeux tombent sur sa pomme d'Adam, me faisant déglutir difficilement.

Si on m'avait dit que j'allais trouver une pomme d'Adam sexy…

– La question que je me pose est pourquoi, toi, tu n'as jamais eu d'aventures, Lia. Tu es une très jolie jeune femme. Tu as bien dû avoir des prétendants.

Je lève les épaules, sans pouvoir m'empêcher de rosir en entendant son compliment.

– J'étais tellement occupée avec mes études et ensuite à me faire une place dans le magazine, que j'ai mis de côté cette partie-là de ma vie, sans doute… avoué-je du bout des lèvres.

J'ai toujours été studieuse, à être la première de la classe dans toutes les matières et j'ai très souvent été mal jugée par mes camarades de classe.

La main de Sedge vient se poser sur la mienne, me provoquant une chaleur réconfortante et un frisson.

– Je vais peut-être passer pour un égoïste en te disant ça, Lia, mais je suis heureux d'avoir été le premier à avoir accès à ta petite culotte, réplique-t-il avec un sourire en coin. Je n'étais sans doute pas celui que tu attendais, mais on est bien, non ?

Pendant un instant, j'ai l'impression qu'il ne parle pas seulement de notre relation de « sex enemies », mais de notre relation tout court. De ce qui est en train de se construire, entre nous.

– Oui, on est bien, affirmé-je en tentant de ne rien laisser paraître de mon trouble.

– Tu…

Il s'éclaircit la gorge puis reprend.

– Tu ne regrettes vraiment pas, alors ? demande-t-il très sérieusement.

– Regretter quoi ?

– Toi et moi…

Mon cœur loupe un battement. Le *nous* silencieux qu'il ne prononce pas est pourtant bien présent dans l'air. Je suis perdue sur mes sentiments et sur ce que je ressens vraiment au fond de moi, mais ce qui est sûr, c'est que je ne regrette absolument pas « lui et moi ». Ce qui se passe entre nous est incroyable, peu importe ce que c'est…

– Je n'ai aucun regret, Sedge. Je suis consentante. Je l'ai toujours été et j'apprécie de découvrir toutes ces choses avec toi, avoué-je en rougissant.

Sedge pose sa paume contre ma joue et vient me voler rapidement un léger baiser. C'est doux et tendre, comme un baiser qu'un homme donnerait à sa petite amie…

N'importe quoi !

Je tente de me ressaisir alors que nous mangeons notre repas en échangeant beaucoup. Je suis surprise par Sedge. C'est un homme ouvert et abordable. Il est aussi très drôle et prévenant. J'ai bien vu la serveuse lui lancer des œillades aguicheuses tout au long de la soirée, comme si je n'existais pas, mais il n'y a jamais prêté attention, toujours focalisé sur moi.

– Rentrons, m'intime Sedge en se levant une fois nos assiettes finies d'une voix devenue soudain rauque.

Il règle l'addition puis nous filons chez nous. Durant le trajet, Sedge me prend la main et je le laisse faire en pressant le pas. Juste avant de monter, il me plaque contre le mur de notre immeuble et m'administre un baiser qui fait prendre feu instantanément ma petite culotte.

– Va chercher ton sextoy, m'ordonne-t-il avec un petit sourire et un regard encore plus déstabilisant que d'habitude.

Un regard qui me donne l'impression qu'il ne s'agit plus seulement d'une simple transaction entre nous, qu'il ne s'agit plus de sexe en échange de bons repas ou d'une initiation avec mon sex enemy…

Un regard qui me donne l'impression qu'il me veut moi, tout entière…

18

Galiane

Mon réveil est brutal.

Douloureux.

Brusque.

– T'as pas chopé une gonzesse hier soir ? entends-je la voix de mon frère demander à Sedge.

– Non.

Petit retour en arrière : après un verre en tête à tête dans un pub, Sedge et moi avons fini dans son lit. Il m'a fait des choses inavouables avec mon sextoy spécial clitoris.

Problème : nous nous sommes endormis.

Résultat : Sedge semble avoir entendu mon frère rentrer dans leur appart et a dû se rappeler que nous n'avions pas verrouillé la porte de sa chambre.

Je me retrouve donc par terre, essayant de fusionner avec le parquet afin que Brock ne me voie pas après être rentré dans la chambre.

La dernière fois, c'était Sedge qui se retrouvait dans cette position difficile pour se cacher d'Eda. À ce rythme-là, on va se retrouver bien trop souvent allongés au sol…

Mais c'est toujours mieux que d'avouer à nos meilleurs amis-slash-frères et sœurs qu'on s'envoie en l'air ensemble… Ils nous voient toujours comme les deux ennemis incapables de se supporter, et c'est très bien comme ça !

S'ils apprenaient la vérité, soit ils se foutraient de nous pendant des siècles, soit il y aurait des nez cassés… Et par « des nez cassés » j'entends le nez de Sedge si mon frère, le mec le plus protecteur du monde, comprend que son pote fricote avec sa petite sœur…

– T'es malade, tu couves un truc ? Ça fait un moment que tu n'as ramené personne dans ton lit.

Je tends l'oreille. Non pas que le sujet m'intéresse ou que je sois jalouse, c'est juste dans un but instructif…

À d'autres !

Bon, j'avoue que cela me fait quand même plaisir de savoir que je suis la seule en ce moment. Sedge est le genre de mec à avoir une nana différente dans son lit chaque soir, voire plusieurs à la fois.

J'ai donc un privilège indéniable sur les autres : il est revenu dans le mien plusieurs fois.

Je dois me sentir heureuse ou consternée par ce constat ?

Cela veut-il dire quelque chose ?

Non !

– Tu sais où est ma sœur ? J'ai frappé chez les filles mais personne.

– Non.

La voix de Sedge est calme, mais légèrement défaillante. Mon rythme cardiaque augmente au fur et à mesure que Brock s'éternise dans la chambre. Il suffirait qu'il se déplace vers la fenêtre pour qu'il me voie.

Entièrement nue.

Oui, sinon, ça serait moins drôle…

– Je suis con, c'est toujours la guerre froide entre vous ! Normal que tu ne saches pas où elle est !

– Ouais…

– Ça va ? Tu as l'air bizarre ?

– Fatigué. Je me suis couché tard et tu viens de me réveiller, je te signale !

– Je voulais voir ta conquête de la nuit !

– Pervers !

J'entends mon frère partir dans un grand éclat de rire et claquer la porte.

On a eu chaud…

Au moment où je sors de ma cachette, je vois Sedge se diriger vers la porte et la fermer à clé.

Ça, c'est une bonne idée, manquerait plus que mon frère revienne…

Il s'approche de moi d'une démarche animale, entièrement nu lui aussi et le regard brûlant braqué sur ma bouche.

Je déglutis difficilement et resserre les cuisses. Ce mec est un appel à la luxure. Je ne peux détacher mes yeux de son sexe bandé.

Mon frère est toujours dans l'appart mais mon cerveau semble faire abstraction de sa présence. Je veux les mains de Sedge partout sur mon corps…

– Tu as ce qu'il faut pour ton article sur les sextoys ou il faut encore que tu t'informes ? me demande-t-il d'une voix suave.

Il se dirige vers son placard, farfouille et revient vers moi avec une boîte entre les mains.

– C'est pour toi.

Je suis méfiante. Le dernier cadeau que j'ai reçu de Sedge, c'était un zizi antistress, comme les balles mais en forme de zizi…

– Ouvre.

Je secoue la boîte.

– Pas de zizi en plastique dedans ?

– Lia, ouvre.

Je m'exécute et tombe sur une forme bleue et une sorte de télécommande.

– C'est un œuf vibrant. Le meilleur sur le marché. Il a une télécommande et une application sur téléphone.

Il est sérieux ?

***

Il était bien sérieux.

Me voici à mon bureau, lisant les courriers du cœur et du sexe avec un intrus dans ma culotte.

Et je ne sais pas à quoi m'en tenir…

Pourquoi ma curiosité maladive et le regard charmeur et empli de désir de Sedge m'ont fait abdiquer ?!

Maintenant, Sedge est le maître de ma culotte.

Monsieur est tranquillement chez lui pouvant faire joujou quand il le souhaite avec l'appli sur son téléphone.

Je me crispe imperceptiblement lorsque mon téléphone vibre.

Et si c'était l'œuf qui se mettait en marche ?!

Quel stress... Pourquoi ai-je accepté ?! Et surtout pourquoi je l'ai encore sur moi ?!

– Gaïa ?

Je sursaute à la voix de mon chef.

– Oui ?

Cette fois, je n'ai même pas la tentation de le corriger sur mon prénom, trop préoccupée par ma « situation culotte ».

– On a avancé votre chronique à demain donc il nous la faut au plus tard ce soir.

Une vibration me surprend.

Dans ma culotte !

BORDEL !

Ce truc vibre pendant que je parle à mon chef !

J'agrippe les accoudoirs de mon fauteuil de bureau et me dandine le plus discrètement possible.

– Vous en êtes où avec les courriers ?

– J'ai déjà répondu à une dizaine, monsieur, dis-je, les dents serrées de peur que ma voix ne déraille de trop.

– Bien. Faites vibrer nos lecteurs avec vos réponses.

Vibrer ?! C'est moi qui vibre, là !

Oh, purée de bois !

Je serre la mâchoire, je sens la chaleur monter jusqu'à mes joues et s'étendre dans tout mon corps.

– Vous allez bien ?

Je hoche la tête, arrivant difficilement à garder mes yeux ouverts.

– Humm-mmh… Je dois me concentrer…

– Oui, bien sûr, je vous laisse, dit-il en regagnant son bureau.

Je laisse mon front tomber lourdement sur mon bureau en même temps que les vibrations cessent.

J'attrape mon portable et m'éclipse jusqu'aux toilettes. En chemin, j'envoie un message à Sedge.

[Arrête ce truc !]

[Quoi ?]

[Sedge !]

[Oh, ça ?]

Et en même temps que je réceptionne son dernier SMS, les vibrations reprennent mais cette fois-ci elles sont plus intenses. Il a augmenté la vitesse… Je stoppe ma route et plaque une main sur le mur.

Le saligaud !

[Mais tu vas arrêter à la fin !
Je vais l'enlever !]

Ahhh !

Avant que je n'aie pu atteindre les toilettes, Sedge augmente encore les vibrations.

Je marche difficilement, me tenant contre le mur, le regard baissé afin de ne croiser personne. J'ai l'impression qu'autrement mes collègues vont comprendre ce qu'il se passe dans ma culotte…

C'est intense, dérangeant mais tellement excitant…

J'atteins enfin les toilettes, ma culotte vibrant toujours. J'ai chaud. De la sueur coule entre mes omoplates. Le plaisir que je ressens à avoir mon clitoris stimulé ainsi est au-delà de ce que j'aurais pu imaginer.

[Je suis sûr que tu n'es pas loin
de jouir…]

[Va te faire !]

[Moi aussi, je t'aime !]

Encore ce mot. Encore un battement de cœur de loupé.

Et soudain, je me sens partir dans un orgasme dévastateur. Je ferme les yeux et mords dans le dos de ma main afin de ne laisser échapper aucun gémissement, ou pire, un cri…

[Alors ?]

Je mets un certain temps à lui répondre. C'était super, ça oui, mais maintenant, j'ai l'impression que le sexe, aussi bon soit-il, ne me suffit plus… Surtout le sexe « de loin », sans pouvoir sentir les mains de Sedge sur ma peau, sans pouvoir admirer son regard brûlant plongé dans le mien…

Il me fait vraiment perdre la tête, je dois me ressaisir !

[Je te déteste !]

[Hâte de l'essayer avec toi à mes côtés et de pouvoir voir ton visage et ton corps se tendre et jouir…]

Ce type aura ma peau…

Je m'empresse d'enlever cet œuf de malheur de ma culotte et me passe de l'eau sur le visage avant de sortir et d'affronter les regards de certains de mes collègues.

Pas envie qu'il soit inscrit sur mon front : « A joui comme jamais. »

***

Des sextoys pour vibrer de plaisir ?

Mesdames, n'ayons pas peur de nous servir de ces petits jouets formidables ! Le marché s'est développé et la qualité a fortement augmenté.

Il y a une multitude de sextoys différents : les vibromasseurs, les plugs, les œufs vibrants, les boules de geisha et j'en passe.

Ils auront tous une utilité différente et vous procureront des sensations diverses et parfois inconnues de votre corps.

En solitaire ou à deux, n'hésitez pas à les inclure dans vos ébats sexuels, vous m'en direz des nouvelles !

L'utilisation de ces jouets ne doit plus être taboue mais doit vraiment faire l'objet de longues discussions à deux. Cela doit être un accord commun lorsqu'ils rentrent dans les ébats de couple.

Alors, renseignez-vous, investissez et jouez !

J'attends donc vos retours avec impatience !

Miss Love

19

Galiane

Je bous.

Je suis nerveuse et en colère.

Et je ne me comprends pas.

Je suis perdue.

Totalement.

Sedge se fait draguer par une cliente depuis le début de la soirée et les sourires qu'il lui retourne, les gestes qu'elle a envers lui – elle lui caresse la main ou l'avant-bras dès qu'il est proche d'elle – m'exaspèrent et je m'énerve moi-même ! Je ne dois pas ressentir cela. Si ?

Je ne sais plus où j'en suis avec Sedge et avec mes sentiments…

Je le vois s'éclipser et je le suis sans plus y réfléchir.

Il s'engouffre dans les toilettes réservées au personnel, mais il n'a pas le temps de refermer que j'entre, mains sur les hanches et le regard noir.

– Tu me fais une crise de jalousie ? demande-t-il en croisant les bras contre sa poitrine.

Je sens mes joues rougir. Je ne suis pas jalouse du tout… Enfin, il ne me semble pas…

– Non.

– Lia.

Son regard bicolore me dévisage avec un brin de malice. Il se moque de moi ?

– Non, mais je préfère que tu me dises si tu veux arrêter nos petits jeux…

Je n'ai pas le temps de comprendre ce qui m'arrive que je me retrouve plaquée contre le panneau de bois de la porte.

Sedge prend en coupe mon visage et me maintient afin que nos regards soient plongés l'un dans l'autre.

– Tu essayes de me dire quoi, Lia ?

Une boule se forme au fond de mon estomac.

Je ne veux pas le perdre.

Il est mon opposé.

Il est mon ennemi.

Mais il est aussi l'homme avec qui je me sens le mieux.

Il est celui qui me révèle à moi-même.

Je ne réponds pas avec des paroles. Je plonge sur ses lèvres si douces et à la fois si exigeantes.

Notre baiser se fait plus bestial. Je plaque mon corps contre le sien, passe mes mains entre nous et déboutonne son jean. J'avale son grognement. Sedge lâche mon visage, remonte ma jupe sur les hanches et commence à me caresser par-dessus le tissu de mon tanga pendant que j'empoigne sa verge que je viens de libérer de sa prison et entame un va-et-vient.

Notre étreinte est rude et insatiable.

Je sens que lui comme moi désirons atteindre la jouissance au plus vite, et l'endroit où nous nous trouvons ne fait qu'augmenter notre impatience et que pimenter nos jeux…

Nos orgasmes se répondent à quelques secondes d'intervalle. Sedge dépose un baiser sur mon front puis récupère du papier qu'il humidifie. Il vient me laver délicatement et retirer toute trace de lui sur mon ventre.

– Je ne suis pas comme tu le penses, Lia. Je ne cherche pas ailleurs. Tu me suffis, dit-il d'une voix tendre, le regard lumineux.

Il dépose un doux baiser sur mes lèvres qui me fait battre le cœur plus rapidement. Alors, sans que je réfléchisse à ce que mon geste signifie, je le retiens d'une main derrière la nuque et le ramène à moi pour approfondir notre baiser. Nos langues se trouvent et je ressens tout au fond de moi des papillons prêts à s'envoler.

Ce baiser me semble si naturel, si passionné, si vrai… Ce qu'on partage, à cet instant, me semble tout sauf un jeu.

Ai-je peur ? Non. Sedge me fait du bien.

Encore sur mon petit nuage, j'ouvre la porte et tombe nez à nez avec Eda.

Merde…

Je reviens brusquement à la réalité : je suis dans les toilettes du personnel, avec son frère…

Ça va être dur à justifier, ça…

Son regard navigue entre lui et moi et devient de plus en plus sombre.

Ma meilleure amie me pousse et referme la porte derrière elle.

– Il se passe quoi ?

– Rien, m'empressé-je de répondre.

– Ne me prends pas pour une imbécile, Galiane. Pas toi. Je le vois sur vos visages et ça sent le sexe ici. Putain ! Mais vous fabriquez quoi ?! Brock est au Red Lion, bordel ! Moi je m'en fiche, mais Brock, c'est une autre histoire ! Sedge, sors d'ici, il ne faut pas que vous apparaissiez ensemble au pub et surtout avec… (Elle pointe nos deux visages de son index.) vos têtes post-orgasme. C'est vraiment perturbant quand même !

Sedge m'embrasse le front avant de refermer la porte derrière lui, et je reste stupéfaite par son geste devant sa sœur. Eda croise ses bras sur sa poitrine et tape du pied sur le sol.

Je déglutis péniblement.

Elle est ma meilleure amie et je lui ai caché tout un pan de ma vie, qui concerne également son frère. Je comprends qu'elle soit furieuse…

Et elle a raison : je lui dois bien la vérité.

– Je suis désolée de ne pas t'en avoir parlé avant, lui confié-je. Je crois que j'avais honte, en un sens, d'être si faible, de céder à mon ennemi juré… Et puis, c'était juste pour mes chroniques, au début, pour que je sache de quoi je parle ! Mais maintenant…

– Mais maintenant ? m'encourage Eda, qui semble s'être adoucie face à mon air penaud.

– Maintenant je ne sais plus.

– Putain, j'aurais dû m'en douter ! s'exclame-t-elle soudain. Vous étiez toujours à vous chamailler, à vous chercher… Ça ne pouvait pas finir autrement que dans un lit, il fallait bien canaliser toute cette tension !

Je souris malgré moi face à sa réaction.

Ça fait tellement du bien de pouvoir en parler avec elle ! Elle va peut-être pouvoir m'aider à y voir plus clair !

– Le truc, c'est que c'était vraiment génial, au lit, et…

Je baisse les yeux malgré moi. C'est quand même très bizarre de parler des prouesses sexuelles de Sedge avec sa sœur… D'ailleurs, elle-même esquisse une grimace exagérée en m'entendant prononcer ces mots.

– Et j'ai peur que ça ait un peu obscurci mon jugement, je ne sais plus où j'en suis. J'étais censée expérimenter avec lui pour mes chroniques, et continuer à le détester en dehors de ces moments-là !

– Mais cette tête de nœud a fini par te séduire, hein ? me lance Eda avec une petite moue.

– Je crois bien que oui.

Et c'est à la fois déroutant et totalement effrayant à admettre…

– Galiane, tu sais bien que je t'aime et que je ne veux que ton bonheur, reprend-elle, soudain sérieuse. Je t'aime tellement que je suis même prête à te pardonner de m'avoir caché un truc aussi énorme pendant tout ce temps ! Et c'est pour ça que je dois être honnête. Franchement, Sedge et toi… Je crois que ça ne mènera à rien. C'est mon frère, je l'adore, et c'est un mec super, mais vraiment, avec les filles, il craint… Je ne l'ai jamais vu s'attacher à une nana, on dirait qu'il a un cœur de pierre, cet imbécile ! Il n'est pas fait pour être l'homme d'une seule femme, je crois. Et j'ai juste peur que si tu attends plus que du sexe, il ne soit pas en mesure de te satisfaire. Et que tu finisses le cœur en miettes…

C'est effectivement le cœur lourd et serré que j'assimile les paroles d'Eda : elle a raison, je cours à ma perte en courant après Sedge…

Je la remercie d'un câlin et quand je sors enfin des toilettes et me dirige vers le bar, j'ai le ventre noué et les idées en vrac. J'intercepte le regard inquiet de Sedge. Il doit probablement se demander ce que m'a dit sa sœur…

Il faut que j'admette enfin que Sedge est plus pour moi que le grand frère de ma meilleure amie ou mon sex friend. Il est plus.

Et c'est pour ça que je dois m'éloigner de lui sur-le-champ, si je ne veux pas souffrir davantage…

***

Le bip de mon téléphone me réveille et j'ouvre péniblement un œil en grommelant.

Déjà que j'ai eu du mal à m'endormir à cause de mes satanées pensées qui vagabondaient sans cesse vers un certain garçon au sourire taquin, mais si en plus on me réveille au beau milieu de la nuit…

J'attrape mon téléphone et découvre un message de l'objet de mes tourments.

[Ça va ? Stp dis-moi
que ma sœur n'a pas
tout foutu en l'air ?]

Je m'assois sur mon lit, soudain totalement réveillée, l'estomac noué et le cœur en vrac. Comment lui faire comprendre qu'elle n'a rien foutu en l'air, qu'elle m'a juste ouvert les yeux pour m'éviter de sombrer encore plus ? Comment lui dire tout ça sans lui avouer mes sentiments ridicules ?

Je finis par opter pour une formulation qui peut tout ou rien dire :

[On a joué avec le feu, Sedge,
et je n'ai pas envie de me brûler…
Il vaut mieux en rester là. Merci.]

J'éteins mon téléphone et me recouvre de la couette. J'ai mal. Je ne pensais pas ressentir cela mais oui, je souffre. Mon cœur se tord de douleur et un vide immense s'abat sur moi. Sedge est réellement devenu plus ces dernières semaines. Des larmes inondent mon visage, je n'essaye pas de les arrêter.

– Lia ?

Je sursaute dans mon lit, le cœur prêt à s'échapper de ma cage thoracique.

Qu'est-ce qu'il fait là ?!

J'essuie rapidement mes joues humides, cachée sous ma couette avant de l'affronter.

– Sedge ! Tu m'as fait une peur bleue !

Je m'assois et l'observe. Je suis à la fois heureuse de le retrouver ici, qu'il ne tire pas un trait si rapidement sur notre histoire, et à la fois paniquée à l'idée qu'il comprenne mes tourments et surtout qu'il devine que j'ai développé des sentiments forts pour lui…

– Désolé.

Je le vois s'approcher grâce à la pleine lune qui éclaire faiblement l'intérieur de ma chambre mais c'est suffisant pour que je remarque ses traits tirés et ses cheveux aux reflets roux en pagaille.

Il s'assoit sur mon lit, me faisant face. Mon rythme cardiaque s'accélère un peu plus lorsqu'il vient caresser en un effleurement léger ma joue.

– Je ne veux pas que ça s'arrête, Lia.

– Sedge…

Je baisse mon visage et fixe mes mains posées par-dessus ma couette.

– C'est ce que tu souhaites vraiment, Lia ? Tout arrêter ?

Non !

– Oui. Tu m'as appris énormément de choses. Je me sens plus confiante par rapport à mon corps et mes désirs.

Je te remercie pour tout ça. Mais désormais, Miss Love est devenue une affaire qui roule, alors plus besoin de continuer, réponds-je, le cœur lourd.

Il soupire fortement, se relève et marque un temps d'arrêt sur le pas de ma porte.

– Putain ! éructe-t-il en frappant le mur, me faisant sursauter.

La porte d'entrée claque derrière lui.

Pour la dernière fois ?

Des larmes se mettent à couler sur mon visage.

Perdue. Je suis perdue.

Je n'arrive plus à penser correctement, à comprendre Sedge. Je n'étais qu'un jeu pour lui, alors pourquoi cet accès de rage ?

Je vais devoir redevenir la Galiane qui le rembarre à tout va. Faire comme si je ne connaissais pas son corps dans ses moindres détails. Ce corps que j'ai appris à aimer sans m'en rendre compte.

Sedge aura été une belle surprise.

Vais-je pouvoir me tourner vers un autre homme à présent ? Vais-je pouvoir le laisser poser les mains sur moi ?

Non, certainement pas.

Une nausée m'envahit.

Pourquoi faut-il que mon corps et mon cœur tombent sous le charme et réclament le seul qui ne m'est pas destiné ?

20

Sedge

J'ai mal.

Mal à en crever.

Lia m'a toujours retourné le cerveau mais jamais elle ne m'aura fait souffrir autant.

Putain!

Je m'en veux d'avoir relâché ma garde dans les toilettes du pub. C'est à cause de tout cela que Lia a pris peur et a tout arrêté.

J'aimerais savoir ce que ma sœur lui a dit et lui dire ma façon de penser! Elle aurait pu s'occuper de son cul pour une fois!

J'enrage à un point!

Je tourne en rond dans ma chambre, et l'évidence me frappe de plein fouet: je l'aime. Ce qui n'était qu'une envie un peu puérile de mettre dans mon lit cette fille qui m'a toujours attiré s'est transformé en tellement plus…

Lia est devenue une femme si belle. Elle brille de l'extérieur et scintille de l'intérieur. Mon cœur n'a pas su garder ses distances et je suis tombé si profondément amoureux d'elle que c'en est douloureux en cet instant.

Mais elle ? Qu'éprouve-t-elle pour moi ?

Ce soir, j'ai eu ma réponse.

Ce n'est donc pas la peine que je me fâche avec mon meilleur ami pour Lia. J'étais prêt à tout lui dire. À assumer mes sentiments. Même si vu son côté méga-protecteur envers sa sœur, je me serais pris une beigne ou deux, et il m'aurait fait la gueule à vie. Je me souviens très bien que déjà, quand on était gosses, il se renfrognait les quelques fois où je regardais un peu trop sa sœur entre deux chamailleries, et il m'a toujours mis en garde de ne pas m'approcher d'elle, il m'a toujours prévenu qu'elle était *off-limits*.

Il pensait sûrement que je lui aurais brisé le cœur, mais en fait, c'est elle qui a brisé le mien…

Au fil des années, plus Lia me détestait, moins Brock a eu de raisons de s'inquiéter que le grand méchant loup rôde autour de sa précieuse Galiane et je pense qu'il ne soupçonnerait même pas qu'il ait pu se passer quelque chose entre nous, aujourd'hui.

Si c'était le cas, il m'aurait déjà foutu à la porte de mon propre appart…

Pour elle, j'étais prêt à mettre vingt-quatre ans d'amitié à la poubelle.

Je suis dingue d'elle mais visiblement ce n'est pas réciproque.

Je n'ai plus qu'à panser mon cœur, cacher mes sentiments et reprendre ma routine pour oublier.

Une fille différente dans mon lit et le plus souvent possible.

Je vais redevenir ce connard que j'ai toujours été avant elle.

Car si l'amour fait souffrir à ce point, je ne veux plus jamais connaître ça.

***

Je suis exécrable avec tout le monde depuis des jours et des jours. Avec mes employés, avec mes clients, avec Brock et Eda.

Lia m'évite et je ne cherche pas à la retenir ou à la voir. J'ai bien trop mal et bien trop de colère en moi pour une confrontation.

Brock ne comprend pas mon changement d'humeur et Eda est bien trop perspicace. Elle a compris qu'il s'était passé quelque chose entre sa meilleure amie et moi.

Et moi, j'ai compris que tomber amoureux est la chose la plus stupide que je pouvais faire.

Car désormais je rêve de Lia, de son rire, de sa peau contre la mienne et de son odeur. Elle est partout en moi.

Je n'ai pas encore réussi à aller dans les bras d'une autre mais c'est ce que j'ai de mieux à faire.

Dès ce soir, je vais partir en chasse de celle qui me fera oublier les images de Lia.

Je dois l'oublier même si pour ça je dois avoir la mort dans l'âme.

21

Galiane

Je suis l'ombre de moi-même depuis que j'ai repoussé Sedge.

Heureusement j'ai tout raconté à Eda et elle me soutient dans cette épreuve. Je sais que ça lui pèse de me voir triste, mais je sais aussi qu'elle avait raison, que c'était la meilleure décision à prendre : arrêter tout, tout de suite, avant que cela soit trop tard pour moi. Pourtant, elle m'a confié qu'elle était elle-même surprise de constater que son frère n'avait vraiment pas l'air bien, en ce moment. Elle a peut-être peur d'avoir fait une erreur, de s'être trompée sur son compte, sur sa capacité à s'attacher à quelqu'un. Mais moi, je pense que c'est surtout son ego qui est blessé, pas lui…

Je connais Sedge, il n'est pas l'homme d'une seule femme et je l'ai suffisamment entendu le dire depuis toutes ces années. Je le vois reprendre ses habitudes de drague mais je ne reste pas assez longtemps au Red Lion pour savoir s'il ramène ces femmes dans son lit, cela me briserait encore plus le cœur.

Grâce à Miss Love, j'ai pu découvrir et vivre auprès de Sedge une expérience fabuleuse et très enrichissante, mais à cause d'elle, mon cœur s'est retrouvé en mille morceaux.

Je n'aurais jamais cru que ma haine envers Sedge pût se transformer en amour.

Mais peut-être que ce n'était même pas de la haine ? Peut-être que j'ai toujours su que Sedge était dangereux pour moi, et que j'ai juste cherché à me protéger en érigeant des barrières de protection ?

Pourtant, maintenant que Sedge a totalement envoyé valser toutes ces barrières, je ne regrette aucun de ces moments passés avec lui. Pour l'heure, ils me font souffrir, mais un jour, je sais que je les chérirai car je suis certaine d'une chose, ce que j'ai offert à Sedge, ce que j'ai ressenti à ses côtés, aucun autre homme ne l'aura, et aucun ne me fera vibrer comme lui seul a su le faire.

Mais pour le moment, je dois me protéger, ranger ces souvenirs dans une petite case et avancer.

Avancer sans lui.

Avancer et ne rien laisser paraître.

Avancer et empêcher mon cœur de s'émietter chaque jour un peu plus…

22

Sedge

Je ne sais pas ce que je fais.

L'alcool embrume mon cerveau et altère mes décisions.

Une fille est dans mon lit. Je la regarde se déshabiller. Elle est jolie mais elle ne me fait rien.

Je m'en veux de jouer avec elle.

Je ne la désire pas.

Je veux celle qui est juste de l'autre côté de ma chambre.

– Je suis désolé. Rhabille-toi.

– Pardon ?! Tu te fous de moi, là ?

Je ne réponds pas et attends qu'elle s'habille à la hâte. Lorsqu'elle claque la porte d'entrée, je prends ma tête entre mes mains et pousse un cri rageur. Brock est en déplacement ce soir, je peux laisser libre cours à mon désespoir, à ma détresse, à toute cette peine que je n'arrive plus à contenir… Soudain, mes pieds me portent dans une autre chambre, celle d'un appart situé sur le même palier. Je sais que j'ai trop bu et que c'est la pire des choses à faire, mais ce soir je ne peux plus résister. L'odeur de Lia m'emplit les narines. Le cœur serré, je me glisse dans ses draps, tout contre son corps chaud et endormi.

Je suis là où je devrais toujours être.

Auprès d'elle.

23

Galiane

Une chaleur inhabituelle m'englobe et me pousse à ouvrir un œil. Aussitôt, je remarque une forme allongée près de moi, et mon cœur s'emballe.

Sedge.

Je l'observe, endormi et paisible, le visage tourné vers moi. Du bout des doigts, je remets en place une mèche qui lui barre le front. La lueur de la pleine lune dessine le contour de son visage, des ombres jouent sur sa peau et accentuent sa beauté, et je laisse mes yeux imprimer cette image : je ne veux perdre aucun détail de ce moment. J'aime sa mâchoire carrée, ses longs cils à faire pâlir de jalousie n'importe quelle fille. Mon cœur bat plus vite et une chaleur rassurante se diffuse dans tout mon corps. Je cale ma respiration sur la sienne, lente. Je veux imprimer dans ma tête cette image de lui, si beau et si doux.

Mais que fait-il dans mon lit ? Pourquoi est-il ici, endormi ? Je pensais qu'il avait tourné la page.

Mon cœur se serre, et je comprends que j'ai besoin de lui à mes côtés.

Surtout quand ses paupières s'entrouvrent, que son regard endormi rencontre enfin le mien, et que je comprends, à la peine que je lis dans ses yeux embués, qu'il souffre autant que moi de cette situation.

Et à cet instant, je sais que je ne veux pas le laisser partir.

Ni de ce lit, ni de ma vie…

Alors je n'hésite plus. J'attrape mon téléphone, enclenche une playlist et capture ses lèvres dans un baiser tendre et chargé de promesses. Il se montre d'abord hésitant puis il passe sa main derrière ma nuque et reprend le contrôle de notre échange, devenant de plus en plus exigeant, de plus en plus avide. Sa fougue pourrait me faire peur, mais c'est tout le contraire : je me sens si forte entre ses bras et je sais ce que je veux.

Lui, rien que lui…

Il est celui que j'attendais et que je désirais tout au fond de moi.

Et il est celui à qui je veux offrir ce que je n'ai jamais offert à aucun homme…

Je m'allonge sur lui et approfondis notre baiser, sentant sa douleur tout contre ma bouche, nos non-dits et notre désespoir. Mais tout ça s'envole bien vite et est remplacé par quelque chose de beaucoup plus léger, de beaucoup plus joyeux.

J'accueille le soulagement qu'il exprime à travers notre étreinte et lui demande pardon à travers mes lèvres.

Ses mains viennent prendre mon visage en coupe et me relèvent légèrement la tête. Je sens son sexe bandé contre mon bas-ventre alors que son regard s'ancre au mien.

Nous n'avons pas besoin de mots pour nous comprendre. Il sait ce que je désire. Lui. Juste lui en moi. Je veux ce moment si précieux.

Sedge me renverse et me surplombe.

– Tu es sûre de toi, Lia ?

Son regard brillant et doux me transperce et me bouleverse.

– Oui.

– Pourquoi ?

– C'est toi. Ça a toujours été toi, Sedge, dis-je, émue.

Le sourire qui s'étire sur ses lèvres et le bonheur qui s'échappe de lui me réchauffent le cœur. Puis, celui-ci s'emballe lorsque Sedge dépose un baiser sur mes lèvres et enlève délicatement mon débardeur. Ma poitrine offerte à sa vue, il plonge ses lèvres sur une pointe dressée, la mord, la suce et la cajole tour à tour pendant que je me cambre sous sa caresse.

Ma culotte enlevée, Sedge plonge ses doigts en moi lentement et pour la première fois. Si j'ai l'habitude qu'il vienne titiller mon clitoris, c'est une sensation tout autre de le sentir réellement en moi, et je gémis de plaisir en plongeant mon regard dans le sien, qui déborde de tendresse.

Alors je ne tiens plus, j'attrape son visage, le porte au mien, et lui dis enfin ce que mon cœur a deviné depuis déjà quelque temps :

– Je t'aime, soufflé-je du bout des lèvres tout contre les siennes.

Pendant un instant, j'appréhende sa réaction, et n'ose pas le regarder.

Et s'il prenait peur ?

Mais quand ses yeux viennent à nouveau trouver les miens et me disent tout ce que j'ai besoin de savoir, mes doutes s'évanouissent aussitôt.

– Je t'aime aussi.

Je deviens liquide.

Ses mots qui coulent dans mes veines, son regard amoureux, ses doigts en moi, tout ça me fait fondre.

Nos bouches se retrouvent à mi-chemin en un baiser passionné et libérateur.

Il vient butiner à nouveau les pointes de mes seins. Son pouce se pose sur mon bouton rose, il tourne autour, le taquine jusqu'à ce que je me cambre de plaisir, puis s'arrête et recommence. Il me cherche, il fait monter en moi cette sensation électrique qui envahit tout mon être. Une boule de feu se forme au creux de mon intimité. Sa bouche vient remplacer son pouce. La chaleur de son haleine à cet endroit me surprend lorsqu'il souffle sur mon clitoris. Je suis tout simplement en feu. Sa langue vient s'enrouler autour du point le plus sensible de mon anatomie. Il le suce, tire légèrement dessus tout en continuant le va-et-vient de son index en moi. Je me crispe lorsque le plaisir devient insoutenable. Mes pieds se tendent et je lâche un profond gémissement lorsque l'orgasme me renverse.

Il remonte lentement le long de mon corps et vient planter son regard dans le mien. Un sourire naît sur son beau visage, je le lui retourne.

Il dépose un baiser sur le bout de mon nez et mon cœur en rate un battement par ce geste si tendre et, oui, si intime en cet instant. Nos échanges silencieux, nos gestes l'un envers l'autre ont changé. Sedge attrape un préservatif dans ma table de chevet – heureusement que je peux compter sur Eda pour m'offrir ce style de cadeau… –, se protège et se positionne entre mes jambes. Une angoisse monte en moi que je chasse bien vite. C'est Sedge, il sera prévenant, comme toujours. Je plante mon regard dans le sien et n'y vois que de la bienveillance. Je prends une profonde inspiration. « Tout ira bien, Lia », me dis-je pour moi-même. Il n'y aurait pas eu un moment plus parfait que maintenant, et il restera gravé en moi pour toujours. Une première fois ne s'oublie pas et je la réalise avec l'homme que j'aime et qui m'aime. J'esquisse un sourire rêveur et Sedge vient déposer un bref et doux baiser sur mes lèvres.

« Bruises » de Lewis Capaldi remplace la précédente chanson. Sedge ne me quitte pas des yeux un seul instant, observant les traits de mon visage tout en plongeant extrêmement lentement en moi.

Je m'accroche à lui, posant mes mains sur sa nuque. Sa présence à l'intérieur de mon corps est perturbante mais pas dérangeante. Il faut juste que mon corps s'habitue. Il glisse en moi avec mille précautions, et sa prévenance me rassure. À un moment, je sens une douleur, je plisse le nez, serre la mâchoire et Sedge arrête aussitôt sa progression. Je n'ai besoin de rien lui dire, il est si attentif. Il vient caresser mes lèvres de sa langue, me demandant l'accès avec douceur, et je ne peux que me laisser emporter par notre baiser, tellement que j'en oublie la brûlure entre mes jambes. Son va-et-vient reprend, toujours très délicatement, jusqu'à ce que je le presse d'accélérer alors que je sens que le plaisir prend le pas sur la douleur.

J'aime tellement ce qu'il me fait découvrir…

Je n'atteins pas l'orgasme, cependant, mais pour une première fois, c'était déjà si magique…

Je suis comblée malgré tout, et alors que Sedge se retire délicatement et descend sa main vers mon bas-ventre pour me procurer également un orgasme, je l'arrête doucement.

Pour le moment, je veux juste savourer, redescendre en douceur de mon petit nuage et me remettre de toutes ces émotions.

Mais alors que je suis du regard la ligne de son corps fin et musclé, je me sens déjà si apaisée, si sereine…

C'était fabuleux, je n'aurais pu rêver mieux comme première fois. Mon cœur se gonfle d'une chaleur liquide et des papillons prennent leur envol tout au creux de moi.

Il quitte la chambre, revient avec un gant humide afin de me laver puis se recouche auprès de moi, entourant ma taille de son bras. Son geste me touche, je sens qu'il veut que tout se passe au mieux pour moi en ce moment spécial.

Nous n'avons toujours pas échangé un mot, seuls nos regards et nos corps se sont parlé. Et quelle intensité ! Jamais je n'ai ressenti ça. C'est donc ça, l'amour ?

Si c'est le cas, je ne veux jamais cesser d'être amoureuse…

Nous restons en silence, un silence agréable, léger et seulement comblé par la voix de Lewis Capaldi.

Si on m'avait dit il y a quelques heures que mon cœur en morceaux allait être recollé…

24

Sedge

Je me réveille avec une impression de sérénité. Même si Lia est déjà levée, son parfum emplit mes narines, et je me sens totalement à ma place dans son lit.

Je ne sais pas ce qui m'a pris de venir me glisser sous ses draps hier, mais j'ai tellement bien fait !

Quand elle m'a avoué ses sentiments, j'ai cru que j'allais exploser de bonheur…

Et quand elle s'est ensuite donnée à moi, si confiante et emplie d'amour, c'était encore plus beau. J'éprouve à nouveau des frissons rien que d'y repenser. Ça m'a fait comme un raz de marée à l'intérieur. Une vague de bien-être a envahi mon corps, et mon cœur s'est gonflé en oubliant les tourments de ces derniers jours. Elle est la plus belle chose que la vie m'ait offerte et je compte bien me battre pour elle.

Pour nous…

Je sais que Brock le prendra très mal, mais je ne peux pas faire autrement.

Je me lève et la rejoins dans le salon, pressé de la retrouver. Je sais qu'Eda est chez son petit ami et Brock en déplacement, cela nous laisse donc le champ libre pour quelques heures. Elle est installée sur le canapé, jambes repliées. Ses yeux sont perdus vers la fenêtre mais ne regardent rien en particulier. Elle semble partie loin dans ses pensées lorsqu'elle porte un mug fumant à sa bouche et que sa langue vient lécher le liquide chaud sur sa lèvre supérieure.

Bordel, ce qu'elle est belle…

Je retiens un grognement d'excitation, voulant encore la contempler en secret.

Je n'en reviens pas qu'une femme comme elle puisse m'aimer et m'ait donné ce qu'elle gardait de plus précieux en elle.

Je n'en reviens pas que Lia, ma petite fouine, la fille qui me détestait le plus au monde il y a encore quelques semaines, puisse m'aimer…

– Lia.

Elle sursaute mais par chance ne renverse pas le liquide sur elle.

– Tu m'as fait peur, dit-elle, une main posée sur le cœur et me transperçant de son regard embué de sommeil.

– Désolé.

Je la rejoins, m'assois à ses côtés et attrape ses jambes que je dépose sur mes cuisses.

Elle est juste en débardeur et en culotte, j'ai donc accès à sa peau douce et j'entame de longues caresses en cercle sur ses mollets.

J'aimerais pouvoir faire ça toujours, ne jamais perdre ces petits moments avec elle… Pourtant, le trouble que je lis dans le regard de Lia m'emplit de doutes.

Est-ce qu'elle est du même avis que moi ?

– Quelque chose t'inquiète ? lui demandé-je, la gorge nouée.

– La suite, m'avoue-t-elle avec un faible sourire. Je ne pourrai pas cacher éternellement notre histoire et je sais qu'il faut qu'on en parle à mon frère mais… j'ai peur. J'ai peur de perdre ce que nous commençons tout juste à construire. Je veux encore profiter de nous deux. Juste toi et moi.

– Ça me va, Lia. On prendra le temps qu'il te faut. Tant qu'on est ensemble, tout me va… Je crois au fond de moi que j'ai toujours été un peu amoureux de toi même si j'ai mis du temps à m'en rendre compte. Je pensais que c'était qu'une simple attirance physique.

Lia dépose sa tasse sur la table basse et prend mon visage en coupe. Son regard est embué. Je dépose un léger baiser tout contre ses lèvres et place mon front contre le sien. Je ferme les yeux et me remémore d'anciens souvenirs.

– J'ai toujours senti qu'il y avait quelque chose de fort entre toi et moi sans vraiment comprendre quoi alors j'ai tenté d'enfouir mes sentiments derrière des moqueries ou des piques. J'ai voulu me protéger mais je t'ai blessée. Je suis désolé de t'avoir poussée à me détester. Je ne veux plus que tu me détestes, je veux que tu m'aimes… terminé-je d'une voix cassée, le cœur à découvert.

– Je t'aime, chuchote-t-elle tout contre ma bouche.

Je sens les lèvres de Galiane chercher les miennes et je réponds à son étreinte intense. Son corps vibre tout contre le mien, je place ses jambes de part et d'autre de mes hanches et je nous relève mais ce n'est pas facile de se déplacer lorsqu'on a les yeux fermés…

Nous butons contre la table de la salle à manger et je dépose Lia dessus.

Nos regards s'affrontent et s'aguichent, et Lia laisse échapper un gémissement lorsque je l'enlace fermement, avant de venir déposer à nouveau ses lèvres contre les miennes en un baiser joueur.

Je lui enlève son débardeur, sa poitrine ferme et dressée vers moi m'appelle. Je plonge ma bouche et attrape une de ses pointes.

Putain, ce que j'aime son corps.

Lia enlève mon boxer et s'empare de ma queue, mais malgré le désir que je ressens, je recule.

– Tu es sûre ? Tu n'as pas mal ?

– Je te veux.

Son regard brûlant me confirme ses paroles, et je n'attends plus pour plonger sur elle.

Je butine son cou de baisers puis descends plus bas. Mes lèvres viennent prendre délicatement la pointe de ses seins dressés. Tour à tour, je tire légèrement dessus et les mordille. Ma main à plat sur son omoplate la retient tout contre moi tandis que ma bouche poursuit sa route en déposant des baisers le long de son flanc gauche, ce qui la fait glousser.

Mademoiselle est donc chatouilleuse à cet endroit...

Mes doigts s'aventurent sur son sexe, mais avant de faire quoi que ce soit, je plante mon regard dans le sien afin de m'assurer que j'ai sa permission.

Elle se mord la lèvre et hoche la tête.

Merci mon Dieu...

Quand mon index passe le long de sa fente, la découvrant totalement mouillée, je pousse un grognement et applique une légère pression sur son clitoris, ce qui lui arrache un gémissement. Je lui adresse mon sourire le plus coquin puis descends lui prodiguer les plus douces des caresses sur son intimité à l'aide de ma langue. Son cri d'extase me rend fier et me donne envie de la faire crier encore et encore... Je la regarde reprendre ses esprits puis je l'emporte avec moi dans sa chambre, ses jambes accrochées à ma taille, en faisant attention de ne pas la cogner contre un meuble et de ne pas me prendre les pieds dans un tapis.

Rien ne se mettra entre moi et l'orgasme que je compte bien lui donner !

Je la dépose au sol le temps d'enfiler un préservatif puis la plaque contre le mur, l'embrassant sauvagement. Elle vient crocheter ses jambes à mes hanches, j'empoigne son cul pour la soutenir, et je vérifie qu'elle est toujours aussi prête pour moi avant de plonger lentement en elle. Je ne veux surtout pas lui faire mal.

Je veux juste lui faire du bien...

Une fois en elle jusqu'à la garde, je me mets à bouger, lui demandant silencieusement l'autorisation de continuer.

– Plus vite… me presse-t-elle, un sourire coquin aux lèvres.

Je lui rends son sourire et accélère le rythme, en prenant soin de ne jamais quitter son visage des yeux, afin de pouvoir décrypter le moindre signe d'inconfort. Mais son beau visage ne me renvoie que les signes d'un plaisir intense…

Et tout à coup, son orgasme vient me surprendre : je sens son sexe se resserrer contre ma queue, et je ne tarde pas à jouir à mon tour, trop excité par sa jouissance pour pouvoir me contenir. Est-ce que faire l'amour avec Lia sera toujours aussi incroyable ?! C'est comme si je me perdais en elle et l'extase me ramène à notre réalité dans un nuage cotonneux. Je suis abasourdi par toutes les sensations que je ressens tout contre elle. En elle. J'ai connu beaucoup de femmes, je suis loin d'être chaste, mais avec Lia le sexe a une saveur particulière, si puissante et déroutante à la fois…

Lia semble comblée mais épuisée, alors je me retire délicatement, la dépose sur son lit et vient me lover contre elle.

Cette nuit aura été magique.

Elle m'aime. Je l'aime.

Nous aurons tout le temps d'affronter les conséquences plus tard. Pour l'instant, c'est juste elle et moi. Malgré notre passé, et malgré son frère, mon meilleur ami…

25

Galiane

Je pose le point final de ma dernière réponse à mes courriers du cœur du jour.

Enfin !

Je reçois de plus en plus de questions, par voie postale ou numérique, ce qui me garde bien occupée, entre ça et la chronique de Miss Love…

Un sourire étire mes lèvres alors que je relis mes quelques lignes adressées à une femme qui me demandait comment on pouvait savoir qu'on était amoureux.

Pour la première fois, ma réponse m'est venue tout naturellement. Avoir pris pleinement conscience de ce que je ressentais pour Sedge a été si libérateur. Je me voilais la face jusque-là, et désormais, je ne sais pas comment j'ai fait pour ignorer si longtemps mes sentiments pour cet homme qui occupe désormais toutes mes pensées, jour et nuit. Depuis quelques jours, j'héberge une colonie de papillons au creux de mon ventre, je dois constamment réfréner mon envie de toucher Sedge lorsque Brock est avec nous et mon souffle devient erratique lorsque je le vois, lorsque je l'entends, lorsque je pense à lui… Bref, je suis totalement mordue et je n'ai eu qu'à laisser parler mon cœur pour écrire à cette jeune femme !

Et maintenant, je vais le laisser parler encore un peu et me rendre à mon premier rencard officiel avec l'homme que j'aime… Je range mon bureau, attrape mon sac et me dirige vers la sortie alors qu'une délicieuse sensation d'attente mêlée de stress grandit en moi. La silhouette de Sedge se dessine un peu plus loin et mon cœur se met à battre plus rapidement.

Il est tellement sexy dans son chino camel qui lui fait des fesses à tomber, et dans son polo bleu marine qui s'ajuste à la perfection sur son torse…

Il se tourne vers moi comme s'il avait senti ma présence. Son visage s'éclaire, me réchauffant de l'intérieur, et je me jette dans ses bras ouverts, accueillant ses lèvres sur les miennes.

Nous nous sommes quittés ce matin après notre première nuit ensemble et j'étais déjà tellement en manque de lui…

– J'ai réservé dans un italien, ça te va ?

J'acquiesce de la tête et le laisse me guider jusqu'à un petit restaurant à la décoration rustique et au charme indéniable.

Un serveur nous installe à une table de deux personnes avec vue sur la place, et je me sens soudain nerveuse.

C'est la première fois que je me retrouve avec Sedge en tête à tête dans un restaurant. Nous ne sommes finalement jamais sortis rien que tous les deux en tant que couple.

J'ai l'impression de revivre notre premier verre ensemble, après la séance de cinéma, mais en encore plus stressant.

Pourtant j'ai réussi à faire ma première fois avec lui sans angoisser le moins du monde. Je devrais réussir à partager un repas à ses côtés sans m'évanouir, quand même !

Mais c'est plus fort que moi. Encore maintenant, Sedge me fait beaucoup trop d'effet… Il est si charismatique, presque intimidant… Pourtant, à cet instant, il semble aussi désappointé que moi et son manque d'assurance me fait sourire.

Au moins, on est deux !

Je m'assois face à lui et ses pieds viennent entourer les miens alors que nos regards se perdent sur le menu entre nos mains.

Au bout d'un moment, Sedge se racle la gorge.

– On croirait qu'on ne s'est jamais rencontrés avant…

Je lui souris et hoche la tête.

On croirait aussi qu'on est les deux personnes les plus nerveuses du monde !

– Tu t'es décidée ?

– Je vais prendre des pâtes à la carbonara. Et toi ?

– Comme toi.

Il referme son menu et pose sa main sur la table, venant à la rencontre de la mienne. Nos doigts se joignent et s'enlacent.

Nous nous sourions, gênés et intimidés par cette situation, puis j'éclate de rire ce qui a pour effet de détendre l'atmosphère.

– On est nuls ! m'exclamé-je.

Il m'adresse une petite moue penaude. Je me mords la lèvre inférieure et son regard ne tarde pas à dévier vers cette dernière.

– Tu es belle… laisse-t-il échapper dans un souffle, me faisant monter le rouge aux joues.

Je remonte mes lunettes et me tortille sur ma chaise. Sedge m'a déjà fait des compliments, mais je crois que dans sa bouche, ça me touche tellement que je ne m'y habituerai jamais vraiment !

– Comment ça se passe au journal ?

– Bien. Mais comme d'habitude, je dois rendre ma prochaine chronique dans trois jours et je n'ai encore aucune idée du sujet que je vais aborder…

Je vois son regard s'illuminer et un sourire en coin naître sur son beau visage.

– Besoin d'aide ?

Je tourne la tête afin de vérifier qu'aucune oreille indiscrète ne traîne.

– Pourquoi pas le bondage ? continue-t-il, cette fois plus gêné du tout.

Si on m'avait dit il y a quelques semaines que je serais moins gênée de parler de sexe que d'évoquer le menu d'un restaurant, je ne l'aurais pas cru !

– Le quoi ?

– Le bondage. Le fait d'être attaché ou d'attacher son partenaire de différentes manières.

– Je… Oh, putain, la vache !

La poisse !

J'attrape ma veste et mon sac à main et file en vitesse vers le fond de la salle, jetant un œil à mon frère qui vient de passer le pas de la porte du resto.

Je me cache dans les toilettes, le cœur battant au triple galop.

Je fais comment maintenant ?! Je vais rester enfermée dans ces toilettes jusqu'à ce que Sedge ait fini de manger ?!

J'ai la dalle et je dois reprendre mon travail bientôt. Mon téléphone émet un bip alors que j'allais moi-même envoyer un message à Sedge.

[Ton frère me tient la jambe…]

[Je fais quoi ?
Je suis aux toilettes.]

[Il n'y a pas une fenêtre
pour que tu puisses sortir ?]

Il plaisante ?! Mais en même temps, je n'ai pas trop le choix…

Je sors de la cabine et tourne mon regard vers la fenêtre en haussant les épaules.

Quand il faut y aller, faut y aller…

Après avoir positionné la poubelle sous la fenêtre, je grimpe dessus, pas très rassurée, arrive à ouvrir la fenêtre et me jette en travers de cette dernière.

Le mur est haut aussi de l'autre côté. Je fais comment maintenant pour atterrir sur mes jambes qui pendent toujours à l'intérieur ?

Bazar, ce que mes fesses sont lourdes !

Je me hisse un peu plus afin de sortir tout mon buste. Heureusement les toilettes donnent sur une petite impasse vide de tout passant.

Cette honte !

– Besoin d'aide ? entends-je la voix moqueuse et narquoise de Sedge.

Je grommelle et le fusille du regard, mais il vient quand même m'extirper de mon mauvais pas.

Ma jupe se relève au passage, dévoilant mon absence de culotte.

– Lia.

– Sedge.

Il serre compulsivement sa mâchoire après avoir découvert mon anatomie nue puis secoue la tête tout en se pinçant l'arête du nez.

– Allez, viens, on va manger un truc sur le pouce et je te dépose à ton bureau. Tu ne perds rien pour attendre, coquine… dit-il, se rapprochant de mon oreille et en effleurant mes fesses d'une caresse légère sous le tissu de ma jupe.

Avant, j'aimais le rendre fou de rage. Maintenant, je préfère le rendre fou de désir…

Mais nous avons eu chaud pour cette fois, et cela risque d'être compliqué, à force, de devoir toujours se cacher de mon frère…

Je vole une frite dans la barquette de Sedge, celui-ci me fait les gros yeux et cela me fait rire. Nous nous asseyons sur un muret qui longe la Tamise, le vent venant par moments soulever mes cheveux et me caresser le visage.

– Tu as dit quoi à Brock ?

– Qu'une nana m'avait posé un lapin, ce qui l'a fait beaucoup rire, d'ailleurs.

– Il ne t'a pas invité à venir manger avec lui ?

– Non, il avait un repas d'affaires et j'avais une nana en cavale à retrouver. Elle était dans une fâcheuse posture d'ailleurs ! dit-il, taquin.

J'affiche une moue boudeuse. Ma posture était plus que fâcheuse… Me retrouver les fesses et le reste à l'air en fuyant un restaurant par ses toilettes, jamais je n'aurais pensé vivre une telle scène dans ma vie…

Nous finissons de manger nos frites tout en regardant le *London Eye* tourner inlassablement, puis Sedge me raccompagne devant l'entrée de mon travail.

– À ce soir, Lia. Je t'aime.

Mon cœur en loupe un battement. Cela me fera-t-il toujours cet effet-là à chaque fois qu'il prononcera ces mots ? Ils sont si petits et pourtant si puissants.

Je m'avance vers lui, passe mes mains sur ses fesses puis vais chatouiller sa nuque de mes doigts, pendant qu'il m'enlace et me rapproche encore de son corps.

Je redresse la tête et viens ancrer mon regard dans le sien débordant d'amour.

– Je t'aime, Sedge. Tu es ma plus belle surprise, chuchoté-je du bout des lèvres.

***

Un roman entre les mains, je tente de me concentrer sur les lignes qui défilent sous mes yeux, mais mes pensées s'envolent sans cesse vers lui… Sedge travaille jusqu'à tard au Red Lion et Brock n'est plus en déplacement, nous allons donc rester chacun de notre côté ce soir. D'un côté, ça me frustre de ne pas pouvoir être avec lui dès que j'en ai envie, mais de l'autre, j'aime ce que nous construisons, cachés de tous sauf d'Eda. Garder le secret, c'est aussi préserver notre histoire. Cela peut paraître lâche mais je connais mon frère. Il est borné et obstiné, et il n'hésiterait pas à faire la peau à Sedge s'il apprenait qu'il m'a touchée.

Il a toujours veillé sur moi, mais je ne sais pas pourquoi, quand il s'agissait de Sedge, j'ai toujours eu l'impression que son instinct de protection était décuplé, alors même qu'il n'avait aucune raison de s'en faire.

À l'époque, il était plus probable qu'on se saute à la gorge plutôt qu'on se saute dessus…

– Eh, tu lis quoi ? me demande Eda en s'installant à mes côtés sur le canapé.

Je remonte mes lunettes sur le nez et lui montre la couverture d'un livre de Jojo Moyes, *Le vent nous portera*.

J'en suis au début, mais l'histoire me plaît déjà beaucoup.

Quand j'arrive à me concentrer dessus…

– Et toi, pas trop difficile ton service au pub ? Les affaires marchent bien ?

– J'ai les pieds en compote et je suis lessivée. Mais parlons plutôt de toi ! Tout s'est bien passé avec mon insupportable frère ? C'est toujours l'amour fou ?

Depuis quelques jours, Eda a bien été forcée de constater, comme moi, qu'elle avait peut-être jugé Sedge et son « cœur de pierre » trop vite. Et depuis, son regard sur notre relation a changé du tout au tout. Désormais, elle ne rêve que d'une chose : qu'on ait notre conte de fées !

– Oui, ça l'est, avoué-je sans pouvoir m'empêcher de sourire.

– C'est tellement mignon ! « Mignon »… Je n'aurais jamais cru employer ce mot pour parler de toi et Sedge ! reprend-elle avec un clin d'œil.

C'est vrai que jusque-là, j'aurais plutôt qualifié notre relation de « cauchemardesque » !

Mais le cauchemar s'est transformé en rêve dont je ne veux jamais me réveiller.

Je l'entends soupirer longuement.

– J'espère que Brock saura se montrer raisonnable et qu'il ne fera pas sa tête de mule !

J'esquisse un sourire en coin mais une angoisse vient se ficher en moi.

– Je vais aller prendre un bon bain et me coucher, ma belle. À demain, annonce ma meilleure amie au moment où mon frère fait son entrée dans l'appartement.

Quel timing…

– Salut, Bubble !

Il dépose un baiser sur ma joue et se dirige vers le réfrigérateur, en sort un soda, l'ouvre et boit directement à la cannette. Autant qu'il vienne s'installer complètement chez nous, ce sera plus simple…

– Tu as une idée du nombre de microbes qu'il y a là où tu poses ta bouche ? demandé-je, dégoûtée.

Il hausse les épaules et continue de boire.

Non, ça ne m'énerve pas… Enfin, juste un petit peu… Bon, oui, énormément !

– Tu ne sors pas ce soir ? lui demandé-je.

– Je suis passé voir Sedge au bar mais il était en grande conversation avec une brune qui n'avait d'yeux que pour lui et pas de copine à me présenter. Et puis demain je commence tôt, je pars à Paris pour une conférence.

Un éclair de jalousie vient me pincer le cœur.

Quelle brune ?!

– Bonne nuit, petite sœur, je vais me coucher, me dit-il en quittant l'appartement.

Je reste plantée en plein milieu de la cuisine.

Je ne suis pas jalouse.

Je vais aller me coucher.

Je ne vais pas aller vérifier de mes propres yeux…

Je me dirige vers ma chambre, balance mon tee-shirt imprimé donuts et mon short et passe un jean, un pull fin corail et des Toms.

Si, j'y vais ! Et il va voir de quel bois je me chauffe !

Je ferme la porte de l'appartement et descends les escaliers d'un pas rageur, me retrouvant presque aussitôt dans le pub.

Mon regard se pose directement sur Sedge en train de préparer un cocktail qu'il dépose devant la fameuse brune. La main de cette dernière vient se poser sur celle de mon homme qui tient toujours le verre.

Sedge a dû entendre les rouages de mon cerveau et ma colère intérieure car il redresse la tête et ancre ses yeux dans les miens.

Il retire sa main, intercepte une barmaid, lui chuchote quelque chose à l'oreille et quitte le bar.

Il se dirige vers son bureau sans un regard pour moi. Je lui emboîte le pas, prête à en découdre avec lui.

J'ai à peine eu le temps de refermer la porte derrière moi que Sedge me plaque contre le bois dur et capture ma bouche.

Je résiste et le repousse de mes mains posées contre son torse.

– C'était quoi, ça ? demandé-je en croisant les bras contre ma poitrine, la posture défensive et la voix rageuse.

– Ce que j'aime ta jalousie, Lia. Putain, tu m'excites ! dit-il, la mâchoire serrée et le regard brillant de désir.

– L'excité va se calmer et s'expliquer !

Il pouffe de rire.

Non mais je rêve !

– Pardon, mais tu es trop mignonne quand tu es en colère pour rien. À qui dois-je l'honneur de te voir ici ce soir ? À ton frère ? continue-t-il, le regard moqueur et le sourire en coin.

– Tu t'enfonces, Sedge.

– Je faisais juste mon job, Lia. Elle me draguait mais moi je ne suis pas intéressé. Ce que j'ai me suffit amplement. C'est toi que je veux. J'ai bataillé pour t'avoir alors je ne ferai pas de conneries, tu peux me croire. Je ne désire que toi. Je n'aime que toi.

Je tords ma bouche en une mine contrite et embarrassée.

Sedge vient m'encercler de ses bras et dépose un baiser sur ma bouche. Je me blottis contre lui et respire son odeur. Je l'aime tellement que parfois cela me fait peur. Je l'ai haï de toutes mes forces et désormais, je l'aime de toute mon âme.

Il me redresse la tête de ses paumes posées de chaque côté de mon visage.

– Je t'aime, Lia. Tu n'as pas à être jalouse. Ça fait trop longtemps que je t'attends. Toutes ces filles au pub qui me font des avances, ça ne veut rien dire pour moi. Il n'y a que toi, rien que toi…

Pour seule réponse, je pose mes lèvres sur les siennes dans un baiser affamé et exigeant. Sedge me fait reculer contre son bureau puis me soulève et pose mes fesses sur des papiers. Son bureau est un bazar sans nom…

Il faudrait que j'y vienne faire un peu de rangement à l'occasion.

Mes pensées complètement déplacées sont interrompues par Sedge qui m'enlève mon pull. Nous faisons l'amour sur son bureau, la musique étouffée du pub parvenant à nos oreilles, les papiers glissant par terre au gré de nos étreintes.

Son odeur est partout dans cette pièce et l'avoir tout contre moi me procure une sensation de bien-être. Je suis là où je dois être. Dans ses bras.

– Je t'aime, me chuchote-t-il au creux de l'oreille une fois que nos corps se sont répondu à l'unisson.

Les frissons reprennent et un liquide chaud vient parcourir mes veines. Je ne me lasserai jamais de ses mots doux.

Sedge me relève et me prend dans ses bras pour un câlin chaud et empli de douceur. Je suis tellement bien avec lui.

Il se dirige vers le canapé de cuir marron dans un coin de son bureau, m'assoit sur ses genoux et nous recouvre d'un plaid chaud et moelleux. Je love ma tête contre son torse et respire son odeur.

– Je t'aime, Sedge.

Mon corps commence à se relâcher et je sens la fatigue me tomber dessus.

– Tu ferais bien de retourner chez toi, Lia.

– Humm… Je n'ai pas envie de te quitter…

– Moi non plus mais il est tard et j'ai la fermeture du pub à faire.

Je hoche la tête tout contre son torse et dépose un baiser dans son cou, lui arrachant des frissons.

– Petite tentatrice, file avant que je ne perde le contrôle et te refasse l'amour.

– Ça me plairait bien…

On frappe à la porte du bureau, ce qui me fait sursauter et sortir du cocon dans lequel nous nous sommes perdus l'espace d'un instant.

– Sedge, un client demande après toi, annonce Mitch, un des serveurs, à travers le bois dur.

– J'arrive Mitch ! Allez ma belle, demain ton frère sera parti et Eda fait la fermeture. On passera la soirée et la nuit ensemble.

Ces moments où nous nous voyons en cachette apportent une excitation différente, mais j'aimerais néanmoins que cette situation ne s'éternise pas trop longtemps.

J'ai envie de pouvoir enlacer Sedge à tout instant sans avoir la peur d'être découverte. Je veux pouvoir montrer à tous que j'appartiens à cet homme et que toutes les pimbêches arrêtent de le draguer ! Il est à moi !

26

Sedge

Toutes les semaines, j'ai pris l'habitude de lire les chroniques de Lia. J'aime voir comment elle s'inspire de nos sujets de conversation et de ce que nous faisons au lit, j'aime contribuer à l'expertise de Miss Love et au bonheur de ma petite fouine.

Et je sens que le nouvel article que j'ai sous les yeux va beaucoup me plaire…

La première fois

La première fois est très importante. Il ne faut pas se sentir obligé de quoi que ce soit parce que vous pensez avoir l'âge de découvrir votre sexualité ou parce que vos amis l'ont déjà fait et que vous avez peur des jugements. Il n'y a pas de norme !

Sa première fois on ne l'oublie jamais, qu'elle se soit bien passée ou pas. C'est une étape importante dans la vie d'une personne. Il ne faut pas hésiter à en parler à votre partenaire. Vos doutes, vos questionnements, vos souhaits, il ne faut rien cacher à l'autre. Je ne peux que vous conseiller de sauter le pas quand vous vous sentirez prêt, dans un endroit où vous êtes à l'aise, quand vous aurez trouvé la bonne personne.

Vous devez avoir confiance en votre partenaire et si vous l'aimez, cela n'en sera que plus merveilleux.

Veillez à bien vous protéger en utilisant des préservatifs qui restent le seul moyen efficace contre les infections sexuellement transmissibles et entraînez-vous au préalable à le mettre avant le jour J.

Soyez détendu, ce n'est pas une performance, que l'on attend de vous. Vous devez profiter pleinement de cet instant unique.

Le but est de passer un bon moment à deux, oubliez les films porno ou les conseils que les amis ont pu vous donner, laissez-vous guider par l'autre et par votre instinct.

La douleur pourra être présente, c'est différent selon les femmes. Et les saignements ne sont pas automatiques. Mais surtout, l'orgasme n'est pas une fin en soi.

Je vous promets que la deuxième fois sera meilleure et les suivantes encore plus.

Ce qu'il faut retenir de cette chronique, c'est que votre première fois n'appartient qu'à vous. Vous êtes seul(e) à décider de quand et avec qui cela se passera. Mais surtout attendez d'être prêt(e) et ne le faites pas pour autrui. Vous êtes le seul maître de votre corps et personne ne peut exiger que vous l'offriez si vous n'en avez pas envie.

J'ai, pour ma part, longtemps attendu. Je n'étais pas prête, j'avais peur, je n'avais pas trouvé la bonne personne. J'ai sauté le pas tard pour la moyenne mais cela n'est pas grave car ma première fois fut exceptionnelle, un moment que je chérirai toute ma vie car j'ai fait l'amour en étant amoureuse, dans un endroit où je me sentais en sécurité et alors que j'étais prête et en confiance.

Je vous souhaite une belle première fois, aussi belle que fut la mienne avec l'homme que j'aime.

À bientôt,

Miss Love

Je termine ma lecture totalement chamboulé. Je sais déjà qu'elle m'aime, mais le voir écrit noir sur blanc dans sa chronique, c'est autre chose.

Elle déclare son amour pour moi au monde entier…

Mon téléphone sonne et je décroche machinalement, perdu dans mes pensées.

– Tu es prêt ? demande la voix de Brock.

– Hein ?!

Mon regard est bloqué sur mon écran d'ordinateur.

– On t'attend ! On doit encore passer prendre Galiane à son boulot et on y va. Ne me dis pas que tu as oublié ?

Merde, si, j'avais totalement oublié !

Nous partons pour le week-end dans notre ville d'enfance afin de fêter les 60 ans de la mère de Brock et Lia. Ma famille est bien évidemment invitée, ma mère étant la meilleure amie de toujours d'Elizabeth. J'éteins l'ordinateur, donne les derniers conseils à mon équipe et me dirige vers le quatre-quatre gris métallisé de Brock. Eda a pris place devant aux côtés du conducteur et celui-ci tire une tronche de deux mètres de long. Ma sœur m'adresse un clin d'œil de connivence et je comprends qu'elle a fait exprès de prendre ma place habituelle.

Je vais donc passer les deux heures de route qui nous séparent de Walton-on-the-Naze à l'arrière avec Lia. Nous ne pourrons avoir aucun contact mais ça m'est égal, rien que sa présence juste à mes côtés me rend heureux.

Lorsque nous arrivons devant le lieu de travail de Galiane, je ne peux m'empêcher de la détailler avec gourmandise. Elle a revêtu une robe légère, jaune et à fleurs qui lui va à merveille et me provoque des fantasmes inavouables. Son visage reste de marbre lorsqu'elle monte dans la voiture mais je vois une lueur malicieuse passer dans ses prunelles.

– Pourquoi c'est moi qui devrais passer les deux prochaines heures à côté de cet énergumène ?! lance Galiane, la mine renfrognée, jouant le jeu du « je le déteste toujours, lui ».

– Tu es la dernière donc tu n'as pas ton mot à dire, répond Eda, moqueuse.

La route est longue entre Brock qui fait la gueule on ne sait pourquoi, Eda qui jacasse de tout et de rien et moi qui meurs d'envie de me coller contre ma fouine et de poser une main possessive sur sa cuisse.

Plus les jours passent et plus j'ai envie de la revendiquer comme mienne.

Je pose ma main à plat sur le tissu foncé des sièges, à quelques centimètres de celle de Galiane. Je sais que je ne dois rien tenter mais c'est plus fort que moi, j'ai besoin de la toucher.

Surtout après ce que je viens de lire dans sa chronique.

Je suis heureux de savoir qu'elle n'a aucun regret et que ce moment magnifique restera gravé en elle à jamais. Je jette un coup d'œil sur Brock mais ce dernier est concentré sur la route. Ma main se rapproche dangereusement de celle de Lia jusqu'à ce que nos petits doigts se rencontrent. Brock a mis la musique à fond dans la voiture, mais j'entends quand même la respiration de Lia se modifier, se faire plus lourde. Elle lance un œil dans le rétroviseur intérieur puis se mord la lèvre. Je retiens difficilement un gémissement, j'aimerais tellement lui prendre sa bouche en cet instant et l'allonger sur la banquette afin de la combler… Mais je ne suis pas porté sur l'exhibitionnisme à ce point, et surtout, je ne suis pas maso.

C'est sûr que Brock me referait le portrait !

Je passe mon petit doigt par-dessus celui de Lia et me mets à la caresser en lui lançant un coup d'œil en coin. J'intercepte son regard qui se fait plus sombre, puis observe sa poitrine monter et descendre. Je rêverais de prendre ses seins entre mes mains et de les cajoler. J'avance encore plus ma main sur la sienne jusqu'à ce que nos doigts soient alignés les uns sur les autres puis je replie les miens sur les siens. Je serre sa main fermement et caresse de la pulpe de mon pouce sa peau fine. Lia garde un œil braqué sur le rétroviseur de peur que son frère ne nous surprenne mais j'aime ressentir cette excitation à l'idée que nous puissions être découverts à tout instant. Cela rajoute de l'intensité à cette étreinte infime mais si puissante. J'aimerais pouvoir toucher sa cuisse et la caresser mais me laisserait-elle faire ? Serait-ce raisonnable ?

Mes doigts se délient autour des siens et continuent leur progression vers sa cuisse. Elle déglutit d'appréhension mais écarte lentement ses jambes.

Oh, bordel ! Elle est prête à jouer !

Je me décale légèrement, pose ma main sur sa cuisse et remonte lentement sous le tissu jaune. Je braque mon regard sur l'avant afin de pouvoir stopper à tout moment ce que nous faisons si Brock se doute de quelque chose.

Ma main s'aventure dans le creux de ses jambes puis je pose ma paume sur son intimité, en prenant une profonde inspiration silencieuse. C'est dingue ce que je suis en train de faire et c'est encore plus dingue que Lia ne me repousse pas ! Je vois clairement ses dents plantées dans sa lèvre quand je passe mon doigt sous le tissu de sa culotte et la découvre mouillée.

Putain...

Mon sexe se réveille dans mon pantalon alors que je masse son clitoris et qu'en réponse, elle referme ses cuisses, emprisonnant ma main dans son étau chaud. Je vois le rouge monter de sa gorge jusqu'à son visage. Ses ongles se plantent dans mon avant-bras, sa poitrine monte et descend rapidement tandis que mes doigts la caressent, la fouillent, la cajolent jusqu'à ce qu'elle se contracte. Elle agrippe la poignée de la portière et jouit en silence, la tête en arrière, les yeux fermés et la bouche entrouverte.

Une petite vision de paradis…

Nos regards s'ancrent, je récupère mes doigts et les porte à ma bouche un à un alors qu'elle semble retenir difficilement un gémissement. Ses yeux brillants ne me quittent pas mais sa respiration commence à retrouver un rythme normal, en même temps que mon cœur cesse de battre au triple galop. Je remets en place ma trique qui commence à devenir douloureuse, extirpe mon portable de ma poche et pianote sur l'écran.

[Délicieuse.]

Je la vois piquer un fard en découvrant le message et cela m'amuse beaucoup. Je viens de faire jouir ma petite fouine à l'arrière de la voiture de son frère, et elle rougit face à un simple texto… Adorable.

[Je t'aime.]

Elle se mord la lèvre, je contiens difficilement mon grognement.

[<3]

Lorsque nous nous arrêtons sur la route pour une pause-pipi pour les filles, j'en profite pour coincer Lia avant qu'elle ne sorte des toilettes tout en prenant garde que Brock ne soit pas dans les parages.

Je l'entraîne dans une cabine, ferme la porte à clé derrière nous et capture sa bouche. L'endroit n'est certes pas romantique mais j'ai tellement besoin d'avoir son goût dans ma bouche, de sentir son corps tout contre le mien. Je suis accro à cette fille. Elle est totalement addictive. Je sais qu'il me sera impossible de me passer d'elle et que dans peu de temps il faudra que j'avoue tout à mon meilleur ami en espérant qu'il se montre compréhensif.

– J'ai tellement envie de toi, soufflé-je tout contre ses lèvres.

Lia effleure mon sexe bandé qui me fait un mal de chien. En même temps, je l'ai un peu cherché…

– Tu devras attendre, popol va devoir rester sage encore un peu, dit-elle, taquine.

Elle s'écarte de moi, commence à prendre le chemin de la sortie mais s'arrête, pivote légèrement et me lance un clin d'œil.

Petite peste…

27

Galiane

Après que l'on a déposé Sedge et Eda chez eux, je suis mon frère toujours aussi ronchon dans la maison de notre enfance. Comme à chaque fois qu'on vient, une bonne odeur de cookies nous accueille.

Ma tradition préférée !

– Maman ! On est là, annonce Brock.

Maman déboule, un torchon entre ses mains et vient déposer un baiser sur nos joues, le regard lumineux.

– Ça a été, la route ?

– Ton fils a été pénible, il a tiré une tronche de dix mètres tout le long mais à part ça tout s'est bien passé !

– Eda était à l'avant ! ronchonne Brock.

– C'est pour ça que tu boudais ?! Elle a osé changer tes habitudes ?!

En temps normal, nous laissons les mecs devant et nous montons à l'arrière afin de pouvoir discuter tranquillement. Mais je n'aurais jamais pensé que ça le chiffonnerait autant de casser la routine.

Quelle nouille, il aurait dû nous le dire plutôt que de faire la gueule. Qu'est-ce qui lui prend ?

Ma mère rit et nous entraîne dans la cuisine où nous dévorons les biscuits jusqu'à la moindre pépite de chocolat, avant de lui raconter les dernières nouvelles de Londres, la bouche encore à moitié pleine.

Je prends bien garde de ne pas lui parler de ma chronique ni du courrier du cœur dans lesquels je suis devenue une experte. Je ne suis toujours pas prête à ce que mes parents lisent mes articles, ce serait trop la honte.

– Je vais aller préparer ma tourte au poulet pour le repas de ce soir. J'ai tellement hâte, ça fait un moment que nous n'avons pas tous été réunis avec les Cunningham ! annonce ma mère.

Dire que je vais passer la soirée avec Sedge et ses parents… Il va vraiment falloir que nous tenions nos rôles et que nous nous envoyions des piques comme avant afin de ne pas éveiller les soupçons des uns et des autres.

Déjà que ça me semble compliqué d'expliquer la situation à mon frère, mais alors à nos deux familles au complet, n'en parlons pas…

***

– Alors Galiane, comment se passe ton travail ? demande Dwayne, le père de Sedge et Eda.

Je sens mes joues devenir rouges et m'essuie la bouche avec la serviette en tissu pour gagner du temps.

– Elle écrit des articles sur le sexe ! ricane Sedge.

C'est pas vrai ! Je vais le tuer !

Je lui donne un coup de pied sous la table et sa grimace m'indique que je n'y suis pas allée de main morte !

Je remonte mes lunettes sur le nez, furieuse après lui.

– Non, je déconne ! J'adore trop l'embêter ! Tu aurais vu ta tête, Lia ! À mourir de rire !

Pour toute réponse, je lui tire la langue.

Si ça continue comme ça, on n'aura plus besoin de faire semblant de se détester !

– Galiane, j'ai été voir *Last Christmas* au cinéma lorsqu'il est sorti, intervient Suzanne, la mère de mes amis. J'ai lu ta chronique et cela m'a donné envie de le voir.

– Tu en as pensé quoi ?

– C'est une histoire surprenante, je ne m'attendais pas à cette tournure ! En tout cas, tes chroniques sur le cinéma et la littérature sont très bien construites, avec un parfait mélange de sérieux et d'humour.

– Merci, dis-je en rougissant.

– Nous sommes très fiers de toi, Galiane, annonce mon père. Tu as toujours voulu devenir journaliste et tu y es parvenue.

Il lève son verre dans ma direction et me lance un clin d'œil.

Je lui retourne un sourire lumineux.

Mon père a toujours été bienveillant et encourageant avec ses enfants. Il nous a toujours poussés à choisir une voie qui nous comblerait en respectant les valeurs qu'il nous a inculquées. Et je doute que Miss Love lui plaise…

La conversation dévie sur le pub d'Eda et de son imbécile de frère.

Je sors mon téléphone, le cache sous la table et envoie un message à Sedge pour lui signifier que je n'ai pas oublié ce qu'il a annoncé tout à l'heure.

[La grève du sexe, tu connais ?]

Je ne lâche pas son visage des yeux et je jubile en voyant son regard s'agrandir en découvrant mon SMS. Il redresse la tête et ancre ses pupilles aux miennes avec un petit sourire en coin. Que va-t-il mijoter encore ?

[Tu ne sauras pas me résister,
coquine ! Et puis faut bien
que je tienne mon rôle
devant nos familles.]

Il me met au défi ?

Il pense que je ne saurais pas lui résister ?! Il va voir de quoi je suis capable !

[C'est un défi ? Je prends
le pari. C'est toi qui me supplieras
pour que je t'accepte dans
mon lit quand on sera
de retour à Londres…]

Son visage pâlit à la lecture de mon SMS.

Bien, il commence à comprendre qui est le maître dans notre couple… L'élève est en train de dépasser le maître !

[Non, non, non,
j'ai pas dit ça, Lia. Pitié…]

Je me mords la lèvre lorsque je sens un coup de pied dans ma jambe droite. Je relève la tête en direction d'Eda juste à mes côtés.

– Vous n'êtes pas discrets ! De vrais gamins ! Arrêtez ou sinon vous allez vous faire griller, chuchote-t-elle.

Je me redresse sur ma chaise et remets mon portable dans la poche de mon jean. C'est difficile d'être aussi proche de lui mais de maintenir une distance entre nous. J'ai l'impression que mes yeux me trahissent dès que je les pose sur lui. Que mes sentiments sont lisibles et visibles par tous.

Je ne pensais pas un jour pouvoir aimer autant un homme et encore moins *cet* homme… Mais il est celui que j'attendais.

Même s'il continue à me rendre folle !

– Tu vas arrêter ! me reprend Eda entre ses dents. Maintenant on dirait que tu vas le dévorer tout cru ! C'est flippant !

Je pouffe.

Si seulement je pouvais le dévorer…

***

Le repas s'est terminé et j'ai réussi à tenir éloignées mes pulsions de cannibalisme !

Après avoir dit au revoir à tout le monde, je prends ma douche, puis rentre dans ma chambre tout en frottant mes cheveux mouillés dans une serviette.

– Ce que tu peux être belle…

Je sursaute de peur en entendant cette voix intruse et plaque ma serviette contre ma poitrine avant de me coller contre le mur.

Non mais ça va pas !

Je m'avance vers Sedge et lui administre des coups de serviette tandis qu'il ne peut plus s'arrêter de rire de sa bêtise.

– Aïe ! Mais tu fais mal en plus ! chouine-t-il.

– Chuttt ! Qu'est-ce que tu fiches ici ? Et puis comment tu es entré ?

– J'ai grimpé à la gouttière et tu ne fermes jamais ta fenêtre.

Il se dirige vers la porte de ma chambre et donne un tour de clé puis pivote et ancre son regard au mien. Je déglutis péniblement car au fond de ses yeux je décèle le feu du désir.

Je dois rester forte, rester sur mes positions.

Sedge s'avance à pas de félin jusqu'à moi puis penche la tête afin d'effleurer ma clavicule de son nez. Je resserre ma serviette autour de ma poitrine, encore en colère à cause de son intrusion imprévue.

Reste forte, Galiane.

Son nez se perd dans mon cou puis remonte jusqu'à mon oreille. Sedge vient prendre entre ses dents le lobe de mon oreille et le mordille délicatement, me collant par la même occasion la chair de poule. Un feu incandescent s'empare de moi.

– Sedge, rentre chez toi, essayé-je de le repousser.

Ses mains viennent se poser sur ma taille et me rapprochent de son corps chaud. La preuve évidente de son désir vient se nicher tout contre mon ventre.

– J'ai toujours fantasmé sur le fait de te prendre dans ta chambre d'ado, sur ton lit, Lia…

– Eh bien coucouche panier pour ce soir, lui dis-je.

Il se recule et prend un air penaud.

– Tu ne vas pas réellement mettre tes menaces à exécution ?! Il fallait bien que je fasse le con pendant le repas, tout le monde sait que je te cherche en permanence ! Sinon ils se seraient doutés de quelque chose et ce n'est pas ce que tu veux, si ?

– Tu as dit que j'écrivais une chronique sur le sexe ! réponds-je en posant les mains sur mes hanches.

– Personne ne m'a cru ! C'était drôle, Lia…

– Je ne crois pas, Sedge.

Il vient me reprendre tout contre lui. Sa bouche me butine le cou et mon cœur s'emballe. Comment je peux lui résister ? Ai-je vraiment envie de lui résister ?

– S'il te plaît, laisse-moi t'aimer, Love…

Je me détache de lui et ancre mes yeux aux siens.

– Love ?

Il hausse les épaules et je vois une rougeur prendre possession de ses pommettes.

– Ça m'est venu tout seul… Je…

Il se passe une main derrière son crâne. Oh, ce que j'aime le voir si gêné…

– Tu es trop mignon, lui dis-je en l'enlaçant par la taille.

Il fronce son nez puis esquisse un sourire en coin. Je sors ma langue et viens taquiner sa lèvre inférieure avant de la lui mordre délicatement, pendant que ma serviette tombe à mes pieds.

Bon, on verra plus tard pour la grève du sexe…

Je passe mes mains sous son tee-shirt, le fais glisser le long de son torse et le lui enlève. Mes lèvres viennent se poser sur son torse, qui bouge au rythme de sa respiration frénétique. Tandis que je m'attaque à la ceinture de son jean, Sedge me mordille la peau fine juste derrière l'oreille, me provoquant des frissons dans tout le corps. Une fois les boutons défaits, je baisse le pantalon et il s'en dégage d'un coup de pied. Je pousse Sedge lentement jusqu'à ce que l'arrière de ses jambes rencontre mon lit et l'oblige à s'asseoir. J'aime ce pouvoir qu'il me laisse sur lui. Je suis aux commandes et ça me plaît beaucoup. Je me penche et viens déposer un baiser sur ses lèvres avant de me baisser, son regard sur moi me donnant toute confiance en mon pouvoir de séduction. Je m'accroupis face à lui et viens empoigner son sexe dressé. Nous ne devons faire aucun bruit, ce serait bête que quelqu'un nous découvre et surtout très embarrassant… J'ouvre la bouche, sors ma langue et viens lécher toute la longueur de sa queue. Puis je pose mes lèvres sur son gland et commence à l'aspirer. Je veux le rendre fou. J'entortille ma langue autour de son membre et le prends plus en profondeur…

– Ma chérie… Je peux entrer ?

Merde ! Double merde ! Ma mère est juste derrière ma porte et sous le coup de la surprise, je mords involontairement dans le sexe de Sedge.

Aïe !

Le pauvre est plié en deux, les mains posées là où il a mal et se mordant les lèvres afin de ne faire aucun bruit.

– Ma chérie ?

– Oui, j'arrive maman !

Je me tourne vers Sedge et parle à mi-voix :

– Sedge… Je suis vraiment désolée… Mais s'il te plaît, tu peux te cacher ?

Il redresse la tête et j'aperçois une larme au coin de son œil. J'ai mal au cœur pour lui.

Et pas qu'au cœur…

Je dépose un baiser sur ses lèvres et lui enjoins en silence de se planquer, le poussant dans mon placard et refermant les portes derrière lui.

Je passe ensuite rapidement un débardeur et un short, planque les vêtements de Sedge sous mon lit puis vais ouvrir à ma mère.

– Je suis contente que tu sois là, ma chérie.

Elle s'assoit sur mon lit, pile là où se trouvait Sedge quelques secondes plus tôt.

– Tu vas bien ? Tu as l'air d'avoir chaud, non ? poursuit-elle, l'air soucieux.

– Non, non, maman. Tout va bien, dis-je la voix un peu étranglée en prenant place à ses côtés.

– Tu nous as parlé de ta vie professionnelle mais tu n'as rien dit de ta vie privée.

– Tu veux savoir quoi ? demandé-je.

Pas de chance, ma mère est aussi curieuse que moi…

– Pas de petit copain ?

– Non, pas le temps.

Peut-être que si je fais des réponses courtes et que je ne brode pas, elle va se décourager ?

– Même pas… Comment vous dites, vous les jeunes… Ah, oui ! Un plan cul !

– Maman ! m'écrié-je en me levant du lit, choquée.

Je n'arrive pas à croire que j'ai cette conversation avec ma mère… C'est surréaliste.

– Alors ?

– Non, maman ! répliqué-je en posant mes mains sur mes hanches, agacée et vraiment mal à l'aise.

– Et avec Sedge ?

Je me raidis, surprise de sa question.

– Comment ça ?

– Vous êtes toujours comme chien et chat ? Tu sais, il t'aime bien. Sois gentille avec lui…

– Maman… réponds-je, exaspérée.

Elle me fait quoi, là ?!

– Je dis juste ça comme ça, Galiane. Sedge a toujours eu un côté protecteur envers toi mais tu es bien trop bornée pour le voir.

– Il a plutôt un côté emmerdeur, oui !

J'essaye de prendre l'air renfrogné mais j'ai envie de sourire rien qu'en parlant de lui. J'ai toujours été proche de ma mère depuis toute petite et elle est de bon conseil. Peut-être que je devrais tout lui raconter. Est-ce qu'on a raison de garder le secret ? J'ai l'impression que notre histoire est comme une Cocotte-Minute sous pression et qu'un jour la soupape lâchera... Je me triture les doigts, nerveuse et inquiète.

– Maman... dis-je d'une toute petite voix, prête à faire une bêtise en espérant avoir ce soutien qui me manque tant.

– Elizabeth ! appelle mon père.

– Je m'absente deux minutes et ton père est déjà perdu... Nous reparlerons plus tard, passe une bonne nuit, Galiane. À demain.

– Bonne nuit, maman.

J'attends que la porte se referme derrière elle, vais la verrouiller discrètement puis me précipite sur le placard et libère Sedge de sa cachette. Il me passe devant et mes yeux se braquent sur son fessier rond.

– Tu crois que c'est le moment de me reluquer, Galiane ?! demande-t-il, énervé.

Oups...

– Je suis toujours Love ? demandé-je d'une toute petite voix et en baissant les yeux sur mes pieds.

– T'as de la chance que je t'aime ! Tu m'as mordu le zguègue, Lia !

– Je n'ai pas fait exprès…

– Encore heureux !

Il vient me prendre dans ses bras et dépose un doux baiser sur le sommet de ma tête tout en poussant un profond soupir.

– Qu'est-ce que je vais bien pouvoir faire de toi…

– Me garder… dis-je en mordillant son menton.

– Pas le choix ! Tu as volé mon cœur, petite fouine.

Je me love un peu plus contre lui, profitant encore de ce secret que nous seuls partageons, repoussant le plus loin possible la nécessité de sortir de ce cocon rassurant et de tout avouer à mon frère.

28

Galiane

Il est presque midi et je n'ai envie que de deux choses : manger et continuer d'échanger des textos avec Sedge. Malheureusement, ma mère, Eda et sa mère veulent absolument continuer la session shopping en prévision de la fête d'anniversaire de demain. Apparemment, la robe fluide aux motifs fleuris que j'avais apportée pour l'occasion « ne va pas du tout ».

Je n'avais pas compris qu'il fallait être si apprêté que ça, moi…

Mais comme j'ai toujours aimé flâner dans la ville de mon enfance à cette époque de l'année, je me laisse traîner dans un énième magasin sans trop rechigner. Walton-on-the-Naze est une ville balnéaire, hors saison nous sommes peu d'habitants mais en été la population triple. Les vacanciers commencent à arriver pour la saison, les commerces sont ouverts en nombre, les rues s'animent, les gens sont plus agréables, bref la bonne humeur règne, aidée par le beau temps. Plus jeune, j'avais l'impression d'être en vacances tout l'été, ici. Nous allions souvent en bord de plage avec mes parents ou mes amis pour manger une glace le soir, ou nous sortions dans des pubs et finissions la soirée les pieds dans le sable.

Et là, tout de suite, ce programme me tenterait bien ! Je commence à avoir les jambes en coton à force de piétiner !

Heureusement, nous finissons par prendre place en bord de mer sur la terrasse d'un restaurant pour le brunch. La mer est calme, de légères vagues viennent se briser sur le rivage, les mouettes nous font profiter de leur chant. Je prends une profonde inspiration et me remplis de cet air iodé qui me manque tant à Londres.

Mais j'ai peu de répit : le serveur est à peine reparti avec notre commande que la mère de ma meilleure amie attaque.

– Bon, alors Galiane, toujours pas de petit ami en vue ?

Je lance un regard dépité à Eda. J'ai à chaque fois droit à cette conversation.

– Vous ne voulez pas arrêter avec ça ? râlé-je. Non, c'est le calme plat et je n'en recherche pas de toute façon !

Je sens bien que je suis agressive, et sur la défensive, mais je veux juste couper court à cette discussion.

– Et si j'étais lesbienne ?! continué-je. Et que j'avais peur de vous l'avouer ?

Ou si j'étais folle amoureuse de votre fils, et que j'avais peur de vous l'avouer…

– On t'aimerait pareil, ma chérie, avance ma mère en posant une main sur la mienne.

– Tu l'es ? m'interroge Suzanne.

– Non ! fais-je en croisant les bras contre ma poitrine et en adoptant une mine boudeuse.

– Elle a quelqu'un, lâche Eda.

– Eda !

Je la fusille du regard.

– C'est récent, laissez-lui le temps, bande de curieuses ! continue-t-elle sur sa lancée, pas gênée le moins du monde d'avoir lâché une bombe.

– Oh ! Il s'appelle comment ? Il a ton âge ? Il fait quoi ? me bombarde ma mère. Mais pourquoi tu m'as menti hier soir ?!

Je continue de faire les gros yeux à ma meilleure amie mais elle n'en a que faire. Je vais la tuer. Je n'ai pas envie de leur mentir mais j'y suis obligée maintenant. Eda ne peut pas se mêler de ce qui la regarde, parfois ?!

– Ça ne vous regarde pas et j'aimerais que cette histoire reste entre nous. Que vous n'en parliez à personne. Brock et papa ne vont pas arrêter de me tanner sinon.

– Et Sedge ? lance ma mère du bout des lèvres.

– Oh, oui ! Mon garçon n'a jamais apprécié qu'un autre te tourne autour ! On pensait que vous finiriez ensemble et non que vous vous détesteriez à ce point…

Je la dévisage avec des yeux ronds tout en me raclant la gorge.

– Quoi ?! Moi et Sedge ? Quelle idée ! raillé-je, très mal à l'aise.

Si vous saviez…

Nous terminons notre repas sur de tout autres sujets de conversation, et nous suivons nos mères jusqu'à une boutique de prêt-à-porter. Je vais être patiente et le moment venu, ma vengeance s'abattra sur ma plus si meilleure amie…

– Toi, je t'aime plus, dis-je à Eda.

– Je ne vois pas ce que j'ai fait de mal. Je leur ai juste donné un os à ronger. Tant qu'elles le rongent, elles ne t'embêtent pas.

Son raisonnement est tordu mais il se tient.

Quand nous rentrons enfin, la nuit vient de tomber, j'ai les pieds en compote, les bras chargés de sacs, une nouvelle tête et des ongles tout neufs. Je m'écroule sur le canapé en poussant un profond soupir.

– Tu t'es enfin décidée à te faire ravaler la face ? plaisante Sedge, me faisant sursauter.

Je n'avais pas vu qu'il était ici en train de boire une bière avec mon frère, qui s'esclaffe à la pique de son meilleur ami.

– Si tu veux, je peux te donner l'adresse, tu en as besoin toi aussi.

Je me lève, redresse les épaules, récupère les sacs et m'en vais dignement jusqu'à ma chambre alors que mon téléphone m'annonce l'arrivée d'un SMS.

[Tu es magnifique ! Je t'aime.]

Je m'arrête en plein milieu de l'escalier, un air béat clairement affiché sur le visage.

– Pourquoi tu as l'air si niaise ? demande Brock à mon oreille, me faisant sursauter de peur.

Qu'est-ce qu'il fait, lui ? Il était pas en train de boire une bière dans le salon ?

J'en lâche mon téléphone et je n'ai pas le temps de réagir que mon frère s'en empare.

Oh, non ! Il va tomber sur les SMS de Sedge et va tout comprendre ! On est morts…

– Rends-le-moi ! lui hurlé-je.

Mais Brock est immense et bras levés, je ne peux atteindre mon téléphone.

– C'est quoi déjà ton code ? Ah, oui, ta date de naissance.

– Brock ! Tu n'as pas le droit.

Ce dernier dévale les escaliers et va se réfugier dans le salon. Les yeux de Sedge s'écarquillent lorsqu'il comprend la situation. Brock est sur le point de découvrir notre secret…

Il parvient je ne sais comment à récupérer le téléphone. Mon cœur bat à mille à l'heure.

– Sedge, tu as intérêt à me rendre mon téléphone sinon je vais t'enduire de cire épilatoire en pleine nuit et arracher tous tes poils !

Il fait une grimace puis redresse la tête.

– C'est qui, Sebastian ? demande-t-il en levant les sourcils.

– Euh… un collègue, réponds-je en entrant dans son jeu. Sedge, tu as intérêt à me rendre ce portable !

– Je lui souhaite bon courage avec toi, dit-il en me le lançant.

Je le rattrape et fusille mon frère des yeux.

– T'es content ?! Tu connais le principe de vie privée ?!

Je ne lui laisse pas le temps de répondre et grimpe à toute allure les escaliers.

Une fois dans ma chambre, je déverrouille mon téléphone et transforme le contact Sedge en S. C'est plus prudent.

Putain, quand ces mensonges vont-ils se terminer ?

29

Sedge

J'avale une gorgée de ma bière lorsque j'aperçois Galiane, ma sœur et quelques-unes de leurs amies d'enfance entrer dans le pub où je suis avec des potes.

J'avoue que quand j'ai appris qu'ils voulaient qu'on aille au Victory, le pub où on avait tous nos habitudes quand on était plus jeunes, j'ai à la fois espéré et redouté que Lia et sa bande aient la même idée.

Car se retrouver ensemble ici veut dire devoir encore une fois jouer le jeu... Et je ne sais pas si j'en ai encore la force.

Je détaille ma petite amie, caché derrière ma bouteille. Elle est terriblement sexy ce soir, avec une robe blanche qui met ses jambes en valeur, et j'aimerais juste pouvoir traverser la pièce et l'embrasser, sans avoir à me soucier de rien.

– T'es en train de reluquer laquelle ? demande Alistair, un copain de lycée, en se tournant vers les nouvelles arrivantes.

Avant que j'aie eu le temps d'inventer quelque chose, il reprend :

– Putain, ça faisait un moment que je n'avais pas vu Galiane ! Dommage qu'elle soit la sœur de Brock parce que sinon…

Il me lance un clin d'œil de connivence et j'ai comme une envie de lui coller mon poing dans la gueule, mais je contrôle ma colère en reprenant une gorgée de bière.

Brock est de retour à notre table avec une autre tournée, ce qui coupe court aux remarques graveleuses d'Alistair.

Je supporte de moins en moins que nous nous cachions. J'ai envie de pouvoir montrer à tous qu'elle et moi formons un couple, que je l'aime plus que tout.

Dès qu'on sera de retour à Londres, je vais tout avouer à mon meilleur ami en espérant qu'il comprenne.

Les filles nous rejoignent en nous saluant. Brock les invite à s'asseoir avec nous et va à nouveau commander des boissons.

– Tu sais si elle a quelqu'un ? me chuchote Alistair discrètement, ce qui me fait crisper les doigts autour de ma bouteille en verre.

Il va se la fermer quand ?!

– Je ne sais pas et pourquoi voudrais-tu que je sois au courant ?

– Ben vous êtes voisins et ta sœur est sa meilleure amie.

– Je ne me mêle pas de leur vie.

– OK.

Je me renfrogne de plus en plus, il faut que je change vite d'attitude. Pas question de montrer et d'avouer quoi que ce soit à Alistair ou aux autres ce soir. Ce n'est ni le moment ni l'endroit.

– Allez, Kaitlyn, Lia, on va danser ! lance Eda aux filles.

Je jette un œil derrière moi : Brock est occupé au bar à commander une nouvelle tournée alors je me lève et me dirige discrètement vers sa sœur, qui se déhanche sur « Dance Monkey » de Tones and I. Poussé par une pulsion plus forte que moi, je me colle tout contre son dos.

Là, tout de suite, je me fous que l'on puisse nous voir. J'ai envie d'elle, de la toucher, de l'embrasser, de la tenir près de moi. Peu importe si Kaitlyn comprend qui l'on est l'un pour l'autre.

J'ai juste envie de profiter de l'instant, sûrement enivré par les quelques bières que je me suis descendues depuis le début de la soirée.

Galiane me laisse faire et se colle un peu plus à moi. Je pose mes mains sur ses hanches puis sur son ventre.

– Tu es belle… chuchoté-je à son oreille.

Je sens son corps frissonner.

Elle pivote entre mes bras et jette un coup d'œil circulaire, l'air soupçonneux.

– Mon frère ?

– Il est occupé. Viens.

Je la prends par la main et l'entraîne dans un endroit sombre et discret, la plaque contre le mur et prends en otage ses lèvres. L'un des avantages d'avoir passé une grande partie de mon adolescence ici, c'est que je connais ce pub par cœur.

Ici, on ne viendra pas nous déranger…

Je la dévore et joue avec sa langue. J'aime tellement la douceur de ses lèvres et le goût de sa bouche…

Je me fiche à cet instant que l'on se fasse prendre, je veux juste être tout contre elle, sentir la chaleur de son corps contre le mien, ressentir les battements rapides de son cœur. Elle me tient. Elle a tout pouvoir sur moi. Elle est comme l'air que je respire, elle m'est indispensable et primordiale. Sans elle, je ne vis plus.

Lia détache sa bouche tout en me caressant le menton de sa main.

– On devrait y retourner, Sedge, ils vont se poser des questions.

Elle amorce un pas mais je la retiens. Je pose mon front contre le sien et pousse un profond soupir, qu'elle interprète parfaitement :

– Je sais. On leur dit cette semaine, d'accord ? Ça me pèse aussi de le cacher.

– D'accord, Love.

Je dépose un bref baiser sur ses lèvres puis la laisse partir la première.

– T'es foutu, p'tit gars, m'interpelle un client âgé du pub.

Je le sais déjà !

30

Galiane

Je ne suis pas très fraîche, la soirée s'est finie tard et Sedge a de nouveau joué les escaladeurs cette nuit afin de me rejoindre dans ma chambre.

Résultat : mon corps est épuisé par toutes les choses qu'il a découvertes…

Je me vois rougir dans le miroir qui me renvoie l'image d'une femme épanouie, heureuse mais qui a besoin de repos.

Vive le maquillage qui camoufle !

Je jette un dernier coup d'œil à mon reflet. La robe corail que j'ai choisie est parfaite, elle s'évase à la taille jusqu'à mes pieds en un tissu léger et vaporeux.

Je descends les escaliers et suis interpellée par différents membres de ma famille ou amis qui sont déjà arrivés pour la soirée d'anniversaire de ma mère. Celle-ci a voulu fêter son anniversaire avec toute notre famille et ses amis prétextant que c'est le dernier qu'elle souhaite fêter. Après, elle sera trop vieille et ne voudra plus se souvenir de son âge. Elle veut avoir 60 ans pour toujours.

Je me dirige vers le jardin et cherche Sedge des yeux jusqu'à ce qu'une conversation m'interpelle. Les voix proviennent de la terrasse, je reste donc cachée sur le pas de la porte-fenêtre afin de ne pas être vue et de pouvoir jouer les fouineuses.

– Il n'a pas voulu me raccompagner, entends-je Brianna, ma cousine, geindre.

– Ah, mince ! C'est dommage, dit Kaitlyn.

– Pourtant il saute sur tout ce qui bouge… J'ai tellement entendu parler de ses prouesses et maintenant que j'ai refait ma poitrine, j'espérais que ce soit mon heure.

Je plisse le nez.

Beurk !

– Tu parles de Sedge ? demandé-je à Brianna en m'avançant vers elle.

– Oui. Toi qui es amie avec sa sœur, tu aurais des tuyaux ?

– Dommage pour toi mais Sedge est gay.

– Pa… pardon ?

– Gay, complètement. Il a eu une révélation et maintenant il n'est plus intéressé par le sexe opposé.

– Oh, ben mince alors… Je ne l'aurais jamais cru…

Je vois Kaitlyn, main sur la bouche, essayant de contenir un rire.

– Ce n'est pas grave, je vais tenter ma chance avec un autre, finit par répondre ma cousine, boudeuse.

– Oui, il vaut mieux.

Nous la regardons partir puis pouffons de rire d'un air de connivence. Je n'ai jamais pu supporter ma cousine.

– Alors comme ça, je suis gay ?

Je pivote et fais face au regard taquin de Sedge.

– Elle m'a énervée ! Sur le coup, je n'ai trouvé que ça…

– T'as de la chance que je t'aime, toi ! lance Sedge en tapotant mon nez de son index et en se dirigeant vers le jardin.

Kaitlyn nous regarde, les yeux écarquillés.

Je hausse les épaules et lui adresse un sourire gêné. Du fait de notre relation « secrète », je n'ai vraiment pas l'habitude de telles marques d'affection en public de la part de Sedge, mais je dois avouer que cela me plaît beaucoup. Je ne le quitte pas des yeux tandis qu'il salue des invités, souriant et charmeur avec les mamies.

– Tu as fait quoi du Sedge Cunningham coureur, prétentieux et pénible ?

– Je l'ai maté ! plaisanté-je en imitant un coup de fouet.

Et je l'ai aimé…

***

La journée est bien entamée, les conversations vont bon train et les invités ont l'air de s'amuser.

Et de se régaler, si j'en crois l'état du buffet froid commandé par ma mère, qui diminue à vue d'œil !

Je sens le regard de Sedge posé sur moi, mais comme je sais que ça interpellerait nos familles si j'allais le retrouver, je me contente d'écouter Brianna me parler de ses conquêtes d'une oreille distraite.

Elle revient de temps en temps à la charge sur Sedge et son homosexualité, mais heureusement, Eda finit par venir à mon secours, et j'arrive à m'éclipser.

Après avoir vérifié que mes parents et mon frère n'étaient pas dans les parages, je retrouve Sedge au fond du jardin, caché derrière un arbre centenaire.

– Alors, Brianna est toujours dévastée par ma nouvelle orientation sexuelle ? me demande-t-il tout en frôlant discrètement mon bras. C'est une vraie commère en tout cas, même mes parents sont venus me poser la question il y a cinq minutes !

– Ça va leur briser le cœur d'apprendre que tu es gay, plaisanté-je. Nos mères rêvent de nous voir ensemble !

– C'est vrai ? demande-t-il en baissant la voix et en se rapprochant de moi après avoir fait un tour d'horizon.

– Oui, elles m'ont avoué hier qu'elles ont toujours pensé que nous finirions ensemble.

– Il y aura au moins des membres de nos familles qui seront heureux pour nous.

Il chuchote ça tout en effleurant ma hanche de ses doigts, me collant des frissons dans tout le corps.

– À défaut de mon frère qui, lui, fera une syncope, plaisanté-je.

– Après m'avoir ravalé la façade…

Je m'avance pour lui déposer un baiser du bout des lèvres lorsque Brock me fait sursauter. Je fais un bond en arrière, mon cœur se met à battre rapidement. Qu'a-t-il vu ? Je lance un regard stressé à Sedge mais celui-ci semble décontracté.

– Vous faites quoi ?

– Je disais à ta sœur ma façon de penser ! annonce Sedge, l'air renfrogné.

– Pourquoi ?

– Ta sœur a été pondre que j'étais gay ! C'est la pire vacherie qu'elle ait pu me faire. Mes parents me posent plein de questions.

Le regard de Brock s'assombrit soudain et sa mâchoire se serre.

Merde, est-ce qu'il a compris qu'on essayait de noyer le poisson ?

– Tu connais la loi du talion ? dis-je en pointant mon menton vers Sedge pour espérer faire diversion.

Je n'attends pas de réponse et pars en essayant de contrôler le tremblement de mes jambes. J'espère que Brock a tout gobé…

– Galiane, attends ! m'intime Brock dans mon dos.

– Oui ? Tu veux quoi ? dis-je en pivotant vers lui.

J'essaye de prendre un ton détaché, mais au fond, je n'en mène pas large.

C'est sûr qu'il a capté, c'est sûr qu'il a capté…

– Tu pourrais me prévenir lorsque tante Colleen s'approche d'un peu trop près de moi ? T'as vu l'état de ma joue ?!

Je me mets aussitôt à rire, plus par soulagement qu'à cause de la situation.

C'est vrai que tante Colleen a toujours eu une fâcheuse tendance à pincer les joues et à faire des bisous pleins de rouge à lèvres…

Mais pour le moment, je suis bien trop contente de ne pas avoir été découverte pour ne pas taquiner un peu mon frère.

– Oh, tu ne sais pas te défendre tout seul…

– Elle est pire qu'une sangsue mais je ne veux pas la froisser.

– Oh, mais c'est qu'il a un cœur derrière tout ce tas de muscles, fais-je en lui pinçant la joue.

Il repousse ma main, agacé.

OK, ce n'est visiblement pas le moment de plaisanter…

Qu'est-ce qu'il est bougon pour rien en ce moment !

Son regard noir se perd dans le jardin, et il part rejoindre un petit groupe un peu plus loin.

– Je sais tout… annonce ma mère dans mon dos, me faisant sursauter.

Mais c'est pas vrai ! Ils sont décidés à me faire avoir une crise cardiaque avant la fin de la journée ou quoi ?

– Tu savais que Sedge était gay ? répliqué-je en faisant clairement l'innocente.

Ce n'est ni le lieu ni le moment de tout avouer.

– Sedge et toi…

– Je ne vois pas de quoi tu parles, dis-je en relevant le menton. Oh, je dois te laisser, Eda me fait signe de la rejoindre.

Je déguerpis avant qu'elle ne se rende compte que c'est encore un mensonge, remonte le jardin et m'empare d'une coupe de champagne que je bois d'un seul trait.

Putain, ça pique !

L'alcool me brûle la gorge mais j'ai besoin de courage pour terminer la journée. Ma mère aurait très bien pu être une bonne journaliste, elle est tenace et très fine psychologue.

Je n'ai plus qu'à espérer qu'elle ne décide pas que je vais être sa patiente du jour...

Je dépose le verre sèchement sur la table et me fourre un toast au saumon dans la bouche, puis goûte le scone salé.

Quand je suis stressée, j'ai besoin de manger, et là, je suis très stressée !

– Tu me conseilles quoi, morfale ? demande Eda à mes côtés.

– Ceux au saumon sont délicieux, réponds-je entre deux bouchées.

– Tout va bien ?

– Non. Ma mère sait tout.

– Et c'est si dramatique que ça ?

– Oui. Non. C'est juste que c'est pas le moment. Je pense que le mieux est de tout dire à Brock avant. Si c'est le dernier à être au courant, il risque de très mal le prendre en plus de l'annonce en elle-même...

– Va bien falloir que vous vous décidiez à le lui dire, Galiane. Plus vous attendez et plus ce sera difficile.

– Je sais bien... Mais j'ai tellement peur de sa réaction, peur que cela casse quelque chose entre nous.

– La seule chose qui risque d'être cassée, c'est le nez de Sedge ! plaisante-t-elle.

Si elle tente de me rassurer, c'est raté...

Nous nous enfilons encore quelques petits-fours et donnons notre avis sur chacun d'eux, en grandes gourmandes que nous sommes.

– Attention à votre ligne, les filles, nous houspille Suzanne.

– C'est trop tard pour moi, maman. Mes poignées d'amour et moi nous portons très bien !

Nous rions à la remarque d'Eda. Elle a toujours su mettre de côté les remarques désobligeantes des autres. Elle est comme elle est, elle ne changera pour personne au monde et j'admire sa force.

Je suis sûre qu'elle, à ma place, elle aurait déjà crié au monde entier qu'elle sortait avec son pire ennemi !

– C'est lequel le meilleur ? nous interroge Sedge en arrivant vers nous.

Mon cœur en loupe un battement. Il est si beau dans sa chemise bleu ciel. Le vent qui s'est levé a décoiffé ses cheveux et le soleil accentue ses reflets roux. Il ancre un court instant son regard lumineux dans le mien avant de s'emparer du toast que lui conseille sa sœur.

Au même moment, ma mère fait tinter son verre afin d'annoncer son discours, et nous nous avançons vers elle en prenant soin de nous tenir loin l'un de l'autre alors que je n'ai qu'une seule envie : glisser ma main dans la sienne et me blottir contre lui au vu et au su de tous.

– Je vous remercie d'être venus nombreux fêter mon anniversaire ! Je suis contente que mes enfants soient réunis avec moi. Depuis qu'ils habitent à Londres, nos moments passés ensemble se font rares mais je sais qu'ils sont heureux et que leur vie est belle.

Maman se rapproche de mon père et l'enlace brièvement.

– Avant de souffler mes bougies, je ne vais pas formuler un vœu pour moi, mais pour mes enfants. Je souhaite que leur vie continue à être belle, qu'ils profitent d'elle et surtout qu'ils la partagent bientôt avec leur moitié.

Sur cette dernière phrase, ma mère m'adresse un clin d'œil. J'entends Sedge ricaner dans mon dos.

– Ta mère n'est pas si dupe que ça… chuchote-t-il discrètement.

Je rougis et baisse les yeux. Suis-je si transparente dans mes sentiments pour lui ? Ou n'y a-t-il que ma mère qui sache si bien lire en moi ?

Les invités recommencent à parler entre eux, et mon père fait le service pour le dessert.

J'évite ma mère jusqu'à notre départ, où elle me glisse à l'oreille :

– Écoute ton cœur, Galiane. Ne renonce pas à l'amour pour les autres. Je t'aime, ma chérie.

– Je t'aime aussi, maman, dis-je, le regard brillant.

Je contiens mes larmes car je sais que ma mère me soutiendra dans mes choix mais je ne peux rien lui avouer avant d'avoir parlé à mon frère.

Je dépose un baiser sur sa joue et j'enlace mon père.

Puis je monte dans la voiture de Brock à côté d'Eda, bouleversée mais soulagée. Je dois suivre mon cœur et assumer les conséquences comme une adulte.

Je dois tout dire à mon frère et même s'il le prend mal, je ne renoncerai pas à Sedge pour lui.

31

Galiane

– Dans une semaine, jour pour jour, toutes ces cachotteries seront terminées, me rassure Sedge. On n'a plus qu'à attendre encore un peu…

Il me caresse les cheveux alors que je pousse un profond soupir, assise en tailleur sur mon lit.

Sur le trajet du retour, tout était clair dans ma tête pourtant : je savais qu'il fallait qu'on arrête de mentir aux autres, de se cacher, j'étais prête à tout dire à mon frère, mais il a fallu qu'il reçoive un appel urgent de son travail juste avant de rentrer dans l'immeuble. Résultat : il est parti à Paris et ce pour toute la semaine.

– Tu penses qu'il le prendra comment ? demandé-je du bout des lèvres, redoutant sa réponse.

Désormais, je suis vraiment prête à tout révéler à mon frère, mais ça ne veut pas dire pour autant que je n'appréhende pas sa réaction…

– Mal. Il ne va pas bien le prendre, Lia. C'est Brock, il est têtu et rigide. Il t'a toujours protégée de tout, il t'aime plus que tout. Regarde, il est même venu s'installer à côté de chez toi !

– Tu crois qu'il peut nous poser un ultimatum ?

– C'est-à-dire ?

– Pour moi, arrêter de te voir ou sinon il coupe les ponts. Pour toi, arrêter de me voir sinon votre amitié est finie ?

– Tu as trop d'imagination, Lia. Je ne pense pas, et j'espère que j'ai raison… soupire-t-il.

– Nous lui mentons depuis des semaines, Sedge. Brock va vraiment péter un câble, crois-moi. Regarde, lorsqu'il a appris que Bethany le trompait, il s'est cassé la main en frappant un mur et est allé casser la figure au type. Heureusement que tu l'avais suivi… Et lorsqu'il a appris que mes parents n'avaient pas amené notre poney dans la maison de retraite des animaux mais bien chez le vétérinaire pour qu'il soit euthanasié, il a menacé de fuguer.

– Il n'avait que 12 ou 13 ans, Lia.

– Oui, mais Brock déteste le mensonge, tu le sais bien. Ça risque de très mal se passer.

Je soupire et m'écroule sur le lit.

– On est deux, Lia. Le plus important c'est qu'on reste soudés. Il mettra quelques jours pour digérer et puis il se fera une raison lorsqu'il verra que nous nous aimons plus que tout.

– J'espère que tu as raison, dis-je du bout des lèvres en me perdant dans son regard rassurant.

En un éclair, je me retrouve à califourchon sur l'homme que j'aime. Sa chaleur et ses yeux si doux posés sur moi me réchauffent le cœur et me donnent un peu de sérénité, même si je n'arrive pas à faire partir la boule de stress qui s'est fichée en moi.

Je sais que ce ne sera pas simple avec Brock. J'ai le pressentiment que tout n'ira pas bien. Mais il faut que j'arrive à faire abstraction de mes doutes et que je profite des moments que je partage avec Sedge, car ces moments me sont précieux et me font tant de bien…

Je l'aime et ça, c'est bien la seule chose dont je suis sûre. Si je dois partir au combat pour notre amour, je n'hésiterai pas une seule seconde quitte à perdre une partie de moi, mon frère.

Même si j'espère de tout mon cœur qu'on n'en arrivera pas là…

Je ne veux pas être la cause de discordes et de souffrances.

Pour le moment, je me blottis contre le corps ferme de mon homme, respire son parfum, me laisse transporter par la douceur de ses mains qui se sont glissées sous le tissu de ma chemise et caressent la peau de mon dos.

Il ne doit y avoir que lui et moi encore pour quelques jours. Je veux profiter comme si chaque jour était le dernier à ses côtés.

Je veux le humer.

Je veux le goûter.

Je veux entendre ses rires.

Je veux l'aimer comme si demain ne devait pas arriver. Comme si demain nous refusait notre amour.

Lui et moi encore pour quelques instants. Heureux. Amoureux. Insouciants.

***

– Ce n'est pas drôle ! Arrêtez ! ordonné-je en boudant devant mon verre de jus de fruits.

Après mon travail j'ai rejoint Eda et Sedge au Red Lion, qui est bondé chaque soir depuis qu'ils ont enfin reçu le permis pour servir de la nourriture. Ça a aussi amené une nouvelle clientèle, et le brouhaha des conversations emplit le pub, lui conférant une ambiance joviale et amicale.

De temps en temps, des rires fusent et un jeu de fléchettes installé dans le fond de la salle fait l'unanimité auprès des clients.

Je leur ai expliqué la brillante idée de mon chef, à savoir qu'il veut que je tourne des vidéos de mes chroniques pour les poster sur les réseaux sociaux et depuis ils ricanent comme des ânes. J'ai vraiment la poisse en ce moment, ce n'est pas possible autrement.

– C'est quand même un peu rigolo, dit Eda en essayant de ne pas rire. Hein Sedge ?

– Euh…

Je le fusille du regard.

– Si tu veux toujours avoir mes faveurs, fais gaffe à ce que tu dis, chéri… intimé-je d'une voix doucereuse.

Ça me fait tellement de bien d'être naturelle avec Eda, de pouvoir être moi-même et pas quelqu'un d'autre, de ne pas avoir à jouer un rôle et à sauver les apparences par rapport à ce que je vis avec son frère.

– C'est bas, ça, Galiane, s'insurge Eda.

– M'en fiche. Aujourd'hui, j'ai tous les droits. Si ça se trouve, je vais me faire virer demain et ils vont mettre une autre Miss Love à ma place…

– Je ne pense pas, avance ma meilleure amie. Ta chronique marche super bien alors ils ne vont pas prendre de risques.

– J'espère que tu as raison…

– Mais oui, ça va aller. Oh, mon chéri est là ! dit-elle en se précipitant vers Lewis.

Ils sont beaux à regarder et tellement amoureux. Je suis contente pour ma meilleure amie. Lewis est quelqu'un de bien.

– Eh ! Salut Miss Love ! me lance Lewis.

Je grogne pour toute réponse et continue de bouder.

J'ai dit qu'il était quelqu'un de bien ? Je retire !

– Love, tu es si mignonne quand tu boudes…

Je m'étrangle sur la remarque de Sedge devant Lewis et lui fais des gros yeux.

– Pas la peine d'essayer de tuer Sedge par la force de ton regard, Eda m'a tout raconté et Sedge sait que je sais.

Je soupire. Je vais devenir folle avec tous ces mensonges…

– D'ailleurs, reprend ce dernier, vous formez un joli couple. C'était bizarre toutes ces piques que vous vous lanciez. La haine est signe d'amour secret très souvent…

Je lui adresse une grimace.

Notre histoire d'amour était-elle si évidente pour Eda et Lewis ? Si j'avais été moins aveugle ou bornée, aurais-je remarqué plus tôt que Sedge me plaisait ? Je me sens idiote de m'être retranchée derrière cette prétendue haine que je ressentais pour lui. J'étais si en colère qu'il puisse avoir tant de pouvoir sur moi…

Mais aujourd'hui, je suis contente que Sedge se soit montré tenace et que cette histoire de Miss Love ait réussi à faire naître notre histoire d'amour.

Désormais, il peut bien avoir tout le pouvoir qu'il veut sur moi…

– Tu es partie où ? me demande Sedge en posant sa main sur la mienne.

Je lui adresse un tendre sourire.

– Je me disais que j'étais contente que tu te sois montré chiant et têtu avec moi.

Il m'adresse un clin d'œil et je me laisse emporter par l'étincelle d'amour que je vois briller au fond de ses yeux. Sedge m'aime d'un amour si fort que parfois j'en ai le vertige.

Je suis à lui comme il est à moi.

Et je sais que quoi qu'il arrive, personne ne pourra me séparer de lui.

32

Galiane

Je me rends à mon travail avec la boule au ventre.

Vais-je être virée ? Être reléguée dans un autre service ?

Je ne m'en étais pas rendu compte avant que Miss Love avait pris tant d'importance pour moi. J'aime de plus en plus ce que je fais à travers ces chroniques et si je devais arrêter cela me peinerait fortement.

Miss Love fait partie de moi dorénavant. Elle m'a aidée à grandir et surtout grâce à elle j'ai compris ce que je n'arrivais pas à voir à travers mes propres yeux. J'ai trouvé mon amour. Le seul qui vous provoque des ondes de choc dans tout le corps lorsque vous y pensez ou lorsqu'il est proche de vous. Celui qui vous rend belle par la seule force de son regard posé sur vous. Celui qui vous fait battre le cœur un peu plus chaque jour et vous rend heureuse, beaucoup plus que vous ne l'avez jamais été.

Parfois l'aimer autant fait mal, mais je ne voudrais pour rien au monde que ça cesse.

Je m'apprête à franchir les portes de l'immeuble du journal lorsque mon téléphone sonne.

– Brock ! Tu vas bien ?

– Oui, Bubble. C'est pour te dire que je rentre demain finalement. Nous avons fini plus tôt.

– Oh…

– Cache ta joie…

– Oh, non, c'est super ! feins-je.

Cela veut dire une seule nuit entre les bras de Sedge avant que la tempête ne s'abatte sur nous.

Mais bon, c'est ce que je souhaitais, après tout : avouer à Brock au plus vite pour que ce mauvais moment soit derrière nous !

– J'arriverai en début d'après-midi.

– OK, à demain ! Je dois te laisser, je vais être en retard.

Je raccroche, encore plus nerveuse qu'avant cet appel.

Faites que Brock le prenne bien…

Je m'avance vers mon bureau mais je suis interrompue par mon chef.

– Gaïa ?

– C'est Galiane, monsieur.

– Peu importe, réplique-t-il, balayant ma remarque d'un geste de la main.

Et si je l'appelais blaireau, il dirait quoi ?!

Je serre la mâchoire et fixe mon regard dans le sien.

– Nous nous sommes certainement emballés avec cette histoire de vidéos, continuez comme vous faites, dit-il avant de tourner les talons.

Je pousse un profond soupir et remonte mes lunettes. Je continue Miss Love telle que je l'ai apprivoisée. La boule au ventre disparaît.

Je m'assois dans mon fauteuil, allume l'ordinateur, prends mon carnet de notes, un stylo et commence mes recherches sur mon prochain article, soulagée.

33

Sedge

J'ai l'air d'un voyeur mais je m'en fous.

Elle est tellement belle !

Elle n'a pas encore remarqué que je l'observais prendre sa douche. Elle me ruine les tympans avec sa chanson et sa voix mais peu importe, je l'aime. La musique à fond dans sa salle de bains, elle chante à pleins poumons et se dandine sous le filet d'eau.

Je laisse échapper un rire qui la fait sursauter, elle se tourne vers moi, le pommeau de la douche en guise de micro.

– J'ai toujours su que tu n'étais qu'un voyeur ! s'offusque-t-elle.

– Et toi, tu chantes faux mais voir ton cul bouger…

Je ne termine pas ma phrase et commence à me déshabiller sous son regard courroucé qui change au fur et à mesure de mon effeuillage. Ses prunelles se font brûlantes. Je laisse tomber le dernier rempart à ma nudité, me pare d'une capote puis me dirige vers ma petite fouine. Je sais que mon regard se charge de lui indiquer tout le désir que j'éprouve pour elle.

Lia se plaque contre la faïence de la douche, la chair de poule apparaît sur sa peau et lorsqu'elle passe sa langue sur sa lèvre, je ne tiens plus et fonds sur elle.

Je m'empare de sa bouche comme si c'était la dernière fois que je l'embrassais. Demain, nous devrons affronter la colère de son frère mais ce soir je veux qu'il n'y ait qu'elle et moi. Juste une femme et un homme qui s'aiment à en mourir, indifférents au monde extérieur. Je veux lui faire oublier les tourments de notre histoire et la combler pleinement encore une fois.

Je m'écarte d'elle lorsque « Lover » débute.

– Taylor Swift ? Vraiment ? lui demandé-je, taquin.

– J'aime beaucoup ce qu'elle fait.

La chanson est très langoureuse, en totale adéquation avec le feu qui brûle en nous. Je me penche et capture la pointe durcie de son sein entre mes dents tout en la plaquant contre moi et mon sexe dressé. J'ai tellement envie d'elle. De mon autre main, je caresse son clitoris déjà gorgé de désir.

– Viens... susurre-t-elle à mon oreille en m'entraînant hors de la douche.

Et je sais que je vais vivre une dernière nuit magique avec elle.

Avant que tout ne change.

Une dernière nuit où j'aimerais arrêter le temps et profiter encore d'elle sans les tumultes de la vie.

Une dernière nuit avec elle où j'aimerais lui dire encore et encore mon amour pour elle.

34

Sedge

– Les affaires ont l'air de bien marcher, petit, lance Bill de sa voix mâtinée de whisky et de cigarette.

C'est un habitué du temps de mon oncle, et il arrive toujours au pub à midi pile pour commander sa pinte de bière brune – et depuis peu, son fish and chips.

– Ça marche bien, avoué-je, sans prêter attention à mon portable qui vibre dans ma poche.

C'est vrai qu'en ce moment, le Red Lion est plein tous les jours, les repas plaisent, et de plus en plus de gens des bureaux alentour viennent prendre leur pause-déjeuner ici.

– Ton oncle doit être fier. Tu as de ses nouvelles ?

– Il est parti faire une croisière pour célibataires !

Bill rit et tape de sa main sur le comptoir. Mon téléphone se remet encore à vibrer.

– Tu devrais répondre, la personne insiste, me conseille mon barman.

Je pousse un profond soupir et extirpe mon téléphone de ma poche.

– Oui ? réponds-je sèchement.

– Euh... Sedge ?

– Oui.

Je ne reconnais pas la voix, pourtant elle m'est familière.

– C'est Capucine, annonce-t-elle d'une voix douce.

– Oh... Je...

Je me passe la main sur le front et me dirige dans mon bureau. *Pourquoi mon ex m'appelle ?!*

Nous avons eu une courte relation elle et moi qui s'est mal finie. Je l'aimais bien mais sa sœur jumelle avait des troubles psychologiques, elle était très jalouse de moi et lui menait la vie dure. Elle est même allée jusqu'à faire du chantage au suicide en reprochant à sa sœur de s'être éloignée d'elle par ma faute. Bref, je n'étais pas prêt à m'engager dans ce micmac familial, j'ai préféré rompre et prendre mes distances pour ne pas envenimer la situation alors que je n'étais pas attaché à elle. Elle devait s'occuper de sa sœur. C'était le plus important.

– Tu vas bien ? demandé-je gentiment en faisant des allers-retours dans mon bureau, déstabilisé par son appel.

Je l'ai toujours appréciée et je garde de notre histoire un joli souvenir.

– J'avais besoin d'entendre une voix familière. Je pense souvent à toi et je voulais prendre de tes nouvelles.

– Euh... ça va. Je suis reparti à Londres comme c'était prévu et je tiens avec ma sœur le bar de notre oncle.

– Oh, c'est super, je suis contente pour toi.

– Merci.

Quoi dire de plus ?

– Et les amours ? me questionne-t-elle. Toujours coureur ou une fille a réussi à te ferrer ?

Je ris de sa remarque et me détends.

– J'ai été ferré, figure-toi et je suis très heureux, avoué-je, un sourire aux lèvres en pensant à Lia.

– C'est la fille de l'amie de ta mère, celle sur qui tu pestais dès que tu en avais l'occasion, à l'époque ?

Je me redresse et ouvre grand la bouche.

– Euh… mais… euh…

Je l'entends rire de mon étonnement.

– Une fille sent ces choses-là, Sedge.

Je ris à mon tour. Tout le monde sauf moi savait qu'on était faits l'un pour l'autre, apparemment…

– J'espère que tu as trouvé l'amour, toi aussi. Tu le mérites.

– Non, aucun homme ne m'a fait chavirer le cœur. Sinon, ta sœur va bien ? J'ai le souvenir que tu m'en parlais très souvent.

Je souris en pensant à Eda.

– Elle est heureuse en amour et je suis content de bosser avec elle. Nous formons une bonne équipe.

– C'est bien. Profite d'elle le plus possible, Sedge.

Il y a une petite pointe de nostalgie dans sa voix et je sors la première question qui me vient à l'esprit.

– Et ta sœur ?

– …

– Capucine, tu es toujours là ?

Je l'entends déglutir de l'autre côté de la ligne.

– Elle s'est suicidée. Tu savais comme elle était fragile… Tu l'as vu durant notre relation…

Mon cœur se serre pour elle. Mon Dieu… Sa sœur était tout pour elle, comme Eda pour moi.

– Je suis désolé… Je ne sais pas quoi dire…

Je tombe lourdement dans mon fauteuil de bureau, l'estomac en vrac.

– Ça fait toujours cet effet-là lorsque les gens l'apprennent. Elle avait des problèmes et j'espère que là où elle est, elle s'est apaisée. Je regrette juste de ne pas avoir passé plus de temps avec elle… dit-elle en étouffant un sanglot.

– Oui, je…

– Profite de ta sœur, Sedge, et des gens que tu aimes. On n'a qu'une seule vie. C'est important. Je me suis éloignée d'elle alors que j'aurais dû être encore plus présente…

Sa voix est emplie de douleur, de chagrin. Cela me fait tant de peine pour elle.

Nous discutons encore quelques minutes et j'essaye de lui redonner un peu le moral puis je raccroche et pose mon front contre le bureau, troublé. J'avais écarté cette histoire de mon esprit, j'avais oublié les difficultés que nous avions rencontrées… C'était peu de temps avant que je rentre à Londres et le fait de revoir Lia a totalement effacé de ma mémoire ce conflit entre les jumelles. Mais désormais, tout ça me revient en pleine figure.

C'est de ma faute…

Ma faute si elles se sont éloignées, ma faute si ce drame s'est produit.

Si je n'avais pas fait partie de la vie de Capucine à un moment donné, rien de tout cela ne se serait passé…

Au moment où mon téléphone sonne à nouveau, une pensée terrible me vient à l'esprit.

Et si je ruinais la relation de Brock et Lia comme j'ai ruiné celle de Capucine et sa sœur ?

***

La vie est une putain de farce.

Elle vous donne tout et vous reprend tout en un claquement de doigts.

Eda m'a appelé en m'informant de ce qui venait de se passer : « Un fanatique est entré dans le journal de Lia, proférant des propos incompréhensibles et a tiré dans les bureaux. Deux de ses collègues sont décédés sur le coup, et douze sont dans un état grave. Il y a quelques blessés légers, aussi. Galiane est à l'hôpital, Sedge… »

J'en ai lâché mon téléphone et un cri proche de celui d'un animal meurtri est sorti de mon corps.

Depuis l'appel d'Eda, mon cœur s'est arrêté.

Je cours comme un malade à travers les couloirs blanc et gris de l'hôpital.

Je n'ai pas pu lui dire au revoir. Je suis parti discrètement, voulant la laisser dormir. Je veux remonter le temps et être à nouveau contre sa peau. Je veux pouvoir humer son parfum, l'entendre rire et m'appeler « p'tit merdeux ». Je veux qu'elle me déclare à nouveau son amour.

Je déboule dans le service le souffle court, le cœur au bord des lèvres et le visage ravagé par les larmes.

Brock et ses parents sont présents ainsi que ma sœur.

– Elle est où ? demandé-je, la peur au ventre.

Personne ne me répond. Je vais péter un câble.

– Putain ! Quelqu'un peut me dire où elle est ?

– Sedge, calme-toi, intervient ma sœur en posant sa paume sur mon torse.

– Je veux savoir où est Lia… exigé-je.

Ma voix se brise.

– Au bloc opératoire, m'informe Brock. On n'en sait pas plus mais c'est grave à ce qu'on nous a dit.

Mon sang se glace. Je m'effondre sur une chaise.

La femme que j'aime peut m'être enlevée à tout moment…

Lia…

Des pas qui grincent sur le sol en plastique de la salle d'attente me font relever la tête. Je me lève et vais à la rencontre de l'homme en blouse blanche qui s'avance vers nous.

– Nous avons pu arrêter l'hémorragie et extraire la balle. Les prochaines vingt-quatre heures seront décisives pour elle, nous informe-t-il, l'air grave.

Je m'effondre littéralement. Je m'écroule contre le mur et glisse jusqu'au sol, la tête entre les mains.

Je pleure, indifférent aux autres.

– Seule la famille est autorisée à lui rendre visite.

Je ferme les yeux, désespéré. La famille… Je ne suis pas sa famille.

– Son petit ami peut aller la voir ? entends-je ma sœur demander.

– Oui, bien sûr.

Je sens une main me caresser le dos.

– Sedge, lève-toi, je t'emmène la voir.

– Pardon ?! gronde la voix de Brock.

– Brock, ce n'est pas le moment, le rabroue Eda.

– Je crois que si. C'est quoi ces conneries ? demande-t-il durement, le regard empli de colère.

Une veine est apparue sur sa tempe et bat au rythme de son pouls rapide. L'animosité qu'il ressent à mon égard est bien visible en cet instant, il serre tellement les poings qu'il semble prêt à me frapper, là, au beau milieu de l'hôpital. Tout chez lui est en ébullition, prêt à défendre quoi ? L'honneur de sa sœur ? Mais je ne compte pas me laisser faire, il ne m'empêchera pas de voir la femme que j'aime. Les considérations que j'avais pour lui se sont envolées. Il n'y a que Lia qui compte.

– Je suis fou amoureux de Lia, Brock. Alors, tu me foutras ton poing dans la gueule plus tard. Là, je dois être auprès d'elle.

Mon regard noir le dissuade de faire le moindre geste. Je le contourne et me rends dans la chambre de Lia.

Ses parents sont déjà avec elle. Elizabeth pleure en silence et son mari la prend dans ses bras.

Lia est si pâle et si fragile dans ce lit d'hôpital…

Je m'approche d'elle et prends sa main gauche entre les miennes. Son père, Miles, m'amène un fauteuil, je m'y assois et ne quitte pas des yeux l'amour de ma vie.

– On se doutait qu'un jour vous finiriez ensemble, me dit Elizabeth. (Je la regarde, perdu et confus.) C'était une évidence, vous deux. Je suis contente que ma fille t'ait dans sa vie.

Elle pose une main réconfortante sur mon épaule puis va s'asseoir de l'autre côté du lit, auprès de son mari.

– Ce n'était pas si évident que ça pour votre fille, dis-je du bout des lèvres. Elle me détestait si fort…

J'attrape la main de Lia et l'emprisonne dans mes paumes.

– Parfois l'amour peut faire des choses particulières, Sedge. Vous étiez si proches, enfants… Tes parents et nous n'avons jamais compris que vous ayez pu arriver à de telles extrémités, dit-elle en fronçant les sourcils.

– Moi-même je ne sais même plus comment on en était arrivés là… murmuré-je.

Je ne sais même plus comment j'ai pu un jour ne pas aimer cette femme de tout mon cœur…

Mes yeux parcourent son corps inerte. Je souffre de la voir dans cet état… Pourquoi elle ?!

Je pose sa paume contre ma joue et ne la quitte pas des yeux. J'ai si mal à l'intérieur. Chaque respiration me coûte tellement je suis glacé.

– On va vous laisser un peu tous les deux, Sedge, annonce sa mère en m'enlaçant les épaules. Elle dépose un baiser sur le sommet de mon crâne puis ils referment la porte en douceur.

Je pousse un soupir et me penche vers ma petite fouine.

– Lia…

Son surnom meurt sur mes lèvres. Je laisse les larmes se déverser.

Le front posé sur le matelas, le cœur serré et la respiration erratique, je reprends difficilement le contrôle de mes émotions, sors mon téléphone de ma poche et enclenche notre playlist.

Lewis Capaldi et Taylor Swift emplissent tour à tour la pièce et m'emportent au pays des rêves où je peux rejoindre Lia et l'entendre rire à nouveau.

***

Au petit matin, Brock fait son entrée dans la chambre, le visage fermé et le regard noir.

OK, là, ce n'est vraiment pas le moment…

– Comment as-tu pu ? crache-t-il.

– Comment j'ai pu quoi ? Tomber amoureux de ta sœur ? Je ne sais pas, je n'ai pas d'explication à te donner, c'est juste arrivé ! Mais pourquoi ça te pose un problème, putain ?

Nous nous retrouvons face à face, les corps tendus, la colère prête à exploser en chacun de nous.

Je sais que j'aurais dû lui avouer tout ça plus tôt, mais merde, je ne vais pas non plus m'excuser d'être heureux avec la femme que j'aime !

Et à cet instant, toute ma patience a disparu. Je n'ai aucune envie qu'il me prenne la tête avec notre histoire alors même que Lia est entre la vie et la mort.

– Parce que je suis dingue de toi ! Bordel ! éructe-t-il.

Sa réponse me prend tellement de court que toute ma colère s'évanouit d'un coup et que je reste les bras ballants à le regarder.

– Je suis amoureux de toi, Sedge. Eh oui ! Je suis gay ! Tu comprends ?

Je recule d'un pas jusqu'à rencontrer le fauteuil où je m'écroule, vidé de toute énergie.

– Mais… mais pourquoi… Enfin, pourquoi tu n'as rien dit ?

Je papillonne des yeux puis prends ma tête entre mes mains, abasourdi et perdu.

– Sur mon homosexualité ? ricane-t-il. Tu crois que c'est facile de l'avouer, surtout de là où nous venons et avec des parents croyants et pratiquants ? Et toi, l'aurais-tu compris ?

– Bien évidemment ! J'aurais pu être là pour te soutenir…

– Alors que j'ai des sentiments pour toi… Non.

– C'est pour ça que depuis toutes ces années, tu te renfrognes dès que je m'approche un peu de Galiane ?

Brock semble se renfrogner à l'instant même, mais il ne nie pas.

– Je pouvais supporter de te partager avec tes conquêtes passagères mais je savais que Galiane serait définitive et c'était au-dessus de mes forces de te voir aimer quelqu'un, finit-il par avouer.

– Brock… Je suis… désolée…

La voix de Lia est si faible que j'ai d'abord l'impression qu'elle est le fruit de mon imagination, mais quand je me tourne vers elle, je vois que ses yeux sont entrouverts.

Elle est réveillée !

Un poids s'envole de ma poitrine alors que je me précipite vers elle. Lia est de nouveau parmi nous. Avec moi.

– Lia.

Son visage humide et ses yeux suppliants me font tellement de peine. Je dépose un baiser au coin de ses lèvres. Brock nous observe et je ne veux pas lui faire plus de peine.

– Pourquoi as-tu gardé ça pour toi, Brock ? demande Lia à son frère.

Elle tente de lui prendre la main mais celui-ci se soustrait à son toucher.

– Ce n'est pas le moment, Galiane, nous en reparlerons plus tard. Le plus important est que tu sois saine et sauve.

Il lui adresse un demi-sourire empli de tristesse. Je suis mal pour lui et je n'ose imaginer ce qu'il peut ressentir en cet instant… Jamais je n'aurais pu deviner ses sentiments pour moi… Il a tellement bien caché son jeu.

Galiane regarde son frère quitter la chambre et une seule et unique larme coule sur sa joue, qu'elle essuie rapidement tout en ancrant son regard perdu dans le mien.

L'équipe médicale entre à ce moment-là et je dois m'écarter de mon amour.

Après les examens de routine, les médecins et infirmières repartent, nous laissant à nouveau seuls avant que ses parents ne soient de retour.

– J'ai eu tellement peur de te perdre, lui avoué-je en m'asseyant à ses côtés sur son lit tout en enlaçant sa main et en lui replaçant une mèche derrière l'oreille.

Des larmes viennent emplir ses yeux. Son teint est pâle, ses cernes sont creusés mais elle est toujours aussi magnifique.

– C'était horrible, Sedge. J'ai eu si peur. J'étais totalement paniquée. Je ne faisais que penser à toi. Je priais pour avoir la chance de te revoir encore et encore. Je t'aime tellement.

– Je t'aime, Love, lui dis-je tout en venant cueillir ses lèvres pour un doux baiser.

– Je ne pensais pas apprendre, en me réveillant, l'orientation sexuelle de mon frère ainsi que les sentiments qu'il te porte. Je ne m'y attendais pas, à celle-là… dit-elle tristement.

– Moi non plus…

– Je n'ose imaginer ce qu'il a pu vivre tout ce temps avec ce qu'il ressent pour toi et à devoir cacher son orientation sexuelle. J'aurais aimé qu'il se confie à moi…

Je lui caresse la joue et le dos de sa main du pouce.

– Vous allez parler une fois que tu seras sur pied. Tu seras là pour ton frère et lui aussi sera là pour toi. J'espère juste que Brock parviendra à nous voir ensemble et que notre amitié n'en souffrira pas trop…

– Oh, Sedge… dit-elle en posant sa paume contre ma joue.

Je me racle la gorge et me lève, me demandant comment les prochains jours vont se dérouler pour nous et mon meilleur ami.

– J'ai envoyé un message à tes parents tout à l'heure lorsque les médecins sont venus s'assurer que tu allais bien. Ils ne devraient pas tarder, lui indiqué-je quelques secondes avant qu'Elizabeth et Miles n'arrivent.

Je me mets dans un coin de la chambre, ne voulant pas interférer dans leurs retrouvailles mais ne souhaitant pas quitter Lia.

Elizabeth enlace avec mille précautions sa fille tandis que son père vient lui donner un baiser sur le front.

– Ma fille… commence sa mère, la voix voilée par l'émotion. Je suis si heureuse que tu sois avec nous. J'ai eu si peur…

Elle lui serre la main et étouffe un sanglot de l'autre.

– Je suis là, maman, papa…

– Nous avons appris que tu étais une petite cachottière, dit son père afin de rendre l'atmosphère moins oppressante.

Lia fronce les sourcils, ne comprenant pas ce qu'il veut dire.

– Sedge nous a tout raconté, explique-t-il.

Un sourire vient illuminer un instant le visage de Lia.

– Je le savais ! s'exclame Elizabeth. On ne me la fait pas à moi ! Je savais que vous finiriez ensemble !

– Un peu de modestie, chérie, la rembarre son mari, m'arrachant un sourire.

Pour toute réponse, Elizabeth adresse un clin d'œil à son mari. Les paupières de Lia commencent à tomber. On lui a administré de forts antalgiques pour calmer la douleur.

– On te la confie, dit son père d'un ton solennel en me tapotant l'épaule avant de sortir.

Elizabeth dépose un baiser sur ma joue et m'étreint la main avant de rejoindre Miles.

Dès leur départ, je m'allonge tout contre Lia. Au diable le règlement. Nous avons besoin de la chaleur de l'autre.

Elle est en vie. Nous sommes ensemble et je ne compte plus jamais m'éloigner d'elle.

35

Sedge

J'accompagne ma petite fouine jusqu'à sa chambre. Elle est enfin sortie de l'hôpital, une infirmière viendra lui faire ses soins à domicile, et de multiples rendez-vous avec une psychologue sont prévus dans les prochaines semaines.

C'est sûr que ça va être difficile pour elle de trouver la paix après ce qu'elle a vécu…

Surtout que l'attaquant était un ancien employé du magazine, qui a été licencié il y a quelques mois et que Lia avait bien connu. Il n'a jamais réussi à retrouver du travail, est tombé en dépression et sa femme l'a quitté. Il était désespéré, au bout du rouleau et a très certainement pété les plombs avant de commettre l'irréparable…

Et tout ça ne fait qu'ajouter au traumatisme de Lia, sans parler de l'histoire avec son frère, qui lui pèse également…

Depuis son coming out, nous n'avons plus eu de ses nouvelles. Avec les parents de Lia, nous avons décidé de pas lui en parler afin de ne pas l'accabler encore plus, mais maintenant qu'elle est rentrée chez elle, je vais devoir le lui dire.

Comment je vais pouvoir lui annoncer ça ? Comment lui avouer que son propre frère est aux abonnés absents, et ce sûrement à cause de moi, parce que je lui ai brisé le cœur sans le savoir ?

J'avale ma salive difficilement et dirige mon regard sur la silhouette de Lia qui s'est allongée, sa couette remontée jusque sous son menton. Elle n'a pas récupéré ses jolies couleurs, ses cernes sont toujours aussi creusés et elle a perdu un peu de poids à l'hôpital. Je m'assois à ses côtés et passe une mèche de cheveux derrière son oreille.

– Lia…

– Oui ?

Allez, dis-lui…

Je m'éclaircis la gorge et prends une profonde inspiration.

– Nous n'avons aucune nouvelle de ton frère depuis ce fameux jour à l'hôpital.

Son regard se perd sur son plafond blanc, ses yeux restent fixes et ne clignent pas.

– Lia ? l'appelé-je en posant ma main sur son épaule.

– Je suis fatiguée, Sedge… me congédie-t-elle.

Ça me fait mal de la voir comme ça mais je sais que là, tout de suite, je ne peux rien faire pour la réconforter. Qu'elle doit digérer cela seule.

– D'accord, je te laisse te reposer, je reste juste à côté si tu as besoin de moi.

Pour toute réponse, elle se contente de hocher la tête et d'essuyer ses larmes, mais son regard reste embué de chagrin alors qu'elle se tourne sur le côté, dos à moi.

Je referme tout doucement la porte de sa chambre et me dirige vers le salon où ma sœur m'attend. Je m'affale à ses côtés sur le canapé et elle vient poser sa main sur ma cuisse en signe de réconfort.

– Je lui ai dit pour son frère.

Je me pince l'arête du nez, complètement déboussolé par ces derniers événements.

– Ça va aller, Sedge. Elle est forte, elle va s'en remettre. En tout cas, arrête de te flageller. Tu ne pouvais pas savoir !

Je me suis confié à ma sœur sur les révélations de Brock il y a quelques jours. Pour Eda, Brock cachait tellement bien son jeu que personne n'a rien vu concernant cet amour qu'il me porte… Je n'ai rien dit à Elizabeth et Miles, ce n'est pas à moi de révéler l'orientation sexuelle de leur fils.

– Je te connais, grand frère, je sais ce que tu penses ici, dit-elle en appuyant son index contre mon front. On ne peut pas changer le passé, ce qui est fait est fait. Mais on peut intervenir sur le futur, à toi de prendre les bonnes décisions.

– Quand est-ce que tu es devenue sage ? la taquiné-je.

Elle m'adresse un sourire puis je pose ma tête contre son épaule. Elle a raison : je ne pouvais pas savoir, je ne peux rien changer au mal-être qu'a dû ressentir Brock toutes ces années, à sa douleur quand il a appris que j'étais amoureux de sa sœur. Mais je peux agir, désormais. Je peux tenter de ramener Brock dans la vie de Lia. Il est essentiel à son bonheur, et je refuse que par ma faute, un frère et une sœur s'éloignent à nouveau.

36

Galiane

Un bruit sourd me fait lever la tête alors que je commence à taper le titre de ma prochaine chronique, des cris me parviennent et mon sang se glace.

Que se passe-t-il ?

Je me redresse mais un corps me plaque au sol.

Terrorisée, je pousse un cri et ma respiration devient erratique.

– Galiane, ne bouge pas, chuchote Darrel, mon collègue. Ce sont des coups de feu. Il ne faut pas qu'on nous voie.

Je me mets à trembler et cherche mon portable mais je l'ai laissé sur le bureau. Ça ne peut être vrai ?! C'est un cauchemar et je vais me réveiller…

Sedge. Je veux Sedge…

Darrel jette un coup d'œil derrière nous puis m'indique d'un geste de la tête de ramper sous mon bureau. J'obéis, mon corps est lourd et tremblant de peur, j'ai l'impression qu'il met des heures à se cacher sous le meuble. Il n'y a la place que pour un. Je panique en comprenant cela. Et lui ?

– Darrel… arrivé-je à prononcer.

Ma gorge est sèche et je claque des dents tellement je suis terrifiée.

– Chut, m'intime-t-il.

Il se redresse légèrement afin de déplacer ma chaise de bureau et la positionne devant moi avant de pousser une plainte et de s'écrouler au sol, sur le flanc.

Je n'ai pas le temps de réagir qu'une douleur me foudroie en plein dans l'abdomen. Je baisse le regard et vois du sang couler de mon corps. Mes mains se mettent à trembler encore plus, pourtant je me souviens dans un sursaut de lucidité qu'il faut que je stoppe l'hémorragie. Je jette un œil paniqué sur Darrel. Celui-ci ne bouge plus, mais je perçois tout de même son thorax bouger lentement. J'attrape mon étole sur ma chaise et la plaque contre mes côtes. J'ai l'impression que l'adrénaline dans mon corps me fait oublier la douleur de ma blessure. Je rampe à grand-peine vers mon collègue, le bascule sur le dos. Je n'ai aucune idée des gestes que je dois faire, je plaque instinctivement mon autre main sur la plaie de Darrel pour tenter d'empêcher le sang de couler. Je ne peux pas le laisser comme ça.

J'entends des cris, d'autres coups de feu puis une explosion, encore des coups de feu et plus rien. Le calme s'abat sur les bureaux, des plaintes de collègues me parviennent de temps en temps sans que je les assimile vraiment et enfin mon regard tombe sur un policier. Je l'entends appeler un médecin avant de m'évanouir.

Je me réveille en sursaut, toute transpirante et des larmes coulant sur mon visage.

Encore ce même cauchemar, encore cette attaque que je ne cesse de revivre, nuit après nuit…

Heureusement, Tonia et Molly vont bien, elles étaient aux toilettes et l'assassin n'a pas eu le temps de s'y rendre. Mais d'autres non pas eu cette chance…

Et je ne sais pas comment je pourrai à nouveau dormir sans peine en sachant que Darrel est mort en me sauvant.

***

J'ai en permanence envie de pleurer.

De pleurer sur l'insouciance que j'ai perdue le jour où ce fou est entré dans les locaux du journal et a changé ma vie.

De pleurer parce que je n'arrive plus à être sereine ou joyeuse. Je me réveille sans cesse en sursaut car dès que je ferme les yeux, je revois la scène et la revis encore et encore.

De pleurer parce que mon frère n'est pas là, alors que j'aurais tant besoin de lui. De pleurer pour lui, qui a passé sa vie à aimer Sedge sans pouvoir l'avoir.

Je n'arrive même pas à lui en vouloir pour son départ précipité, car je sais que s'il m'a laissée dans cette situation, c'est qu'il ne pouvait pas faire autrement. Que sa peine était trop intense, sa douleur trop grande.

Bien plus grande que tout ce que j'avais pu imaginer ces dernières semaines…

***

Cela fait un mois que je suis sortie de l'hôpital. Un mois que j'essaye de reprendre une vie aussi normale que possible.

Un mois que ma vie a été détruite par un individu rempli de haine.

Un mois que mon frère est aux abonnés absents et que cela me fait un peu plus mal chaque jour.

Je suis devenue caractérielle et dure. Je m'en veux d'être ainsi, mais je n'arrive pas à aller mieux quand mon cerveau me rappelle tous les jours que ce que j'ai vécu est traumatisant et que je dois prendre le temps de me reconstruire.

Cela fait donc un mois que je repousse Sedge car je ne veux pas être un fardeau pour lui et surtout car je ne veux pas que son regard sur moi puisse changer.

Je ne sors que très rarement de ma chambre. J'ai des cernes énormes parce que je fais des cauchemars chaque nuit et parfois la réalité est mélangée avec l'imaginaire. Très souvent, c'est Sedge que je revois à la place de mon collègue décédé juste à mes côtés.

Je revis la peur que j'ai éprouvée pendant l'attaque comme si j'y étais.

Je suis fatiguée. Fatiguée d'avoir peur.

J'aimerais retrouver ma vie d'avant mais je sais que c'est utopique. La vie est ainsi. Ce qui est passé est passé. Nous n'avons plus qu'à avancer et composer avec.

J'aimerais pouvoir me blottir dans les bras de mon amour

et lui assurer que l'ancienne Lia est toujours là, qu'il doit juste être patient.

J'aimerais que mon frère revienne et soit là à mes côtés. J'aimerais ne pas avoir à m'inquiéter pour lui en plus de tout le reste, mais c'est impossible. Il est mon grand frère et même si une part de moi ne peut pas s'empêcher de se sentir trahie par son absence, je l'aime et je ne peux pas continuer sans lui.

Alors je continue à me murer dans mon silence et je subis cette agression encore et encore. Je m'en veux d'être si faible mais c'est ainsi.

J'espère juste que Sedge saura m'attendre car si je le perds lui, je n'aurai plus de raison de résister à mes démons qui ont élu domicile en moi depuis un mois.

37

Sedge

Je me noie dans le travail, ma seule soupape de décompression. Lia me fuit et se renferme chaque jour un peu plus sur elle-même. Je sais que sa reconstruction prendra du temps et que la situation est compliquée, mais je n'en peux plus qu'elle me rejette. Je veux être là pour elle. Je veux soulager sa peine.

La nuit, j'entends ses cris à travers les parois de nos appartements et c'est un déchirement et une douleur inimaginable de ne pas pouvoir intervenir.

Je repense à la première nuit où je l'ai entendue et où je me suis précipité vers sa chambre, et mon cœur se serre un peu plus.

***

– Lia, tout va bien, je suis là… Calme-toi, la rassuré-je d'une voix douce, en essayant de ne pas laisser transparaître la douleur qui me transperce.

Je la berce entre mes bras en lui caressant les cheveux, mais Lia met vite un terme à notre étreinte. Son regard flamboyant de chagrin me fait l'effet d'un uppercut et mon cœur se serre en la découvrant si démunie face à sa souffrance.

– Arrête, Sedge. Arrête. Laisse-moi seule avec mes problèmes. Je nous fais du mal. Ne viens pas me consoler la nuit. Je ne veux pas que tu me voies dans cet état.

– Mais…

Elle s'appuie contre sa tête de lit et m'interrompt en levant sa main devant elle. Son regard est déterminé.

– Tu dois me laisser du temps, Sedge, pour que je puisse me reconstruire.

– Mais je veux être là pour toi… dis-je d'une voix déchirée.

– J'ai besoin de faire ça seule.

– Je ne te comprends pas…

Je baisse le regard, ne pouvant plus soutenir le sien si froid et rude. Mon cœur tombe au pied de son lit. Que me reste-t-il si elle ne me veut plus à ses côtés ?

– S'il te plaît. Fais-le pour moi. Pour nous. J'ai besoin d'être seule. Attends-moi et je te reviendrai, chuchote-t-elle du bout des lèvres.

J'ancre à nouveau mon regard au sien puis j'englobe son visage si abattu. Elle a revêtu une armure et ne me laissera pas entrer tant qu'elle ne l'aura pas décidé.

Alors je pars, les épaules basses et le cœur en miettes.

***

Je regarde le plafond de ma chambre, perdu dans mes pensées, mes souvenirs et ma peine. Mon cœur souffre tellement du manque d'elle. Je ne sens plus son odeur sur moi ni sur mes draps. Son rire me manque, ses manies aussi.

Je ne sais que faire pour qu'elle me laisse entrer à nouveau dans sa vie, même si elle ne veut plus de moi en tant qu'amant et amour. Je prendrais tout d'elle pourvu que je puisse profiter d'elle encore et encore. Je veux la voir heureuse à nouveau. Je veux la voir en colère contre moi. Je veux juste qu'elle aille bien.

Ce jour-là, la vie de Lia s'est arrêtée mais la mienne aussi.

Je me languis d'elle, mon cœur saigne un peu plus chaque jour car ma place est à ses côtés, pas de l'autre côté de la cloison.

– Sedge ! Sedge ! Sedge…

Les cris de Lia me font me redresser vivement sur mon lit. Ses cris de panique et de souffrance me dirigent rapidement dans son appartement.

La main posée sur la poignée de sa chambre, je me demande si je dois vraiment entrer ou pas.

– Sedge…

Je ne réfléchis plus, pénètre dans sa chambre et trouve Lia en sueur, ses jambes prisonnières de son drap emmêlé.

Je m'accroupis au sol et pose une main sur son bras. Lia sursaute mais n'ouvre pas les yeux.

– Lia. Love, je suis là.

Je vois une larme briller grâce à la lumière du couloir qui est allumée. Cette vision me serre le cœur. Elle bouge ses bras et émet des sons incompréhensibles.

– Sedge…

– Je suis là, Lia. Chut… Calme-toi, il ne peut plus rien t'arriver.

Elle ouvre vivement ses yeux et les pose sur moi.

– Sedge ? dit-elle d'une voix éteinte.

– Tout va bien, Lia.

Je me redresse et m'assois sur le lit.

– Que fais-tu ici ? demande-t-elle en fronçant les sourcils.

– Tu faisais un cauchemar en prononçant mon prénom.

– Tu n'as rien à faire ici. Je te l'ai déjà dit.

Je me lève et tire nerveusement sur mes cheveux.

– Putain, Lia ! Je sais que tu as besoin de temps et surtout pas d'entendre ma colère, mais quand vas-tu voir que je souffre aussi ?! Je t'aime et j'ai besoin d'être là pour toi ! Ne me repousse plus… Je suis épuisé par cette situation, par ton rejet… clamé-je, la voix éteinte.

Je regarde le sol. Le silence emprisonnant ma déclaration m'étouffe. Les petits pieds de Lia entrent dans mon champ de vision et lorsque sa main se pose contre ma joue, je m'effondre contre elle, ne pouvant retenir davantage mes émotions.

– Pardonne-moi… murmure-t-elle. Je ne savais pas la peine que je t'infligeais…

Je redresse la tête, laissant mes yeux embués lui montrer mes sentiments lorsque sa bouche s'abat sur la mienne.

– Répare-moi, Sedge. Aide-moi à aller mieux, me demande-t-elle tout contre mes lèvres.

Je reste figé de surprise mais quand elle s'empare de mes mains et les pose sur ses fesses, je ne me contrôle plus.

J'agrippe son visage de mes paumes et plonge ma langue en elle. Je la goûte à nouveau. Sa langue me répond, aussi vorace et impatiente que la mienne.

Je l'allonge délicatement sur le lit, enlève mon bas de pyjama, seul vêtement que je porte, puis la déshabille à son tour.

C'est la première fois que je vois sa cicatrice encore rose au niveau de son abdomen, du côté des poumons. Je ferme les yeux un bref instant, remerciant le ciel de la chance que Lia a pu avoir ce jour-là. Je remonte sur son lit et sur elle, la surplombant de toute ma hauteur, bras tendus.

– Je t'aime… soufflé-je en ancrant mon regard au sien.

Je ne lui laisse pas le temps de répondre, je plonge sur sa bouche avant de m'en prendre à son cou et à sa poitrine. Puis je descends sur son ventre et vais embrasser cette cicatrice qui nous a séparés.

Lia se contracte mais me laisse faire.

Je me redresse et plante mes yeux dans les siens, laissant la pulpe de mon pouce caresser cette peau abîmée où Lia va puiser sa force, j'en suis certain. Ses yeux se chargent d'émotions retenues. J'y vois briller la douleur, l'angoisse de ces dernières semaines et je vois enfin la force de vaincre ses démons. Lia va se battre pour elle. Pour nous. Ses joues se teintent de rose, elle agrippe ma nuque et plaque ses lèvres contre les miennes, me montrant tout son amour pour moi. Alors je me détache d'elle, fixant sa cicatrice et faisant tourner mon pouce autour de celle-ci.

– Tu as survécu, Lia. Cette cicatrice est une blessure de guerre. Tu dois puiser ta force en elle et ne pas la laisser t'atteindre. Tu es ma guerrière et je veux être le soldat à tes côtés, prêt à se battre pour toi et contre tes démons.

J'intercepte de ma bouche une larme qui coule au coin de son œil.

Lia se jette à mon cou et m'administre un baiser renversant et impétueux.

Je finis par attraper son portable sur sa table de nuit et programme « Bruises » de Lewis Capaldi en boucle. Cette chanson est la nôtre et elle est si vraie en cet instant.

Je viens lécher la peau de son cou si fine puis je descends pour embrasser les pointes dressées de ses seins.

Lia trace des arabesques sur mes bras mais j'échappe à son toucher pour me positionner entre ses jambes et l'embrasser à cet endroit si chaud et tendre. Elle se cambre en réponse à mes coups de langue et lorsque je sens qu'elle est sur le point de s'envoler, je stoppe tout. Je m'empare d'un préservatif dans sa table de nuit, me protège puis viens me positionner entre ses jambes. Je m'assure d'un bref regard que c'est ce qu'elle veut et la pénètre lentement. Une fois enfoncé jusqu'à la garde, je repose mon corps contre elle, remets une mèche de ses cheveux derrière son oreille et ancre mon regard au sien.

– Tu es à moi, Lia. Tu comprends ?

Pour toute réponse, elle hoche la tête.

– Tu ne pourras jamais me fuir. Je serai tout le temps à tes côtés quoi qu'il se passe dans nos vies. Nous sommes faits pour être ensemble et nous affronterons tout à deux.

– Je t'aime, Sedge…

Je lui souris puis me retire d'elle et la pénètre en une seule poussée. Lia se cambre à la rencontre de mon bassin et s'accroche à ma nuque.

Notre étreinte est douce, libératrice et réparatrice.

Nous sommes de nouveau elle et moi. Je plonge mon visage dans son cou tout en lui administrant les derniers coups de boutoir qui nous font décoller à l'unisson. Je sens mes larmes ruisseler sur mon visage et je m'en fous.

Je l'aime. Elle est enfin entre mes bras. Et je lutterai chaque jour pour qu'elle ne s'éloigne jamais plus de moi.

38

Galiane

Cela fait deux mois que Sedge et moi nous nous sommes retrouvés. Avec lui à mes côtés, j'ai réussi à éloigner mes peurs et j'ai repris petit à petit possession de ma vie.

Mes nuits auprès de lui sont calmes et reposantes. Je ne cauchemarde plus. Lorsqu'il est venu, cette fameuse nuit qui nous a réunis, c'était Sedge dans mon cauchemar à la place de mon collègue disparu et le perdre m'a déchirée. Alors lorsque je l'ai vu au pied de mon lit, j'ai compris que j'avais besoin de lui pour aller mieux. Que ce n'était pas la bonne solution de l'éloigner.

La seule chose qui me fait souffrir est l'absence de mon frère. Mes parents ont reçu un SMS laconique le mois dernier disant qu'il allait bien et était à Paris pour son travail. J'ai été soulagée mais aussi désespérée qu'il ne m'envoie rien. Il n'a jamais pris de mes nouvelles.

Aujourd'hui, je retourne au journal. Tous les dégâts ont été réparés et je me sens assez forte pour me rendre sur place et reprendre Miss Love. Tout était à l'arrêt, le journal et ma vie, mais maintenant tout va rentrer dans l'ordre.

La sécurité a été renforcée avec plus d'hommes et de matériels comme des détecteurs de métaux et des caméras de surveillance.

– Ça va aller ?

Sedge a tenu à m'accompagner jusqu'aux portes de l'immeuble, et même si cela ne m'aurait pas dérangée d'y aller seule, je suis contente de partager un moment de plus avec lui.

Maintenant qu'on ne se quitte plus, c'est dur de le laisser, même pour quelques heures !

– Oui, Sedge, ne t'inquiète pas. Tout va bien se passer, le rassuré-je en déposant un baiser sur sa bouche. À ce soir.

– Tu m'envoies des SMS, d'accord ?

Je hoche la tête en souriant puis pousse la porte des locaux.

Notre chef nous accueille avec un petit déjeuner dans une ambiance joviale, avant de se lancer dans un discours : « Notre magazine a subi un lourd dommage. Je suis navré que nous ayons vécu cela, mais je souhaite que nous puisions notre force dans cette souffrance et que nous ne nous laissions pas abattre. Nous devons profiter de la vie pour nos collègues partis bien trop tôt. Je salue leur courage et leur héroïsme. Nous ne les oublierons jamais. Je vous invite, afin d'honorer leur mémoire, à nous recueillir durant une minute de silence avant de partager tous ensemble des viennoiseries et autres douceurs. »

Un silence ému s'abat sur les bureaux. Je repense à Darrel, mon collègue. J'espère que là où il se trouve, tout va bien pour lui.

Une fois cette minute terminée, les gens se mettent à parler gaiement et je me laisse porter par l'ambiance.

Je ne peux m'empêcher de regarder autour de moi mais je ne reconnais rien, tout a été changé, le matériel ainsi que l'aménagement. Je ne sais même pas où se trouve mon bureau. Heureusement, Molly et Tonia viennent à ma rencontre et me tirent de mes pensées alors que nous nous étreignons chacune à notre tour.

– Je n'aurais jamais cru qu'une pause-pipi me sauverait très certainement la vie, annonce Tonia.

Je lui renvoie un grand sourire. J'ai appris à ne garder que le positif de cette attaque afin d'avancer au mieux.

– Oh, oui, c'est sûr, renchérit Molly. Ma vessie est devenue ma meilleure amie à présent !

Nous pouffons toutes les trois de rire. Ce que ça fait du bien de retrouver une vie normale ! Même si je sais que ça ne va pas toujours être facile, je suis heureuse de reprendre mon poste de journaliste au *Ladies* et de retrouver Miss Love.

– Gaïa ?

Au moins quelque chose qui n'a pas changé, ici…

– Oui, monsieur Stones ? réponds-je en me tournant vers lui, abandonnant mes collègues.

– Nous vous avons octroyé un bureau pour vous et votre nouvelle assistante. Vos chroniques plaisant énormément, nous avons pensé que cela serait mieux. Et pour la reprise du journal, nous allons du coup vous demander deux sorties par semaine !

Euh… deux sorties ? Assistante ?

– Venez avec moi, je vais vous montrer votre bureau et vous présenter votre assistante.

– Très bien, fais-je, ravie mais un peu déboussolée par ces nouvelles.

Je lui emboîte le pas jusqu'à un petit cube en verre où deux bureaux en bois blanc se font face. Une femme est installée à l'un des postes et arbore une chevelure rose fuchsia.

– Summer, je vous présente Gaïa, Miss Love. Bon, les présentations sont faites, maintenant au boulot !

Je regarde mon chef s'éclipser et me tourne vers mon assistante.

« Mon assistante »… Je n'en reviens pas !

– C'est Galiane, en fait.

– Et moi, Autumn. J'ai beau le reprendre, il se trompe…

Nous échangeons un grand sourire. Elle a l'air sympa.

– Tu as pu jeter un œil aux chroniques et aux courriers du cœur ? demandé-je à mon assistante.

– Oui, j'ai lu toutes tes chroniques et quelques-unes de tes réponses au courrier, et je trouve tes conseils très justes. On sent qu'ils sont sincères et que tu parles avec ton cœur.

Ça, c'est sûr !

– Bref, je suis très excitée de travailler avec toi ! me confie-t-elle d'un ton joyeux, me faisant rougir.

Mon téléphone se met à vibrer dans la poche de mon pantalon.

Depuis l'attaque, je l'ai toujours sur moi. Ma psychologue me dit que c'est un moyen de me rassurer car ce fameux jour, je n'ai pas pu contacter Sedge…

J'extirpe mon smartphone et lis le message, un doux sourire aux lèvres.

[J'espère que tout va bien, Love.
J'ai hâte de te retrouver ce soir
et de ne plus te quitter de la
soirée et de la nuit. Je t'aime.]

[Tout va bien ! J'aurai plein
de choses à te raconter !
Je t'aime.]

Je redresse la tête et tombe sur le regard d'Autumn qui me fait rougir de plus belle.

– C'est mon petit ami, il est inquiet de cette reprise.

– C'est normal, me répond-elle avec un sourire bienveillant.

Je plonge sur mon écran d'ordinateur, regardant mon planning de publications : entre Miss Love et les autres articles, je vais être bien occupée.

– Tu as été blessée lors de l'attaque ? me demande soudain Autumn d'une petite voix.

– J'ai été blessée mais j'ai eu de la chance, la balle n'a pas touché d'organe vital ni d'artère.

– Je n'ose imaginer…

– Il ne vaut mieux pas, soufflé-je du bout des lèvres, émue.

Je passe une grande partie de la matinée à lui expliquer les chroniques et les courriers du cœur.

– C'est ma première expérience, ici, m'avoue Autumn après notre pause-lunch. J'espère que je ne ferai pas de bourdes…

– Mais non, t'inquiète, la rassuré-je. On va former une équipe d'enfer, toi et moi !

***

Je rentre dans mon appartement, lessivée par ma première journée de reprise, et m'écroule sur le canapé.

Eda se dirige vers moi, une bière à la main. Elle est de repos ce soir alors nous avons décidé de passer une soirée entre filles, Sedge étant au Red Lion pour toute la soirée.

– C'était si dur que ça ? me demande-t-elle.

– Non, ça s'est très bien passé… La pression qui redescend. J'ai un bureau rien qu'à moi !

– Ah, ben le sexe, ça intéresse !

– Et j'ai une assistante !

– Cool !

– Et je vais parler de fessée érotique !

Eda recrache sa gorgée de bière sur moi.

– Oh, je suis désolée… Je… Mais tu m'as surprise, aussi !

Je pouffe de rire et vais me laver le visage à la cuisine.

– C'est ça qui te rend aussi enthousiaste ? demande ma meilleure amie.

– Ben, je vais tester…

– Chut ! Je n'ai vraiment pas envie de savoir, Galiane !

– Oh, c'est bon ! Mais surtout je vais aborder la chronique de façon psychologique. Qu'est-ce qu'évoque la fessée, ce qu'elle procure…

– Tu as changé, me lance Eda en posant sur moi un regard bienveillant. Tu es plus sûre de toi par rapport à tes débuts de Miss Love. Je suis contente que tu t'épanouisses maintenant.

Je rougis. Si elle savait dans quoi d'autre je m'épanouis…

Nous nous installons devant *Outlander*, munies de pop-corn pour seul repas.

C'est fou comme ce rituel m'avait manqué !

– Lewis va bien ? demandé-je entre deux épisodes.

– Oui, très bien. Il travaille sur un projet qui le passionne.

– C'est une affaire qui roule, vous deux.

Je vois Eda se raidir. Elle se racle la gorge.

– D'ailleurs… Lewis m'a demandé d'emménager avec lui… J'ai attendu que tu ailles mieux et…

– C'est génial, Eda ! Tout va bien pour moi. Je suis vraiment contente pour vous, dis-je en enlaçant ma meilleure amie, sincèrement heureuse pour elle.

– Elle est à moi, petite sœur, je ne te la prête pas ! trouve utile de dire Sedge en entrant dans l'appart.

– T'es con ! lance Eda en sursautant. Et d'ailleurs, tu ne devais pas bosser ce soir ?! Tu ne peux pas lui foutre la paix le temps d'une soirée, à ta copine !

Pour toute réponse, Sedge lui tire la langue.

Il porte un tee-shirt noir avec AC/DC écrit en blanc et un jean bleu élimé. Il est vraiment canon avec ses cheveux en bataille et ses prunelles pétillant de malice.

Tellement canon que je lui pardonne même de s'incruster à notre soirée filles !

Des papillons viennent se loger dans mon ventre, ils ne cessent de se réveiller dès que je le vois.

– Ta sœur vient de m'annoncer qu'elle partait vivre avec Lewis !

– Oh ! Ça veut dire qu'on va pouvoir niquer dans toutes les pièces de l'appart et tout le temps ?!

– Mais c'est pas vrai, Sedge !

OK, les papillons sont morts !

– Ah, mes oreilles ! s'exclame sa sœur en se les bouchant, horrifiée.

Sedge s'approche de moi, dépose un baiser sur mes lèvres, s'effondre à mes côtés sur le canapé en me volant des pop-corn, et je ne peux que fondre à nouveau.

Même lorsqu'il enchaîne les remarques futiles et inutiles sur notre épisode en cours…

Je me blottis contre lui, envahie par son odeur et sa chaleur. Je suis heureuse que notre relation ait survécu à ces mois difficiles entre ma reconstruction et l'abandon de Brock... Sedge est ma bouée de sauvetage, j'ai besoin de lui pour aller bien et avancer sereinement dans la vie. Chaque jour, il est à mes côtés, prêt à se battre contre mes démons. Notre amour grandit en même temps que nous, et je n'ai rien de plus précieux.

***

Sedge me réveille en me caressant langoureusement la chute de reins, et alors que chacun de ses gestes me procure davantage de frissons, je finis par me retourner vers lui, attrapant sa nuque afin de mieux pouvoir dévorer ses lèvres. Chaque caresse m'éloigne un peu plus du sommeil et fait grandir le feu qui brûle en moi. Surtout quand ses doigts glissent sur mon intimité et que ce feu devient un brasier incandescent...

Lorsque Sedge farfouille dans ma table de nuit à la recherche d'un préservatif, à plat ventre sur le matelas, je laisse courir mon regard sur son magnifique corps et m'arrête sur ses fesses fermes et rebondies.

Si ce n'est pas un appel à commencer mes recherches pour ma chronique, ça...

– Aïe ! Lia ! Mais...

Je fais face au regard courroucé de Sedge.

Oups, ces recherches n'ont pas l'air de plaire à tout le monde...

– C'est pour Miss Love... fais-je d'une toute petite voix.

– La fessée ?

– Oui, la prochaine chronique abordera la fessée érotique.

– Ça n'avait rien d'érotique, là, Galiane…

Je lui adresse une grimace contrite à laquelle il répond par un petit sourire, avant de s'allonger sur le dos et de m'indiquer d'un geste de me mettre à califourchon sur lui.

– Il y a des règles à respecter. Déjà savoir si ton ou ta partenaire est d'accord et dans ce cas-ci tu m'as surpris, j'étais en train de chercher une capote.

Je lève les épaules et fixe son torse, mortifiée. Parfois, ma naïveté dans les relations sexuelles me pèse. J'ai tué l'ambiance avec ma fessée sans le vouloir…

Il s'assoit et me redresse le visage de ses mains afin que mon regard rencontre le sien.

– Désolée…

– De quoi ?

– De ne pas y connaître grand-chose… Tu étais habitué à ce que les femmes…

Il m'arrête de son index posé contre mes lèvres.

– Je me fiche des autres, Lia. Je suis avec toi et te montrer, t'initier et t'apprendre le sexe me plaît énormément. Si tu veux tester la fessée, nous le ferons mais en y allant progressivement et en respectant des règles. D'accord ?

Je hoche la tête, toujours honteuse d'avoir été nulle et d'avoir gâché notre étreinte naissante.

Sedge dépose ses lèvres sur les miennes et je sens ses doigts glisser en moi. Je me laisse guider par l'homme que j'aime, lui faisant totalement confiance et lorsqu'il me pénètre toujours dans cette même position, moi assise sur lui et lui tout contre ma poitrine, il ne me faut pas longtemps pour exploser.

Alors que nos respirations finissent par s'apaiser et que Sedge m'enlace, allongé derrière moi, je m'éclaircis la voix et me lance sur le sujet qui me trotte en tête depuis un moment.

Après tout, il a raison : il faut communiquer sur ses envies…

– Sedge ?

– Oui ? répond-il en déposant un léger baiser sur ma nuque, me faisant frissonner.

– J'aimerais bien que nous n'utilisions plus de préservatif. Je prends déjà la pilule. Tu en penses quoi ?

Le silence se fait et une boule d'angoisse naît au creux de mon ventre. Il m'enlace plus étroitement et passe sa jambe nue sur les miennes.

– J'en pense qu'on va faire les tests dès que possible, Love. Je t'aime tellement, tu sais…

Je me mords la lèvre, touchée qu'il semble à ce point ému par ma proposition. Il se décale légèrement afin que je puisse passer un bras derrière sa nuque et lui offrir ma bouche. Ses lèvres se posent avec douceur sur les miennes, nos langues se cherchent et se répondent avec amour. Je me délecte de lui, de son goût et de ce pas que nous allons bientôt franchir dans notre relation.

39

Sedge

Ce soir j'ai décidé d'offrir à Lia notre premier vrai rencard. En y réfléchissant bien, nous n'en avons jamais eu.

Même si c'était à mourir de rire, je ne crois pas que l'évasion majestueuse de ma petite fouine par les toilettes du restaurant italien compte vraiment comme un date !

Je l'attends donc, impatient, devant son appartement. Et lorsqu'elle ouvre la porte, dans une robe bleu marine à fleurs rouges qui épouse ses formes à merveille, en remontant ses lunettes sur son nez – bon sang que j'aime ses lunettes –, j'ai presque envie de l'emmener directement dans sa chambre tellement elle me fait un effet de dingue.

– Tes fleurs préférées, dis-je d'une voix rauque en tentant de réfréner mes ardeurs.

– Mais comment le sais-tu ? s'exclame-t-elle en observant le bouquet de renoncules.

– Je sais énormément de choses sur toi, Love, répliqué-je avec un sourire en coin. J'ai toujours retenu tout ce que tu pouvais dire.

Elle s'avance vers moi, j'ai le temps d'écarter le bouquet de fleurs avant que son corps et sa bouche ne s'abattent sur moi.

– Allez, tiens, dis-je en me reculant d'elle. Mets les fleurs dans l'eau et ensuite on y va avant que je ne change d'avis et ne t'arrache ta petite culotte !

Elle m'adresse un sourire espiègle.

– Si j'en ai une…

– Putain, Lia…

Elle pivote, le bouquet entre les mains, et je m'étrangle en découvrant son dos entièrement nu. Elle n'a donc ni culotte ni soutien-gorge…

Mon Dieu, venez-moi en aide… Il faut que je résiste !

***

J'ai réservé dans un restaurant sur les conseils de ma sœur juste en face de Covent Garden, sur King Street. Lewis connaît le chef et nous a donc obtenu une table car sinon il faut réserver des mois à l'avance. Eda m'a assuré que le cadre était très romantique et je confirme lorsque nous pénétrons à l'intérieur. Des fleurs blanches sont accrochées au plafond ainsi que des guirlandes lumineuses.

Tout est dans les tons crème et chocolat. L'ambiance feutrée me plaît.

Et vu le regard émerveillé que Lia porte sur les fleurs, je crois bien que ça lui plaît aussi…

J'indique mon nom à l'entrée et on nous dirige vers une table pour deux dans un recoin de la salle. L'emplacement est parfait.

– Tu es vraiment très belle, Lia, et savoir que tu ne portes rien, ça me rend fou… dis-je en baissant la voix alors que je vois le serveur arriver avec nos boissons.

En réponse, elle rougit et se cache derrière son jus d'abricot. J'aime son audace mêlée à sa timidité. J'aime tous les contrastes qu'il y a en Galiane. Cette femme est un diamant que je désire tailler un peu plus chaque jour afin de découvrir les aspects de sa personnalité qu'elle n'ose révéler.

Et en parlant de révélations…

– Lia, j'ai les résultats de mon test, annoncé-je un peu nerveusement.

– Tu les as ouverts ?

– Non, je voulais le faire avec toi.

– C'est pareil pour moi, m'avoue-t-elle, et cela me calme instantanément.

– Je te propose quelque chose. J'ouvre les tiens et toi, les miens ?

– OK.

Nous échangeons nos portables après être allés sur le site du labo et avoir rentré nos codes respectifs et prenons une grande inspiration, ne nous lâchant pas du regard.

C'est parti…

Je plonge sur son écran et esquisse un sourire, qui s'agrandit quand je vois celui de Lia apparaître sur son visage.

On est clean...

– Je t'aime.

– Moi aussi, je t'aime, me répond-elle, le regard lumineux.

Le repas se passe vraiment très bien. Nous discutons à bâtons rompus de tout, sauf du sujet qui fâche : son frère. Je me sens de plus en plus coupable de cet éloignement qu'a imposé Brock à Lia. Il est parti à cause de moi, tout comme Jade... Je secoue la tête. Ce n'est pas le moment de penser à ça. La soirée est parfaite, je ne vais pas la gâcher.

Je règle l'addition puis nous nous dirigeons à l'extérieur et nous nous promenons dans la rue, enlacés.

– Maintenant qu'Eda emménage prochainement avec Lewis, est-ce que tu voudrais... venir vivre avec moi ? demande Lia en rougissant.

J'arrête notre progression et la fais pivoter face à moi. Tête baissée sur ses pieds, je la sens tout à coup nerveuse.

C'est si mignon...

– Je serais tellement heureux de vivre officiellement avec toi, dis-je en l'enlaçant et en déposant un délicat baiser contre ses lèvres. En même temps, je vis déjà quasi chez toi, j'ai juste mes affaires à déménager... D'ailleurs, j'ai très envie de rentrer dans notre futur « chez-nous » et de découvrir ton absence de sous-vêtements, annoncé-je en lui adressant un clin d'œil qui la fait rougir.

– En plus, c'est la première fois qu'on fera l'amour sans barrière entre nous, dit-elle en se mordant la lèvre inférieure.

Je lâche un grognement primaire puis lui vole un baiser passionné qui lui promet une nuit sensuelle suivie de milliers d'autres.

40

Galiane

Nous montons très vite jusqu'à notre palier tout en nous dévorant de nos bouches jusqu'à ce qu'un raclement de gorge nous fasse sursauter.

Nous tombons nez à nez avec Brock, dansant d'un pied sur l'autre, visiblement gêné. J'intercepte une lueur triste au fond de ses yeux cernés et me détache vivement de Sedge. Je ne veux pas rajouter à sa peine. L'homme qu'il aime est avec moi et je ne peux qu'imaginer ce qu'il peut ressentir en cet instant. Je lui en veux de m'avoir abandonnée à ma propre douleur après mon agression mais je le comprends.

Je pose une main sur le cœur, soulagée de le voir enfin. Je m'avance vers lui et le prends dans mes bras. Mon frère. Mon tout. Il m'a tellement manqué.

– Entrons, dis-je aux garçons d'un ton ferme.

Je déverrouille la porte, range mon sac à main dans le placard et dispose mes chaussures à leur place tout en me dirigeant vers la cuisine dans un silence pesant.

Je sors des mugs et prépare une tisane, cela nous fera le plus grand bien.

Je prends place dans le canapé et les garçons en font de même mais nous gardons une distance entre nous.

– Je suis désolé, Galiane mais c'était au-dessus de mes forces de rester, commence Brock.

– Je comprends mais j'avais besoin de toi… Tu es mon frère… dis-je d'une voix émue.

Je devrais lui en vouloir mais je ne peux pas. Je devine sa douleur de ne pas être aimé par celui qu'il aime…

– Il va me falloir du temps pour digérer la situation mais je vais essayer d'y parvenir pour toi, petite sœur, dit-il, un demi-sourire sur son visage.

Je capte un court instant le regard de Sedge et je n'y lis que de la bienveillance envers son meilleur ami.

– Prends ton temps, fais-je en me rapprochant de lui et en posant ma main sur sa cuisse.

– En revanche, ne viens pas me chercher si tu ne supportes plus ton mec ! Tu l'as voulu, tu l'as eu !

J'entends Sedge avaler de travers sa boisson chaude.

– Eh ! s'insurge ce dernier.

– Non mais c'est vrai, tu es insupportable, il faut bien l'avouer et cela m'aidera à me détacher des sentiments que j'éprouve pour toi… tente de plaisanter Brock.

– Je suis désolé, mon pote…

– Ce n'est rien. C'est comme ça, c'est la vie. On n'y peut rien.

Sa voix part dans les aigus vers la fin. Je sens toute la peine qu'il essaye de contenir et cela me brise le cœur.

– Je vais aller récupérer quelques affaires à l'appart…

– Non, reste. Je vais m'installer ici, avance Sedge.

– Merci, mais non. Je préfère m'éloigner de… enfin… bref, je vais aller m'installer chez un ami, ce sera préférable.

– Tu es sûr ? demandé-je, inquiète.

– Oui, Galiane. Le temps fera son travail…

Je l'espère… Je ne veux pas perdre mon grand frère… Et je veux qu'il retrouve sa joie de vivre et surtout qu'il trouve l'amour. Je suis vraiment désolée pour lui et j'espère qu'un jour il sera aimé comme j'aime Sedge.

41

Galiane

Enfin le week-end ! Eda nous a concocté une soirée filles devant *Moulin Rouge* avec des sushis.

Ce film est beau mais tellement triste.

– Tu as des nouvelles de Brock ? demande Eda.

Je ne sais pas d'où lui vient cette question en plein milieu du film.

– Oui, il est chez un ami. Il me manque. J'aimerais vraiment qu'il soit là avec moi et qu'il se réjouisse pour nous mais je sais que c'est impossible. Nous aimons le même homme et ce dernier m'a choisie. Par moments, je me dis que ça aurait été plus simple si je n'étais pas tombée amoureuse de Sedge, si j'avais continué à le détester, si Miss Love ne s'était jamais imposée dans ma vie… Mais je sais que même sans moi, Brock aurait quand même souffert. Sedge ne l'aimera jamais comme lui l'aime.

– Avec des si, on refait le monde, Lia…

Sa remarque m'arrache un sourire.

– Est-ce que tu regrettes ? me demande-t-elle, me fixant intensément.

– Regretter quoi ?

– Ton histoire avec Sedge.

– Non, je ne regrette pas un seul instant mes moments passés avec Sedge. Je ne regrette à aucun moment d'être tombée amoureuse de lui. En revanche, je regrette de faire souffrir mon frère sans l'avoir voulu. J'ai peur de l'avoir perdu à jamais, Eda, et qu'il ne s'en remette pas. Je ne me le pardonnerais jamais.

Je ne sais pas où toute cette histoire va nous mener. J'espère juste que l'amour que nous nous portons, Sedge et moi, résistera à toutes les tempêtes car sans lui je ne suis plus rien. Il est mon pilier et bien que je souffre de l'absence de mon frère, je ne peux rien y faire.

Il faut que je laisse le temps à Brock de panser son cœur et de peut-être un jour accepter notre relation sans que cela lui fasse du mal.

Nous retournons au film et essuyons nos larmes. L'histoire de Satine et Christian est bouleversante mais tellement magnifique.

– Tout est prêt pour le déménagement ?

Eda emménage avec Lewis ce week-end. Je suis heureuse pour eux mais alors elle n'est vraiment pas organisée. J'ai eu pitié d'elle et lui ai fait quelques cartons dans la semaine.

– Presque. Je ne sais pas vraiment parfois par quoi commencer lorsque j'ai monté un carton.

– Tu veux qu'on s'y remette ? Sedge rentre tard du pub et je ne suis pas fatiguée.

– Oh, oui ! Merci.

– De rien.

Je la suis dans sa chambre et prends conscience de l'ampleur de la tâche. C'est le foutoir le plus complet.

Je redresse les épaules, monte un carton avec du ruban adhésif et m'attaque à sa bibliothèque.

Eda nous a mis la playlist de Green Day en fond sonore afin de nous motiver et de nous accompagner dans notre tâche.

Eda retrouve son fer à lisser porté disparu depuis des mois et des mois. Elle pousse un cri de surprise comme s'il était la chose la plus précieuse au monde et commence à le tenir comme un micro et entame « Basket Case » en play-back en bougeant comme si elle était sur scène. Je m'esclaffe. Ma meilleure amie a toujours eu un côté fou et très volubile.

Nous passons la fin de la soirée à mettre en carton ses affaires. À plusieurs reprises, j'envoie un SMS à Sedge mais sans réponse de sa part. Il doit y avoir du monde au Red Lion, c'est pour ça.

Après une douche, je m'écroule littéralement dans mon lit, fatiguée. Il est minuit passé et toujours pas de nouvelles de Sedge.

Je me tourne et retourne dans mon lit, voyant les minutes passer. J'essaye de l'appeler mais je tombe direct sur son répondeur.

Je me lève, enfile un jean, un gilet et mes baskets puis descends jusqu'au pub. Celui-ci est fermé. Sedge est sûrement en train de faire les comptes de la semaine ou l'inventaire des stocks, comme ça lui arrive en fin de mois, alors je remonte et tambourine à la porte de l'appartement des garçons mais je reste sans réponse.

Je colle mon oreille à la porte, mais je n'entends rien jusqu'à ce que mon corps commence à tomber en avant. Sedge vient d'ouvrir la porte contre laquelle j'étais appuyée et me remet sur pied mais s'écarte bien vite comme si je l'avais brûlé.

Je suis surprise de le retrouver ici et en colère aussi qu'il ne m'ait donné aucune nouvelle.

– J'étais folle d'inquiétude ! Tu n'as pas vu mes messages ?

– Non, Galiane, je ne les ai pas vus, dit-il d'un ton morne.

Le fait qu'il prononce mon prénom me fait tiquer. Je le détaille plus en profondeur en même temps qu'un froid glacial s'abat sur moi. J'ai un mauvais pressentiment.

– Il se passe quoi ?

– Je suis fatigué. On discutera demain, dit-il en commençant à refermer la porte que je bloque de mon pied.

– Certainement pas, Sedge. On va discuter maintenant. Je t'écoute.

Mon ton est dur bien que je tremble de l'intérieur.

– C'est fini. On me propose de reprendre une licence de pub à Manchester, j'ai déjà donné ma réponse. Je pars demain. Adieu Galiane.

– Adieu ?! Tu as le culot de m'annoncer ça comme ça ?!

– C'est toi qui as voulu cette discussion maintenant !

– Tu n'as rien à me reprocher ! éructé-je en frappant mon index contre son torse. Tu te barres demain et tu voulais me l'annoncer, quoi, dix minutes avant ton départ ?! La blague ! Nous sommes un couple ! Tu devais venir me voir et m'en parler avant de prendre une telle décision !

– Je te libère de tes chaînes, Galiane. Je me suis rendu compte que je n'étais pas l'homme d'une seule femme. Je suis désolé de t'avoir fait perdre ton temps, lance-t-il, stoïque et froid.

Je serre les poings avec force et émets un cri rageur. J'ai mal. Tellement mal. Mon corps se glace de l'intérieur et mon cœur se brise. J'ancre mon regard dans le sien, impénétrable. Je pivote. Non, ça ne peut pas être aussi facile. Je lui fais à nouveau face, plante mon regard dans le sien et lui dis entre mes dents serrées :

– Tu n'es qu'un connard ! Toujours garder sa première intuition car c'est la bonne. Je regrette de t'avoir laissé entrer dans mon cœur. Tu ne le méritais pas.

Avant de m'enfuir, de m'enfouir sous ma couette et de libérer les larmes que je peine à retenir, je fonce sur lui. Il ne se protège pas et encaisse le poing que je lui administre sur son nez.

Mes larmes m'aveuglent, mes sanglots m'étranglent mais ma colère est tellement forte qu'elle a pris le pas sur la raison.

Je lui ai donné mon cœur et ma virginité !

Mon frère s'est éloigné de moi !

Et tout ça pour quoi ?!

Il n'est pas l'homme d'une seule femme… Se pourrait-il que… Non, je ne veux même pas y penser… Cela me ferait encore plus de mal de l'imaginer avec une autre… Mais, et si… Je redresse les épaules et écarte mes démons qui me crient que je n'ai pas su lui suffire, lui lance un dernier regard empli de colère et de rage, puis je fonce dans ma chambre et passe la nuit à pleurer toutes les larmes de mon corps en le maudissant, lui.

Cet homme aura été la pire chose qui me soit arrivée dans la vie. Il a toujours su où appuyer pour me faire sortir de mes gonds, mais aussi pour me manipuler et que je tombe dans cette mascarade de l'amour.

N'étais-je qu'un jeu pour lui ? Sa nature de coureur était-elle bien plus forte ?

Je m'assoupis peu de temps avant que mon réveil ne sonne. Je suis crevée et en lambeaux mais je dois aller travailler et cela m'évitera de croiser ce connard.

***

Je descends difficilement les marches qui me mènent à l'extérieur comme si mes jambes étaient lourdes et endormies.

J'ai l'impression d'être dans un état cotonneux, un peu comme si je venais d'être opérée et que le sédatif faisait encore effet.

Je sèche mes larmes avant de sortir dans la rue.

J'arrive jusqu'à mon bureau je ne sais comment. Je n'ai aucun souvenir du trajet tellement mon cerveau est dans un brouillard qui, je le sais, ne se dissipera pas de sitôt. Cet homme m'a mise à terre et je sais que je ne m'en relèverai pas.

Je me sens si idiote et naïve de lui avoir succombé…

Je salue Autumn, m'assois et allume mon ordinateur, je sens son regard accru sur moi.

– Tout va bien ?

– Oui, réponds-je d'un ton que je souhaite le plus ferme possible.

– Tu n'en as pas l'air…

– Et pourtant si.

Je m'enferme dans ma coquille et me concentre sur les courriers du cœur en ne sélectionnant que ceux où l'amour n'est pas le sujet.

Ma journée est longue et éprouvante, mon cœur saigne de l'intérieur mais je ne le montre à personne.

Je souffre en silence et m'en veux tellement de ce que j'ai pu laisser arriver.

Je suis en colère après moi. Comment et pourquoi tout cela a-t-il pu en arriver là ? Je le détestais et j'aurais dû m'en tenir à ce sentiment. Je savais qu'il était un coureur…

***

Je passe le pas de ma porte, la verrouille, m'y appuie et tombe au sol. Mes larmes se remettent à couler, je n'arrive pas à interrompre le flot.

Il est parti, emportant avec lui mon cœur et me laissant ma rancœur et mon chagrin pour toute compagnie.

Eda est en formation à Dublin depuis ce matin. Cette nuit, je n'ai pas eu la force de lui envoyer un SMS. Elle m'a appelée, affolée depuis son centre de formation en voyant le message de son frère. Elle voulait reprendre un vol retour pour être auprès de moi mais je lui ai assuré que ce n'était pas la peine. Elle attend cette formation depuis des mois.

Est-ce que cela ne va pas mettre à mal notre amitié ? Peut-être qu'avoir une aventure avec le frère de sa meilleure amie n'est vraiment pas un bon plan ? Je n'avais pas envisagé cela sous cet angle…

Je remonte mes jambes contre ma poitrine, tombe ma tête sur mes bras repliés sur mes genoux et pleure sans discontinuer.

Je n'ai plus d'énergie et plus de dignité. J'aimerais remonter le temps et modifier notre histoire. Mais est-ce que je souhaite annuler ces moments de profond bonheur que j'ai ressentis à ses côtés ? J'ai été heureuse. Il m'a rendue heureuse. Il m'a fait m'épanouir dans ma féminité mais si j'avais su le prix à payer, j'y aurais mis un terme très rapidement. Avant de tomber amoureuse de lui.

Quand me suis-je mise à l'aimer ?

Tant de questions se bousculent en moi. Tant de regrets. Tant de souffrance.

Si je pouvais remonter le temps, je ne le remonterais que sur vingt-quatre heures et essayerais de changer cet événement qui m'a brisée.

Pourquoi ?

Pourquoi m'as-tu fait ça ?!

42

Sedge

Je suis parti.

J'ai trouvé refuge à Walton-on-the-Naze chez Alistair, dans la ville de notre enfance. Il n'a posé aucune question, il a compris à ma tête qu'il ne valait mieux pas.

Hier soir, il y avait peu de monde au pub alors j'ai demandé à mon barman si cela le dérangeait de faire la fermeture à ma place.

J'ai grimpé quatre à quatre les marches qui me menaient jusqu'à l'appartement des filles, heureux de retrouver mon amour. Elles ne m'ont pas entendu entrer mais moi j'ai bien entendu les paroles de Lia. « Je regrette de faire souffrir mon frère sans l'avoir voulu. J'ai peur de l'avoir perdu à jamais, Eda, et qu'il ne s'en remette pas. Je ne me le pardonnerai jamais. »

Elle souffre de l'absence de son frère et c'est à cause de moi, tout comme je l'ai fait subir à Jade en étant avec Capucine… Nous n'avons qu'un frère. Lia n'a que Brock. Je ne suis pas indispensable à sa vie, contrairement à lui.

Lia est quelqu'un d'intègre, elle aurait continué à souffrir en silence alors j'ai pris la décision pour elle et je suis parti. Lia doit m'oublier et recommencer à me haïr afin de tourner la page sur notre histoire.

La seule solution pour l'heure que j'ai trouvée est de me bourrer la gueule afin d'oublier ce que j'ai fait. D'oublier la souffrance que je ressens au fond de moi et d'oublier aussi la douleur de mon nez.

Elle ne m'a vraiment pas loupé…

– Tu m'expliques ? demande mon ami en me poussant la jambe de son pied. Il vient de prendre place dans le fauteuil à côté du canapé où je suis affalé tout en prenant une gorgée de bière.

Je grommelle.

– Si tu ne me dis rien, je vais être obligé d'en référer à ta mère…

– C'est bas et petit.

– Ouais mais je t'héberge, j'ai donc droit à une explication.

Je soupire puis prends une profonde inspiration.

– Je vais te raconter une histoire très drôle ! Attention, ouvre bien les oreilles ! Je suis tombé fou amoureux d'une femme qui ne m'était pas destinée. Interdite. Elle me détestait et j'adorais la titiller mais il m'est devenu difficile qu'elle ne m'aime pas. Je voulais la goûter, je voulais la serrer dans mes bras, je voulais plus. Je la voulais, elle. Juste elle et qu'elle m'aime. Et tu sais quoi ? (Il fait non de la tête, le regard rond.) Elle m'a aimé ! Putain ! J'ai vécu les plus beaux moments de ma vie avec elle. Mais son frère a tout appris et ça a foutu la merde alors il est parti. Et pour elle, c'était difficile à supporter. Elle se retrouvait entre lui et moi. Aucun choix ne lui a été demandé et je sais que c'est moi qu'elle aurait choisi mais je n'avais pas le droit de la priver de son frère. On n'en a qu'un alors j'ai prétexté que je partais à Manchester pour reprendre une franchise et que finalement je préférais n'avoir aucune attache. En retour, elle m'a pété le nez, fais-je en montrant son œuvre.

– Eh ben… souffle Alistair. Je ne sais pas si je dois te féliciter pour cette histoire et ta soi-disant bonne action ou terminer le travail qu'elle a entamé sur ta belle gueule.

Je ris franchement et avale une autre gorgée de bière.

– C'est tordu, Sedge. Pourquoi avoir tout foutu en l'air ? Vous vous aimez si j'ai bien compris et le frère finira certainement par admettre votre histoire.

– Pas si sûr… C'est… compliqué. Toute cette histoire est compliquée et complexe.

– C'est qui cette fille ?

– Galiane.

Il se redresse, les yeux grands ouverts.

– Merde. Et tu étais déjà avec elle lorsque j'ai fait des allusions…

Je hoche la tête.

– Désolé, mec, je ne savais pas.

– Personne ne savait à part ma sœur à ce moment-là.

– Galiane, mec… Tu savais que Brock te ferait la peau… Il a toujours été protecteur avec elle mais tu crois que c'est le bon choix que tu as fait ?

– C'est trop tard. Ce qui est fait est fait. Je vais rester ici un peu et attendre qu'entre elle et Brock ça se résolve.

– Et ensuite ? Tu habites avec lui et elle habite à côté de chez toi.

Je pousse un profond soupir.

– J'ai toujours rêvé de voyager, je vais confier le Red Lion à Eda et repartir quelque temps.

– Je ne comprends pas que tu partes pour laisser Brock revenir… Là, je pige pas, mec…

Je pousse un profond soupir et pince l'arête de mon nez.

– Je vais te raconter une autre histoire alors. À Paris, j'ai eu de nombreuses aventures et puis j'ai rencontré Capucine. Elle était lumineuse et tout était simple avec elle. Je me suis laissé porter par cette histoire. J'étais bien avec elle. Je ne me posais pas de questions. Capucine avait une sœur jumelle, Jade, qui était instable psychologiquement. Elle a très mal supporté que sa sœur puisse m'avoir dans sa vie et ne soit pas tout à elle. Elle a menacé de se suicider. J'ai mis un terme à cette histoire. Capucine m'a appelé et m'a annoncé le suicide de sa sœur et je ne peux m'empêcher de penser que c'est de ma faute. Je me suis mis entre elle et sa sœur et je ne veux pas être également la raison de cet éloignement entre Lia et son frère.

– Je pense que tu mélanges tout. Ton ex ne t'a pas appelé pour t'accuser, Sedge. Sa sœur était déjà fragile et tu n'étais plus dans sa vie lorsqu'elle est passée à l'acte…

Je me perds dans mes pensées et n'écoute plus Alistair. Le visage de Lia m'apparaît, empli de douceur et de joie. Son sourire m'éclaire et s'évanouit instantanément et c'est son visage blessé qui se superpose à l'autre souvenir d'elle.

J'ai fait souffrir la femme que j'aime le plus au monde. Je ne me le pardonnerai jamais mais je sais que c'était la meilleure décision. Je ne peux pas être celui qui sépare un frère et une sœur. Je l'ai déjà été et Jade en a payé de sa vie…

J'ai cuvé toute la nuit sur le canapé d'Alistair, mon sommeil troublé par Lia. Son image, son odeur et le son de sa voix m'ont hanté toute la nuit, me provoquant à chaque fois comme des coups de poignard en plein cœur.

Je ne suis pas l'homme qu'il lui fallait. Je suis un homme à femmes et de toute façon, j'aurais certainement merdé un jour ou l'autre. Autant que ce soit maintenant. J'essaye de m'en persuader et d'inscrire ça en moi comme une vérité mais mon cœur crie que tout cela est faux. Je n'ai jamais aimé qu'elle. Toute ma vie tournait autour d'elle.

Dès sa naissance, je me suis investi d'une mission : la protéger. Ses grands yeux curieux m'ont toujours attiré.

Je râlais qu'Eda me suive partout petit, mais Lia pouvait me suivre à la trace je ne disais jamais rien.

Je l'aime à un point que je ne saurais expliquer. C'est viscéral, violent, dévastateur mais tellement magique, irréel et merveilleux.

Elle m'a offert plus que je ne pouvais l'imaginer. Elle m'a donné ce bonheur fugace d'être aimé d'elle.

43

Galiane

J'ai passé la nuit et une bonne partie de la journée dans mon lit. Je me suis fait porter pâle au journal.

Je ne veux plus avoir à respirer, c'est si douloureux.

Je n'ai plus de larmes en moi, je suis glacée. Ma grosse couette n'arrive pas à me réchauffer. J'ai tenté de me lever afin de prendre une douche chaude mais mes jambes ne me portent pas. Je n'ai rien avalé depuis le départ de Sedge et je doute de pouvoir garder quoi que ce soit en moi.

Je suis morte de l'intérieur. Il a réussi à me prendre ma joie de vivre. Il m'a détruite.

Jamais je n'aurais pensé qu'il puisse me blesser à ce point. J'aimerais comprendre. J'aimerais avoir une explication mais j'ai peur qu'elle ne me détruise plus que je ne le suis déjà.

Je dois rendre un article dans deux jours pour Miss Love et je ne sais pas si j'aurai la force d'écrire quoi que ce soit.

C'est à cause d'elle que tout a commencé avec Sedge. Sans elle, rien n'aurait changé.

Je lui en veux alors qu'elle n'existe même pas. Miss Love, c'est moi.

– Tu es là ? demande la voix d'Eda.

J'entends ses pas se rapprocher de ma chambre, elle ouvre la porte et se fige en me voyant.

– Galiane… souffle-t-elle tout en se précipitant vers mon lit. Je suis là…

– Il est parti, dis-je, des sanglots dans la voix bien qu'elle le sache déjà.

– Je sais, ma puce. Chut…

Un sanglot m'échappe. Je me blottis dans les bras réconfortants de ma meilleure amie. Je suis si fatiguée de tous ces sentiments. La tristesse m'a envahie si lourdement.

Eda est partie me chercher un verre d'eau. Je me redresse et pose ma tête contre la tête de lit.

Elle revient, me tend le contenant et s'assoit à mes côtés.

J'arrive à boire. Au début l'eau me brûle mais ensuite elle me fait du bien.

– Après notre soirée film, il n'est pas rentré et ne répondait pas à mes coups de téléphone ni à mes SMS. Il m'a ouvert, il était tranquillement dans son appartement. Il m'a annoncé froidement qu'il me quittait et partait à Manchester pour du travail.

Je libère un sanglot plus fort que les autres. Eda me prend dans ses bras et me berce comme une enfant. C'est son frère, toute cette histoire est délicate.

– Il est où ?

– Je ne sais pas.

– Putain, je vais lui couper les couilles ! éructe Eda.

Je secoue négativement la tête.

– Je me suis occupée de son cas : je lui ai foutu mon poing dans la figure et je suis partie.

– Tu as eu raison ! Non mais ! Je suis désolée, Galiane.

– Tu n'y es pour rien.

– C'est mon frère…

Je lève les épaules. Eda continue à me bercer dans un silence réconfortant. Je finis par m'endormir, épuisée.

44

Sedge

Je suis réveillé par des coups frappés à la porte.

– Tu as intérêt à ouvrir, Sedge Cunningham ! Je n'hésiterai pas à t'arracher ton service trois-pièces sinon !

Bordel, ma sœur !

Que fait-elle ici ? C'est Alistair qui a dû vendre la mèche à tous les coups…

Je me lève difficilement, le mal de crâne me donnant la nausée.

J'ouvre la porte et une tornade déboule dans l'appart.

– Manchester est beaucoup plus au nord ! dit-elle, sarcastique. Tu m'expliques ?

Son regard est noir et elle a l'air très, très en colère.

– Tu m'as trouvé comment ?

– J'ai appelé tous tes potes et les ai menacés. Alistair a craqué. C'était du pipeau cette histoire de franchise. Tu aimes trop Galiane pour prétendre que ta vie de coureur de jupons te manque.

Je grogne.

– C'est mieux ainsi, soupiré-je en passant une main dans mes cheveux et en me dirigeant vers la cuisine. Tu veux un café ?

– Oui, mais n'essaye pas de changer de sujet ou de noyer le poisson. J'attends.

– Je n'ai pas à me mettre entre un frère et sa sœur, Eda. J'aime la sœur de celui qui m'aime. Je le comprends et pour le bien de Lia, je dois me retirer. Elle a besoin de son frère. Je n'aimerais pas te perdre alors…

J'étouffe un sanglot et je sens les bras de ma sœur m'entourer.

– J'aimerais comprendre, Sedge car pour l'instant je suis perdue.

Je lui raconte alors l'histoire de Capucine et de Jade. Le suicide de cette dernière et ce que j'ai ressenti en culpabilité.

– Je suis désolée que tu aies dû vivre et pu penser cela, Sedge mais ne fais pas payer ton passé à Galiane. Elle est dévastée et perdue… Et tu n'es en rien responsable pour le décès de cette Jade.

Ce qu'elle me dit me fait si mal pour Lia. Mais je reste buté sur ma décision. Je ne veux pas qu'elle perde son frère à cause de moi…

– Je suis parti pour qu'elle retrouve son frère et soit de nouveau heureuse.

– Mais ce que vous pouvez être stupides, vous, les mecs ! Vous ne voyez pas plus loin que le bout de votre nez !

– …

– Elle est malheureuse ! Elle t'aime et tu viens de lui briser le cœur. Brock ne le lui a pas brisé, toi, si.

Je crispe ma main autour de mon mug et encaisse ce qu'elle vient de dire.

– Elle ne va vraiment pas bien. Elle a besoin de toi et de Brock dans sa vie, c'est certain, mais toi, tu es le plus important. L'amour de sa vie est la chose la plus douloureuse que l'on puisse perdre avec un enfant, Sedge.

– Je ne peux pas, Eda. Il y aura toujours un obstacle et c'est Brock. Je ne veux pas être la cause d'une rupture familiale. Elle se remettra de notre histoire. Lia est forte mais je reste persuadé que l'absence de son frère va lui peser de plus en plus.

– Tu n'es qu'un sombre idiot ! crie ma sœur, le regard noir de colère.

Elle pose son mug fermement contre le plan de travail, répandant le liquide sur la surface, et claque la porte.

Je m'écroule à même le sol en me tenant le visage. Je pleure. Je pleure sans honte ni pudeur. Je pleure cet amour impossible. Je pleure sa perte mais reste convaincu que j'ai fait le bon choix.

***

Deux jours sont passés depuis que ma sœur a débarqué. Le soleil commence à se coucher et moi j'entame ma troisième bière. Alistair rentre tard ce soir de son travail. Je vais commencer la fête sans lui.

Mon téléphone n'arrête pas de sonner depuis ce matin. Agacé, je me décide à répondre sèchement et à rembarrer l'énergumène qui ose me déranger.

– Quoi ?! dis-je, mon amabilité aux oubliettes.

– Sedge, c'est Capucine.

Je me redresse et pose ma bière sur la table basse. Coudes posés sur les cuisses, tête en avant, je me frotte la nuque tout en poussant un profond soupir.

– Tu vas bien ?

– Pas tellement… avoué-je, la bouche pâteuse.

– Que se passe-t-il ?

– J'ai rompu avec ma copine.

– Oh, je suis désolée, Sedge.

Je bloque ma respiration quelques secondes. Comment peut-elle être désolée alors qu'elle devrait me détester pour ce qui est arrivé à sa sœur ?

– Tu n'as pas à l'être. Je mérite d'être seul. Je fais du mal autour de moi.

– Mais qu'est-ce que tu racontes ?!

J'émets un rire glauque.

– Je t'ai éloignée de ta sœur et je recommence avec le frère de ma copine.

– Mais tu ne nous as éloignées en rien. Je suis perdue, Sedge.

– Si, je vous ai fait du mal et Jade n'est plus là par ma faute.

– Je t'arrête tout de suite ! Jade avait des problèmes psychologiques. Son suicide était inéluctable. Elle a toujours eu des idées noires. Ce qui est arrivé n'est pas de ta faute, Sedge. Tu comprends ? Dis-moi que tu comprends… demande-t-elle dans un souffle de voix.

– …

– Jade a décidé de mettre fin à ses jours mais ce n'est de la faute de personne. Je ne connais pas l'histoire avec ta copine mais ne la quitte pas pour ça…

Je ferme les yeux et m'affale dans le canapé.

« Ce qui est arrivé n'est pas de ta faute, Sedge », « Ce qui est arrivé n'est pas de ta faute, Sedge », je me répète ça encore et encore.

– Ce n'est pas de ma faute ? Je ne t'ai pas éloignée de ta sœur ?

– Non, Sedge.

Je pousse un profond soupir, ma main est crispée sur mon téléphone et la voix apaisante de Capucine arrive à franchir les vapeurs de mon cerveau alcoolisé et fatigué. Je raccroche et reste hagard un moment avant de m'emparer de ma bière lorsque la sonnerie si caractéristique des notifications des chroniques de Miss Love retentit.

Je pose précipitamment ma bière sur la table, attrape mon téléphone et me connecte sur le site du journal.

45

Galiane
Quelques instants plus tôt

Comment vous faire briser le cœur en dix leçons par Miss Love

Je regarde ces lettres en gras, mais elles me font si mal que je les efface aussitôt.

J'ai lancé une playlist aléatoire et ma peau se recouvre de chair de poule lorsque « Bruises » de Lewis Capaldi débute. De rage, j'attrape mon téléphone et le jette de toutes mes forces contre un mur de ma chambre. Il vient s'échouer au sol et la musique cesse enfin.

– Galiane ?

Eda entre dans ma chambre, inquiète, et découvre mon portable par terre.

Dire que je viens de faire partir en fumée toutes les photos que j'avais de Sedge et moi…

Et je ne sais pas si cela me soulage, ou si ça me rend encore plus triste qu'avant.

– Galiane… Je… je suis allée voir mon frère.

À ces mots, une pointe de douleur m'envahit, mais je ne peux pas m'empêcher de me retourner vers elle.

– Il… C'est un mec, tu sais…

– …

– Il ne voulait pas se mettre entre ton frère et toi, alors il a préféré partir.

– …

– Galiane, tu commences à me faire peur, là…

Je ne réponds rien. Que dire ? Je ne sais pas ce que je ressens.

Suis-je en colère ?

Suis-je soulagée ?

Je fixe à nouveau le curseur de mon écran et laisse mes doigts glisser sur mon clavier, indifférente à ce qui m'entoure.

Quand l'amour fait mal

L'amour fait mal. L'amour peut être cruel et douloureux. L'amour rend aveugle.

Alors pourquoi continuons-nous à aimer ? Parce qu'on est masochistes ? Ou simplement parce que, malgré tout, l'amour est le plus pur des sentiments ?

Je ne suis pas sûre d'avoir la réponse.

Tout ce que je sais, c'est qu'aimer m'a rendue plus heureuse que jamais.

Que c'était beau, que c'était intense, que ça valait mille fois le coup, et que si c'était à refaire, je le referais sans hésiter. Peu importent les déconvenues, peu importe la douleur.

Car je préfère mille fois avoir connu l'amour et la souffrance que n'avoir rien connu du tout.

Si cela veut dire pouvoir revivre encore et encore en souvenir tous ces moments de joie avec lui, je veux bien être une masochiste. Je veux bien souffrir encore.

L'amour est le plus beau des sentiments, alors ne passez pas à côté. Laissez parler votre cœur, prenez même le risque de le retrouver en miettes.

Découvrez l'amour. C'est tout ce que je vous souhaite.

Miss Love

Je finis de taper mon texte, en larmes. J'avais besoin d'écrire ces mots, de m'admettre à moi-même que je ne veux pas oublier Sedge, même si cela me ferait sûrement plus de bien que de penser sans cesse à lui.

Et maintenant que je sais qu'il n'a eu que mon bien-être à l'esprit en me quittant, tout se bouscule dans ma tête.

Mais il m'a fait tellement de mal que je ne sais pas comment nous pourrions reprendre notre histoire où nous l'avons laissée, même s'il revenait vers moi. L'amour vaut le coup d'être connu, oui, mais peut-il sortir intact de tant de souffrance ?

46

Sedge

Mes mains tremblent et tiennent difficilement mon portable.

Je relis pour la énième fois la chronique de Lia, la gorge nouée et le cœur serré.

J'étais tellement focalisé sur l'idée de la protéger, de la faire passer avant notre relation que je n'ai pas su voir qu'en faisant ça, je la détruisais.

Que je faisais exactement ce que je voulais à tout prix éviter…

Putain, j'ai vraiment été con sur le moment, je n'ai vu que cette solution.

J'ai pensé que risquer de laisser une distance s'installer entre elle et son frère serait pire que tout, mais je n'ai même pas pris en compte son avis.

Et maintenant, comment je vais me sortir de là ?

Je connais Lia mieux que quiconque : elle ne va pas m'accueillir les bras ouverts, c'est sûr. Elle va me faire payer ces derniers jours.

Mais je suis prêt à partir au combat, à la reconquérir et à effacer toute la souffrance que je lui ai infligée.

Alors je rassemble mes affaires, quitte l'appartement de mon ami et prends la route.

***

Plus je grimpe les marches, plus la nervosité prend possession de mon corps.

Elle va me découper en petits morceaux, c'est sûr…

Je sonne, me recule et attends, passant le poids de mon corps d'un pied à l'autre tout en me triturant les mains. Lorsque la porte s'ouvre, les lunettes sur le nez de Lia arrivent difficilement à me cacher les cernes qui lui mangent le visage, et j'ai l'impression que quelqu'un a attrapé mon cœur et me le broie.

Elle redresse les épaules et je n'ai pas le temps de prononcer le moindre mot que la paume de sa main s'abat à plat sur mon visage.

– Tu n'es qu'un sombre idiot !

– Je sais…

– Comment as-tu pu penser que ton départ et ton abandon ne me feraient pas souffrir ?!

– Je…

Elle tourne la tête vers moi et ses yeux me font comprendre que je n'ai pas intérêt à parler.

– Nous sommes un couple. Un couple prend des décisions ensemble, toi tu l'as joué solo ! Oui, j'avais peur que mon frère s'éloigne de moi malgré son retour. Mais ça ne voulait pas dire que j'avais envie que tu m'abandonnes à ton tour ! Quelle idée de m'être entichée de toi ! Que vais-je faire de toi ? Tu peux me le dire, ça, Sedge ?!

Je fixe son visage un instant. Elle attend une réponse ou pas ? Je prends le risque ?

– Me garder… fais-je du bout des lèvres. J'ai été con, je suis désolé. J'ai souffert mille morts…

– Tant mieux.

– Pardonne-moi. Je ne veux pas te perdre. Je t'aime tellement.

Elle pousse un profond soupir, se frotte le front et me tourne le dos en faisant un pas dans son appartement.

Je m'apprête à m'avancer pour l'empêcher de me quitter mais elle pivote à nouveau et s'élance dans mes bras. Ses bras entourent ma nuque et ses jambes se resserrent autour de mes hanches.

Elle capture ma bouche en un baiser vorace et dévastateur, qui me véhicule toute sa colère.

Une fois reposée au sol, elle plante son index contre mon torse.

– Tu vas ramer, Sedge. Comme jamais tu n'auras eu à le faire. Je t'aime mais ça ne va pas être facile pour autant.

Et sur cette phrase, elle claque la porte de son appartement.

Je fourrage dans mes cheveux, soulagé, le cœur reprenant un peu vie.

Elle m'aime. Je ne l'ai pas perdue.
Oui, je suis prêt à partir au combat pour toi, Lia…

47

Sedge

Je tourne en rond dans mon appartement.

Je dois reconquérir Lia, mais comment ?

Je ne sais pas du tout comment m'y prendre… La première fois, il y avait Miss Love pour m'aider, mais maintenant ?

Je ne sais pas draguer une femme. Cela peut paraître prétentieux mais je n'ai pas d'efforts à faire avec elles. Elles tombent dans mes bras sans que j'aie à lever le petit doigt.

Il n'y a que Lia qui m'a fait ramer et elle continue. Mais cette fois, je ne peux blâmer que moi.

J'attrape mon téléphone et appelle la seule personne qui pourra m'aider.

– Alors frangin, tu es de retour ? Galiane t'a pardonné ta stupidité ?

– Je vais devoir ramper…

Je l'entends s'esclaffer au bout de la ligne.

– Tu t'attendais à quoi ?!

– Oui, je le savais bien… Mais je ne sais pas comment m'y prendre… Tu n'aurais pas une petite idée, toi ? lui demandé-je en espérant bien qu'elle me vienne un peu en aide.

– Tu sais que je t'aime, Sedge mais sur ce coup tu vas devoir te débrouiller tout seul…

Elle vient vraiment de me raccrocher au nez ?

Je jette mon téléphone sur l'îlot central et pose mes paumes dessus. Je vais faire quoi ?

J'aurais tellement aimé en parler avec mon meilleur ami mais il n'est plus là et sur ce sujet ce serait particulièrement glauque de toute façon, et mes autres amis sont des coureurs alors ils ne me seront pas plus utiles…

J'ai passé la journée et une bonne partie de la soirée à regarder des films comme *Crazy, Stupid, Love* ou *Hitch* afin de me renseigner sur la façon dont je vais devoir procéder.

Je vais déjà commencer par le plus classique : envoyer des fleurs. Elle avait apprécié mon geste pour notre rencard.

Le lendemain, je trépigne d'impatience devant le judas de ma porte et enfin, le livreur sonne à la porte de Lia, qui signe sur le petit boîtier et s'empare de mon mot.

Excuse-moi d'avoir été con.
Je t'aime.
Sedge

Elle chiffonne le mot entre ses mains et jette le bouquet de fleurs contre la porte de mon appartement avant de regagner le sien en claquant violemment la porte.

C'est pas gagné…

Je prends ma *to do list* et raye les fleurs.

On va passer aux chocolats.

***

OK, les chocolats, ce n'était pas ça non plus…

Même s'ils ont fait une heureuse, d'après le selfie qu'Eda m'a envoyé, la boîte presque vide à la main.

Et comme Lia ne répond toujours pas à mes SMS, je prends mon courage à deux mains et vais frapper à sa porte.

– Salut… Tu es très belle, lancé-je naturellement quand elle apparaît dans l'ouverture de la porte.

Elle se regarde et j'en profite pour détailler un peu plus sa tenue. Lia porte un pantalon de pyjama difforme, un tee-shirt à l'effigie de Bart Simpson et des grosses chaussettes à tête de renard.

Merde, elle doit penser que je me fous d'elle…

Je me sens soudain intimidé et très gauche. Mon cœur bat rapidement et mes mains deviennent moites.

Réfléchis quand tu parles, mec ! Déjà que tu rames…

– Je voudrais t'inviter au restaurant…

– Non, merci. Bonne soirée.

Elle me claque la porte au nez.

Putain !

J'ai envie de crier mais je me contente de manger mon poing.

Je passe la soirée à lui faire une playlist et lui envoie le lien par SMS mais pas de connexion de sa part.

Je finis par m'effondrer au sol, sans plus savoir quoi faire pour l'atteindre.

Est-ce que j'y arriverai vraiment un jour ?

48

Galiane

– Tu ne crois pas que tu es trop dure avec Sedge ? demande Eda en reposant sa tasse de thé dans la coupelle.

Je l'ai rejointe dans un salon de thé que nous aimons beaucoup, avec une décoration très fleurie et des odeurs de cannelle et de sucre qui flottent toujours dans l'air. Et bien sûr, j'ai à peine commencé mon *carrot cake* que ma meilleure amie passe déjà à l'attaque.

Je détache un morceau de mon gâteau avec ma fourchette et l'enfourne dans ma bouche.

Dure ? Oui, certainement. Mais il m'a fait du mal et je suis rancunière. J'attends de lui qu'il fasse *le* geste qui me fera comprendre que je suis le centre de son monde et que jamais plus il ne me fera souffrir comme il l'a fait.

– Peut-être. Mais Sedge a toujours tout eu sans jamais lever le petit doigt. Il m'a eue si facilement alors que je le détestais ! Il doit comprendre que nous formons désormais une équipe et qu'il ne peut prendre des décisions seul dans son coin.

– Sais-tu ce que tu attends de lui ?

– Je le saurai lorsque cela se présentera à moi.

– Ne sois pas trop méchante avec lui. Il essaye vraiment et se casse énormément la tête.

– Il finira bien par trouver. C'est Sedge, je ne m'en fais pas pour lui.

– Je ne te savais pas si sadique ! s'exclame Eda en croquant dans son gâteau.

– Moi non plus, figure-toi !

La virée shopping qui suit a au moins l'utilité de me faire oublier Sedge pour un temps. J'aimerais franchir la distance qui sépare nos appartements et me blottir tout contre lui mais je ne peux pas. Vraiment pas.

Je l'aime mais il m'a blessée avec la mise en scène cruelle et dévastatrice de son départ imprévu.

Je l'aime mais ce n'est pas une raison pour pardonner si facilement.

Je veux qu'il me prouve qu'il ne me fera plus jamais souffrir. Que je peux avoir confiance en lui sans avoir peur que du jour au lendemain, il parte à nouveau.

Pour le moment, ses tentatives ne m'ont pas convaincue, mais je sais qu'il trouvera.

J'espère juste que ce sera rapidement, car je me languis de lui…

49

Galiane

Une semaine.

Une semaine que Sedge est rentré et une semaine que je rejette ses tentatives de réconciliation.

Je suis incapable d'expliquer ce que j'attends de lui mais ce ne sont certainement pas des fleurs ni des chocolats.

Je franchis le pas de ma porte, range mes affaires à leur place, et me prépare à relire ma prochaine chronique devant un bon repas. Je l'avais déjà envoyée à mon chef mais finalement, il m'a accordé un peu de temps supplémentaire pour la peaufiner, car je n'étais pas entièrement satisfaite.

Une notification apparaît sur mon téléphone alors que je m'apprête à enfourner une première bouchée de porc au caramel.

« Nouvelle chronique de Miss Love »

Mon chef a changé d'avis sur le délai ? Mince !

Je clique dessus et découvre un article que je n'ai pas écrit.

Quand l'amour est une évidence

Je l'ai toujours connue : c'est comme si le destin l'avait mise sur ma route dès le départ et m'avait guidé vers elle.

Elle me haïssait viscéralement, elle était touchante et douce avec tout le monde sauf moi, elle m'envoyait balader dès qu'elle pouvait... Et pourtant, je suis tombé fou amoureux d'elle.

Au début, c'était juste un jeu dans lequel elle a accepté d'entrer à mon plus grand étonnement. Et finalement, ça s'est transformé en beaucoup plus... En quelque chose de si beau que j'ai eu du mal à y croire, mais notre couple est vite devenu une certitude.

Pourtant, notre amour a fait souffrir une autre personne et j'en suis désolé. On ne choisit pas qui on aime...

Elle, mon évidence, mon amour de toujours m'a choisi, moi, mais je voyais bien sa souffrance d'avoir perdu cet être que les liens du sang n'ont pas suffi à retenir.

J'ai donc pris une décision, la quitter. La quitter pour ne pas la priver de cet amour fraternel.

Avais-je raison ?

Je me suis rendu compte que non. Je voulais arrêter de la voir souffrir par ma faute mais ce n'était pas la bonne décision à prendre.

Depuis, je souhaite racheter mes erreurs mais

elle est dure en affaires alors je viens aujourd'hui avec mes mots maladroits clamer mon amour pour elle.

À toi mon évidence, mon seul et unique amour, acceptes-tu de me pardonner mes erreurs ?

Si j'ai fait ce choix, c'était pour toi et uniquement toi. J'ai souffert de cette séparation comme jamais je n'avais souffert avant. Je ne veux plus ressentir cette douleur.

Je te veux dans ma vie, toi, rien que toi et ce jusqu'à la fin des temps car rien ne pourra venir nous séparer. Même dans la mort, je saurai te retrouver.

Nos chemins ont toujours été liés, entrelacés.

Mon âme brûle pour toi.

Mon cœur vit pour toi.

Mon corps ne désire que toi.

Pardonne-moi, abrège mes souffrances et accueille-moi à nouveau entre tes bras et dans la chaleur de ton corps.

Nos cœurs ne peuvent être dissociés, car l'un bat uniquement pour l'autre.

Je t'aime.

Mister Love

Je laisse mes yeux se perdre dans les phrases de Sedge.

Si je ne savais pas ce que j'attendais jusque-là, maintenant je sais.

Ses mots, sa déclaration me remuent et me chamboulent. Comment a-t-il réussi ce tour de force d'être publié ?!

Je pose mon téléphone sur le canapé à côté de moi, mes mains tremblent et je n'arrive pas à retenir les larmes qui commencent à couler le long de mes joues.

Je suis son évidence tout comme il est la mienne.

Je me lève et dévale les marches qui me séparent de lui. Je suis fébrile et émue. Toutes mes émotions s'emmêlent dans ma tête. Mon cœur, lui, revient à la vie et un liquide chaud se remet à couler dans mes veines. Je franchis la porte du pub, essoufflée, le visage humide mais le cœur brûlant d'amour pour lui.

Sa barmaid intercepte mon regard puis annonce ma présence à Sedge. Il pivote vivement et nous restons bloqués, nos regards perdus l'un dans l'autre. Ses cheveux sont en bataille comme à son habitude, son torse monte et descend rapidement et nos cœurs doivent battre à l'unisson car ma respiration est aussi rapide que la sienne. Son regard crépitant d'amour ne me quitte pas un seul instant. Des frissons m'envahissent, mes mains sont moites, ma bouche est sèche.

Il contourne le comptoir et avance dans ma direction d'une démarche animale et conquérante. Il a compris pourquoi je suis ici. Il a compris que j'arrêtais de lutter. Au fur et à mesure de sa progression, un sourire en coin naît sur son visage. Je lui réponds tout en sentant mes joues chauffer. La musique, les bruits étouffés des conversations des clients disparaissent. J'oublie où je suis et ce qui m'entoure pour ne me concentrer que sur lui, l'homme que j'aime.

Mon cerveau m'envoie enfin l'impulsion qui me fait me jeter dans ses bras. Ses mains sous mes fesses me portent et me retiennent tout contre lui.

J'enfouis mon visage dans son cou et le respire. Sa chaleur m'inonde et envahit tout mon être. Voilà enfin où est ma place.

– Je t'aime, Sedge, susurré-je contre ses lèvres.

– Love, tu es mon évidence, tu es tout ce que je désire dans ma vie. Je t'aime irrépressiblement.

Nos bouches se scellent enfin sous les acclamations des personnes qui nous entourent. Je ris contre sa bouche mais je ne me détache pas de lui pour autant.

Je ne me détacherai plus jamais de lui...

ÉPILOGUE

Galiane
Un an plus tard

Je me dépêche de finir ma chronique, la relis puis l'envoie à mon chef. J'ai pris du galon et je suis devenue rédactrice en chef au *Ladies*. J'ai développé plusieurs projets afin de donner une seconde jeunesse à ce magazine mais j'ai tenu à garder les chroniques de Miss Love. C'est mon bébé et je ne compte pas passer le flambeau. Grâce à elle, je suis devenue la femme que je suis maintenant et surtout l'amour de ma vie s'est manifesté.

Je dois être à Soho dans trente minutes et je ne peux me permettre d'être en retard car je vais enfin découvrir ce que me cache Sedge depuis des mois.

Il a décidé d'ouvrir un autre pub dans Londres mais m'a tenue à l'écart de tout et cela me frustre. Je suis vraiment curieuse et je déteste les surprises. J'ai eu beau lui faire du chantage ou essayer de jouer de mes charmes, rien n'y a fait.

Je range mon bureau, enfile mon blouson, attrape mon sac et arrive à prendre un taxi. Je lui indique l'adresse, m'installe et envoie un SMS à mon homme.

[Je suis en route. Hâte.
Je t'aime.]

[Je t'attends. Je t'aime, Love.]

Le taxi me dépose devant le pub dont la devanture est cachée par une grande bâche noire. Je salue les personnes que je reconnais. Nos parents sont présents pour ce moment fabuleux ainsi qu'Eda, Lewis, mon frère – qui m'étouffe dans un câlin – et son copain.

Depuis que nous avons mis les choses à plat, j'ai retrouvé mon grand frère protecteur et aimant. Je me blottis un peu plus contre lui. Il a aussi beaucoup souffert dans cette histoire mais, à force de travail sur lui-même, il a su dépasser son amertume et son chagrin et s'ouvrir.

Brock m'a avoué il y a quelques mois qu'il avait quelqu'un dans sa vie qu'il repoussait continuellement mais que cette histoire lui a permis d'ouvrir les yeux. Depuis, ils sont en couple et ont même emménagé ensemble ! Brock a tout révélé à mes parents et j'en ai profité aussi pour leur annoncer que j'étais Miss Love en leur interdisant de me lire. Faut pas pousser non plus !

Sedge vient à ma rencontre et je ne lâche pas ses yeux *hazel* si beaux. J'aime m'y perdre et voir son amour briller pour moi. J'aime ce qui se dégage de lui. Il est sexy et charmeur, c'est indéniable, mais Sedge est aussi doux et prévenant. En un an, il a mûri et pris confiance en lui. Il passe une main sur mes reins et me rapproche de lui tout en déposant un baiser sur mon front. Je ferme les yeux et me laisse porter quelques secondes par son étreinte.

Puis il se détache de moi et s'éclaircit la voix pour s'adresser aux invités :

– Je vous remercie tous d'être venus ici ce soir pour l'inauguration de ce nouveau projet. Ce pub me tient à cœur car j'y ai mis beaucoup de ma personne. Je ne vais pas vous faire attendre plus longtemps.

Sedge s'approche de la bâche et tire dessus d'un coup sec.

Je pose mes mains contre ma bouche afin de cacher mon étonnement.

« My Evidence », écrit dans une typographie ancienne et en lettres blanches, se détache du fond noir.

Sedge vient me prendre dans ses bras et pose sa bouche contre mon oreille.

– Tu es mon évidence, Lia. Je t'aime.

– Je t'aime, Sedge.

Nous nous sourions avant d'être entraînés à l'intérieur où je peux enfin admirer ce pub qu'il m'a caché depuis tout ce temps. Je suis heureuse pour lui, pour ce qu'il a accompli en si peu de temps.

Nous passons une merveilleuse soirée, entourés de nos familles et amis proches.

À la fin, j'aide Sedge à débarrasser les tables et jeter ce qui doit être jeté, mais il me prend le sac des mains, le pose au sol et me guide à l'extérieur.

Postée devant le nom du pub, « My Evidence », j'affiche un sourire éblouissant. Je n'en reviens toujours pas qu'il ait pu l'appeler ainsi.

Sedge m'enlace par-derrière et nous admirons en silence les lettres blanches lorsqu'une musique s'élève de la poche de son jean. Je la reconnais. « Bruises » de Lewis Capaldi envahit le trottoir. Il se détache de moi et me fait face. Je fronce les sourcils, ne comprenant pas où il veut en venir.

Je le vois mettre un genou à terre. Ma bouche forme un O de surprise et mes larmes commencent à dévaler le long de mes joues.

– Je ne vais pas te faire un long discours, Lia. Je t'aime depuis tellement longtemps, tu es en moi, dans mon cœur et je veux que notre amour soit officiel aux yeux de tous. Je veux pouvoir dire que tu es ma femme, alors veux-tu m'épouser ?

L'émotion me submerge et je me jette dans ses bras, ne lui laissant pas le temps de se relever.

– Oui !

Il part à la renverse à cause de la tornade qui a foncé droit sur lui et nous explosons de rire avant de nous embrasser à en perdre haleine.

***

Toi, rien que toi

Chacun sur terre a le droit à l'amour. Il est parfois dur à identifier, il n'est pas toujours là où on l'attendait, mais lorsque vous l'aurez trouvé, ne le laissez pas s'envoler. Lorsqu'une personne vous fait battre le cœur, qu'elle est votre évidence, alors ne perdez pas de temps en tergiversations et faites tout pour la conquérir.

Nous n'avons qu'une seule vie et l'amour est précieux, qu'il soit éphémère ou qu'il dure toujours. Alors prenez des risques, n'ayez pas peur du lendemain et laissez-vous guider par votre cœur.

En ce qui nous concerne, nous nous sommes aimés et détestés si intensément mais finalement notre amour aura été plus fort.

Nous avons ouvert les yeux et bravé les obstacles afin de vivre à présent heureux et plus amoureux chaque jour qui passe.

Notre amour est grand et nous le savons invincible mais il faut travailler pour cela. La confiance, la discussion et le respect sont la clé de cet amour.

Alors aimez-vous, faites l'amour et dévorez la vie à pleines dents !

Miss et Mister Love

Fin

REMERCIEMENTS

Tout d'abord, je tiens à remercier mon amie, Mélodie Chavin. Depuis le début de mon aventure aux éditions Addictives, tu as toujours été présente pour me soutenir, m'encourager et surtout me supporter ! J'aime nos innombrables moments de discussions et de franches rigolades. J'espère que nous pourrons nous rencontrer en vrai, très bientôt.

Merci à Nina Loren, qui est un soutien sans faille lors de mes écrits. Tes conseils me sont si précieux ! Tu me fais rire avec ton caractère fonceur, mais je suis contente que tu ne m'en tiennes pas rigueur lorsque je me permets de te secouer les puces !

Merci à Lilly Sweet pour tout ce temps que tu passes à me lire et me guider dans mes écrits. Sans toi, l'histoire de Galiane et Sedge n'aurait pas été tout à fait la même.

Merci à Jeanne Pears, Anna Wendell, Laura Black, Laurie Eschard, Léana Soal et Joh Harper pour toutes nos longues conversations et vos encouragements. Je n'aurais jamais cru découvrir un soutien si grand dans cette équipe.

Merci à mon mari de me supporter au quotidien. Tu ne comprends pas forcément le temps que je passe derrière mes écrans d'ordinateur et de téléphone, mais tu es mon plus fidèle soutien dans cette folle aventure que je n'aurais jamais cru vivre un jour. Merci d'être là depuis toutes ces années et, surtout, merci de m'avoir offert nos deux merveilleux enfants.

Je t'aime.

Merci à mes parents de m'encourager chaque jour dans ce que j'entreprends et d'en être fiers. Vous êtes des parents formidables et je n'aurais pu rêver mieux.

Merci à mes sœurs, sans qui cette aventure n'aurait jamais vu le jour. Vous avez cru en moi dès les premiers chapitres du *Voisin parfait est un enfoiré*. Vous m'avez encouragée à continuer d'écrire jusqu'à ce que je pose le mot fin dans ce premier manuscrit. Puis vous m'avez harcelée pour que je l'envoie à une maison d'édition.

Je vous aime, mes sœurs.

Merci à ma belle-mère de me lire et de me soutenir.

Un grand merci à l'équipe des éditions Addictives et tout particulièrement à Maud, Juliette et Sophie. Vous avez su me guider et sublimer l'histoire de Galiane et Sedge.

Merci à une de mes bêta de choc, la seule que j'ai en dehors de mes amies auteures, Persephonie1. Tu me fais toujours rire et ton soutien quotidien me touche.

Merci à Virginie de Bulle_de_Romance et Valérie Prain pour votre gentillesse et votre bienveillance.

Merci à mes lectrices, qui me donnent chaque jour l'envie d'écrire. Tous vos messages me font chaud au cœur et sans vous cette aventure n'existerait pas.

Et merci, à toi, nouvelle lectrice, d'avoir tourné les pages de l'histoire de Galiane et Sedge.

Extrait

CAMPUS RULES

Mélodie Chavin

Dans la collection Luv

PROLOGUE

La nuit est déjà bien entamée, la musique pulse dans mes synapses, l'alcool et la drogue lèchent mes veines. Seules les lumières de la boîte nous éclairent. Son visage est chaud, ses yeux sont doux. Je ferme un instant mes paupières et m'abandonne au plaisir qui m'emporte, roulant lentement des hanches sous ses mains. Ma nuque s'enroule et se déroule vers l'arrière, laissant ma longue chevelure brune caresser mes fesses, libérant en même temps toutes les tensions qui me bouffent au quotidien.

Dans ses bras, je suis bien. Tout contre lui, j'oublie tout. Peut-être que grâce à lui, un jour, je pourrai arrêter toutes ces conneries d'alcool et de drogue…

Je lève délicatement les paupières et entre en contact direct avec son regard intense. Il m'observe en train de danser contre son corps dur et brûlant. Il incline la tête, sa langue vient lécher de manière sensuelle ses lèvres légèrement entrouvertes. Dans un geste sûr, il me retourne, et je me retrouve le dos contre son torse. Ses hanches viennent se caler au rythme des miennes. Nous dansons en collé-serré, son souffle faisant frissonner la fine peau de ma nuque.

La bosse derrière moi caresse érotiquement mes fesses ; nous faisons presque l'amour sur la piste, et le creux de mon ventre se tord délicieusement. Mon cerveau s'embrume tandis que nous nous frottons encore et encore.

La musique change, et nous cessons notre danse si chaude. Il me propose alors d'aller nous asseoir afin de boire un verre. J'acquiesce, mais l'informe que je dois d'abord passer aux toilettes.

Nos doigts se quittent et je me dirige lentement vers l'espace réservé aux femmes. J'arrive non sans mal à destination et m'observe dans le miroir ; mon teint est pâle et mes yeux sont injectés de sang. Je titube jusqu'à une cabine et m'assieds lourdement sur la cuvette.

Ma tête tourne et ma vue se brouille, des taches foncées apparaissent devant mes pupilles. Soudain, le trou noir – merci l'ecstasy, merci pour ce que tu me fais ressentir, merci, grâce à toi j'oublie tout, j'oublie ma vie pourrie.

Des rires me surprennent et me sortent de… de quoi ? de mon sommeil ? Depuis combien de temps suis-je le cul là-dessus ?

Des greluches discutent de l'autre côté de ma cabine de toilettes.

– Alors, dis-moi, Mel, vous avez couché ensemble ?

– Ouiiiii !

Un vacarme retentit d'un coup, me faisant sursauter et coupant net la conversation des pintades. Une porte qui claque, des hurlements. Puis, plus rien, mes oreilles bourdonnent, je suis comme enfermée dans ma bulle.

Je ne perçois plus la musique assourdissante de la boîte, mais des cris, encore des cris et toujours des cris. De peur ? De douleur ? Mais que se passe-t-il ? Pourtant je ne bouge pas, je suis pétrifiée. Suis-je en train de rêver ? La drogue me fait-elle halluciner ?

Les minutes s'écoulent, je suis scellée à mon trône, mes membres commencent à trembler, mon estomac se contracte, j'ai envie de vomir.

– Maya ? Maya ?!

Je fronce les sourcils – quelqu'un hurle mon nom et entre en trombe dans les W.-C. pour femmes. C'est lui.

– Maya ! Putain, réponds !

J'ouvre la bouche, mais aucun son n'en sort. Je voudrais lui dire que je suis là, mais mon corps est pétrifié, j'ai froid, ma voix semble s'être volatilisée. Un sanglot s'échappe de ma gorge.

– Maya ? demande-t-il doucement.

Je pense qu'il m'a entendue. Je perçois qu'il s'est appuyé contre ma porte. Des larmes roulent sur mes joues vides de leur sang.

– Maya, ouvre, s'il te plaît.

La poignée tressaute, il tente d'entrer, en vain. J'essaie de soulever mon bras afin de faire sauter le loquet mais il retombe lourdement sur mes cuisses couvertes de marbrures violettes. Je hoche la tête, abattue.

– Je ne peux pas, soufflé-je.

Je sais qu'il ne m'entend pas et je pleure de plus belle ; je sais que quelque chose de grave se passe, mais je reste là comme une conne à chialer.

Mais qu'est-ce qui m'arrive ?

Soudain ma porte vibre violemment, encore et encore jusqu'à céder et éclater contre le mur. L'air s'infiltre bruyamment dans mes poumons lorsque je le vois apparaître en face de moi. Les traits de son visage sont déformés par la peur et l'inquiétude.

– Viens, on se casse de là !

Ses bras m'encerclent, il remonte mon string et remet ma jupe en place. Il me soulève et me porte contre son torse. Il sent bon, il sent lui, l'homme dont je commence à tomber amoureuse.

Non, il ne faut pas…

Mais brusquement, ma gorge me pique, me brûle, coupant net mes réflexions. Je tousse, je sens petit à petit mon corps peser contre lui. J'ai chaud et de la sueur coule sur mon front, mes paupières sont lourdes. À mesure que ses pas nous mènent je ne sais où, je me sens mourir à petit feu. Suis-je en train de faire une overdose ?

Merde…

Après ce qui me paraît être une éternité, je tente difficilement d'ouvrir les yeux, ma tête cogne. Le sol est froid contre mon dos. Je ne suis pas morte ? Où est-il ? Mon cœur se soulève et je cherche autour de moi, son visage est près du mien, ses lèvres bougent, mais je ne perçois aucun son.

Ses doigts caressent mes cheveux et je m'apaise. Je ne sais pas où nous sommes réellement, mais je m'en fiche.

Il tourne la tête ; j'ai à peine le temps de le voir froncer les sourcils qu'il bondit sur ses pieds et court après quelqu'un que je ne connais pas. C'est alors que je réalise que je suis seule contre le bitume glacé, me remémorant en même temps ce qui vient de se passer, là sous nos yeux, et mon cœur se serre. J'ai peur, j'ai froid, et je suis seule…

Je sursaute et me recroqueville sur moi-même lorsqu'un coup de feu retentit, emportant dans son sillage les cris d'horreur des gens qui m'entourent. Ma cervelle recommence à cogner contre mon crâne, l'air me manque une nouvelle fois. Le noir revient m'envelopper et je sombre rapidement dans un vide terrifiant.

1

Trois ans plus tard

J'arrive sur le parking de mon nouveau campus, je gare ma voiture et coupe le moteur. C'est d'une main tremblante et peu assurée que je retire ma ceinture. Le soleil de ce début de journée me caresse le visage à travers le pare-brise, m'apportant un peu de réconfort. Sous les rayons lumineux, je ferme les yeux et inspire un grand coup.

C'est mon premier jour à la faculté de lettres de cette immense ville, et j'avoue être assez terrifiée, moi qui n'ai jamais quitté ma petite ville de Bretagne.

La sonnerie de mon téléphone me sort de ma rêverie. Elle m'annonce l'arrivée d'un SMS. Mes mains sont toutes moites et glissent lorsque j'essaie de retirer mon portable de ma poche.

[Bon courage,
ma chérie,
pour ton premier jour.
Je t'aime. Maman]

Ma gorge effectue un aller-retour douloureux. Elle va me manquer. J'ai 22 ans et il était enfin temps pour moi de couper le cordon. Pourtant, laisser ma mère seule après ce qui s'est passé me donne un goût amer, mais je dois prendre ma vie en main et tenter d'avancer. Pour moi, pour elle, pour lui.

Cette rentrée loin de chez moi est mon nouveau départ. Exit l'ancienne Maya, adieu souffrances, mon avenir est droit devant moi. Au moins, ici, personne ne me connaît. Je peux être une jeune fille sans histoires, insouciante et optimiste.

[Merci, je t'appelle ce soir,
je t'aime encore plus.]

Je soupire bruyamment et range mon portable dans ma poche.

Le stress revient ; je monte le son de l'autoradio et l'habitacle se remplit de la délicieuse voix d'Adele. Mes mains serrent mon volant à faire blanchir mes phalanges tant l'anxiété me gagne. Je ferme les yeux et m'imprègne de la musique. Je souffle les paroles tout en basculant ma tête contre l'appuie-tête.

Le temps file, et il va falloir que je me résolve à quitter ma voiture. Je m'empare de mon sac à main et j'en extrais mon petit miroir. Je trifouille mes cheveux afin de les remettre en place. J'en profite pour vérifier mon maquillage et je grimace au reflet de cette brune qui me toise.

Je ne me trouve pas spécialement jolie, mais je ne me trouve pas moche non plus. Ma peau est pâle et j'ai de petites taches de rousseur sur le nez – Maman affirme que c'est mignon… quelle horreur. La seule chose que j'aime dans mon visage, ce sont mes yeux. Ils sont verts avec de petites notes de marron clair autour de la pupille. Ils sont beaux et perçants, comme ceux de celui qui me répétait sans cesse : « Dans leur profondeur, on peut y voir le printemps. » Je suis fière d'avoir les yeux de mon père.

Une boule se forme dans ma gorge. Sa mort violente me remonte dans l'œsophage en un liquide acide et brûlant. Quand je vous dis que ma vie est pourrie… Mon passé sent la mort…

Un haut-le-cœur me saisit. Je referme sèchement mon boîtier-miroir et je le remets dans la poche de mon sac tout en serrant les dents. J'observe derrière mon volant les immenses bâtiments qui se dressent en face de moi, et mon cœur recommence son embardée.

Soudain, un bruit sourd me fait sursauter et m'extirpe de mes pensées. Deux mecs riant de toutes leurs dents courent devant ma voiture, ce qui arrive enfin à m'arracher un sourire. Mais celui-ci est de courte durée, car ils accrochent et cassent mon rétroviseur droit en passant trop près de mon véhicule.

Putain !

Ma mâchoire et mes poings se serrent, je coupe la musique et sors de ma voiture en trombe. Je claque ma portière de colère pour aller inspecter les dégâts.

Ils sont déjà loin, mais je ne peux m'empêcher de crier :

– Vous ne pouvez pas faire attention, sérieux ?

Je tape rageusement du pied dans mon pneu et jure tout haut. Je suis vulgaire, ouais. Ça commence bien, tiens. Comment vais-je réparer ça, moi ? Je ne connais pas encore cette ville et je n'ai pas envie de me faire arnaquer par un garagiste à la con.

Je tressaille lorsqu'une voix angélique stoppe les mots crus qui sortent de ma bouche depuis au moins une minute. Je me retourne et j'aperçois une jolie blonde s'approcher de moi en souriant.

– Excuse-moi, mais je t'entends crier. Tout va bien ?

Sa voix est douce et très posée, ce qui a le don de calmer mes nerfs à vif. Je l'observe un moment avant de lui répondre. Cette jeune femme vraiment élégante est blonde et ses yeux, de la couleur d'un lagon, mettent parfaitement en valeur son visage angélique. Sa robe bleu marine évasée vers le bas laisse apercevoir ses longues jambes vertigineuses. Sa tenue se termine par des petites sandales dorées. J'ai l'air d'une plouc, à côté, vêtue de mon slim et mes Converse.

– Merci… Ça va, sauf que deux abrutis ont cassé mon rétroviseur en courant le long des voitures, dis-je en lui montrant les dégâts.

Elle s'approche, observe le rétro qui pend joyeusement le long de ma carrosserie, et sa bouche se tord.

– Les mecs ici sont des brutes. Je ne me suis pas présentée : moi, c'est Léa !

– Enchantée, Léa, moi, c'est Maya.

– J'ai l'impression que tu es nouvelle ici, je ne t'ai jamais vue.

– Oui, c'est mon premier jour sur le campus, et je suis un peu anxieuse.

– Tu étudies quoi ?

– Je suis en première année à la faculté de lettres et toi ?

– Tu es tombée sur la bonne personne, Maya, car moi aussi. Enfin, c'est ma deuxième année normalement, mais à cause de petits problèmes de santé, j'ai été contrainte de suspendre mes études.

Je pince les lèvres.

– Rien de grave, j'espère ?

– Non rien de grave, et puis je vais mieux, maintenant ! Nous devrions y aller, sinon nous allons être en retard.

Je récupère mon sac, puis je verrouille ma voiture tout en grimaçant devant mon rétroviseur cassé. Léa déambule entre les véhicules et je la suis jusqu'à l'entrée de cette jungle.

Le bâtiment principal est énorme, les façades sont recouvertes de petites briques rouges. Par réflexe, je croise mes bras et les serre fort contre ma poitrine. Plus nous avançons, plus mon cœur tambourine contre mes côtes. Je tente de contrôler les petits tremblements de mon corps, mais sans succès.

– Au fait, mon frère est mécanicien, je lui parlerai de ton rétroviseur si tu veux.

– Ah, super, ça m'enlève un poids. Je ne savais pas où le faire réparer. Je te remercie, c'est gentil.

Léa me répond par un grand sourire puis elle m'indique l'amphithéâtre vers lequel nous nous dirigeons.

De l'extérieur, le bâtiment est tout aussi imposant que le premier. Je suis vraiment terrifiée, moi, la provinciale qui débarque dans cette grande ville. Je ne me sens pas à ma place ici. Pourtant je tente de prendre un air décontracté, genre « Ouais, j'suis une meuf cool moi, *peace*, les gens… » Paradoxalement, je suis contente d'éprouver ce stress. J'ai l'impression d'être une étudiante comme les autres qui a pour seul souci de s'intégrer dans une nouvelle fac.

Nous entrons et je balaie du regard l'immense salle qui grouille d'étudiants, ce qui fait disparaître le sourire que je m'étais figé sur la figure. À la place, un vulgaire « gloups » sort tout droit de la profondeur de ma gorge. Cet endroit est démesuré, et savoir que je vais me retrouver au milieu de cette masse humaine m'inquiète d'autant.

Léa monte les marches. Je la suis tel un robot et nous prenons place. Je m'adosse à mon siège et joue nerveusement avec mes doigts.

Le bruit dans la salle commence doucement à se faire murmure, et mes muscles se détendent au fur et à mesure que les minutes passent.

Léa sort son téléphone de sa poche, puis tape sur l'écran avec un sourire niais accroché à ses lèvres. Elle remarque que je tente de lire ses textos et je vire au rouge, démasquée en pleine indiscrétion. Pas fâchée du tout, elle me sourit et me lance, avant que je n'aie le temps de m'excuser pour ma curiosité :

– C'est mon petit ami, Josh, il veut que je vienne le voir jouer au rugby ce soir. J'irai avec mes deux amies, Lola et Kim, je te les présenterai à midi, tu veux venir ?

Je réfléchis à sa proposition. Si j'espère m'intégrer à cette vie étudiante, il faut que je fasse un effort. De plus, je suis ravie de sa demande, alors j'accepte.

– Oui, avec plaisir !

– Super !

Tout en souriant, Léa reporte son regard sur son téléphone.

Je suis soulagée, je ne m'en sors pas si mal finalement. D'après ce que j'ai entendu dire, ce n'est pas simple de faire des connaissances, et surtout, de se faire des amis la première année à la fac.

Mes muscles se relâchent. Tout compte fait, cette journée n'est pas si pourrie que ça… Je remercierais presque les deux ânes d'avoir cassé mon rétroviseur, sans eux je n'aurais sûrement pas sympathisé aussi vite avec Léa.

Un homme d'une quarantaine d'années fait enfin son entrée dans l'amphithéâtre, interrompant mes réflexions.

– Bonjour, je me présente, je suis M. Holtz, votre enseignant de littérature française. Vous remarquerez très rapidement qu'ici, les cours ne ressemblent en rien à ceux donnés au lycée. Nous allons étudier des textes précis, un auteur en particulier, mais aussi une époque.

Le cours de littérature française me plaît beaucoup – en plus d'être passionnant, je le trouve très riche !

La matinée se passe plutôt bien et il est déjà l'heure d'aller à la cafète. Son plateau à la main, Léa m'indique la table où sont installées ses amies. Ce sont deux filles de deuxième année. Elles ricanent mais s'arrêtent lorsqu'elles nous voient approcher.

– Les filles, je vous présente Maya, une nouvelle sur le campus.

Les deux étudiantes se lèvent pour me faire la bise avant de se rasseoir sur leurs chaises. Je les trouve plutôt accueillantes.

– Maya, voici Lola et Kim.

Mon sourire est figé, mais sincère. Je les salue, et m'installe à table. Je suis un peu crispée, comme depuis le début de cette journée en fait, mais je m'efforce de me détendre. Ces filles ont l'air sympas, après tout.

Nous prenons notre repas et j'écoute les ragots qui s'échangent à notre table avec beaucoup d'intérêt.

Mais soudain, le brouhaha de la cafète diminue singulièrement. Appelée par je ne sais quelle force, je me retourne et aperçois deux magnifiques mecs, beaux comme des dieux grecs, faire leur entrée dans la salle.

L'un est blond aux yeux bleus et l'autre… Mon souffle se coupe. Un grand brun au regard profond me fixe. Ses yeux ont la couleur d'un marron d'automne et ses rétines flambent comme le feu dans la cheminée. Ses prunelles me brûlent le visage. On pourrait penser que cela ressemble à un coup de foudre. Je ricane – ça fait bien longtemps que je ne crois plus à ce genre de conneries. *Et pourtant…*

Cet homme a quelque chose en lui qui me glace et me consume en même temps.

C'est dingue…

Je sens que la température de la pièce a augmenté de deux degrés, tous les regards des nanas sont tournés vers eux, même ceux des filles installées à ma table.

Oh, putain, le blond s'approche de nous alors que le brun part s'attabler ailleurs sans cesser de me dévisager. Je suis vraiment troublée.

Léa observe le garçon blond avec envie. Il faut reconnaître qu'il n'est pas mal non plus. Ma nouvelle amie se lève et, tandis que je la suis du regard, elle saute à son cou pour l'embrasser. Elle lui chuchote quelque chose et ils avancent vers nous, main dans la main.

Ah, OK. Donc, cet apollon est son mec… Et le brun, vous croyez qu'il est célibataire ?

Est-ce moi qui viens de penser ça ? N'importe quoi, Maya, ôte-toi ça tout de suite de l'esprit !

Les yeux de Léa brillent tellement qu'ils pourraient éclairer toute la cafète. Je ne sais plus où regarder – brun, blond, ma tête tourne et mes oreilles bourdonnent. Mes voisines de table reluquent ouvertement le magnifique brun au fond de la salle, et je ne peux m'empêcher d'en faire de même. Je suis déconcertée, car il ne me lâche pas des yeux. Je détourne enfin le regard afin de me concentrer sur Léa et son petit ami. Je me racle la gorge avant de me redresser sur mon siège.

– Maya, je te présente Joshua Madinet, mon petit ami !

J'avais deviné…

Elle se penche vers moi et me murmure à l'oreille :

– Ferme la bouche, tu as l'air d'une godiche.

Elle pouffe et je m'exécute. Mes joues brûlent, je ne m'étais même pas rendu compte que je gobais les mouches en observant le beau brun.

Ça ne me ressemble tellement pas !

Je bafouille, honteuse :

– Bonjour, euh… moi, c'est Maya.

– Salut Maya, moi, c'est Joshua, mais tout le monde m'appelle Josh, ici !

J'esquisse un demi-sourire et il se tourne vers la déesse blonde :

– Je vais manger, ma puce, à tout à l'heure. À plus, les filles !

Sans quitter leur cible du regard, elles lui répondent par un bref geste de la main. Je les imite mais plonge la tête dans mon assiette lorsque je vois qu'il l'embrasse goulûment.

Léa le suit des yeux lorsqu'il s'éloigne pour rejoindre son ami à table, et je ne peux m'empêcher de relever le nez pour en faire de même.

Encore ses yeux, son regard… Mon cœur loupe un battement lorsque je constate que le brun me fixe toujours. Un frisson parcourt mon corps, des pieds à la tête ; je rougis et me mords la lèvre.

Ce mec fait naître en moi des sensations aussi impressionnantes qu'effrayantes.

Je me détourne et ne l'observe plus jusqu'à ce que nous terminions notre repas et repartions en cours. Cet après-midi, c'est linguistique.

Je fais mieux connaissance avec ma nouvelle amie. Elle me parle de tout et de rien, je n'ai pas le temps de m'ennuyer. Je commence sincèrement à l'apprécier ; c'est une jeune femme simple, très souriante, qui prend la vie comme elle vient. Elle a la joie de vivre et c'est vraiment motivant de côtoyer quelqu'un comme elle. Notre premier jour de cours se termine et je n'ai pas vu le temps passer. Nous marchons tranquillement en direction du stade, il fait encore beau et les oiseaux chantent. Kim et Lola nous rejoignent sur le chemin. Apparemment, cette petite virée au stade a l'air d'être le quotidien des filles. Pour ma part, je n'aime vraiment pas le sport mais je crois deviner ce qui les intéresse là-bas et à mon avis ça n'a rien à voir avec le score du match.

Nous nous engageons dans une petite allée arborée, les rayons du soleil sont toujours présents. L'anxiété de ce matin m'a enfin fichu la paix et je profite de l'instant avec mes nouvelles amies.

Je finis par entrevoir le stade : il est fort grand et je suis impressionnée par l'étendue de ce campus. Je commence à me sentir à l'aise dans ce nouveau lieu.

Ce n'est pas si compliqué que ça, finalement.

addictives

Romans déjà parus

Rose Becker
Le Bébé, mon milliardaire et moi (aussi en poche)
Torride, sexy & dangereux
Forever You – saisons 1 et 2
Dangerous

Phoebe Campbell
Tes ordres sont mes désirs – poche
Lui résister… ou pas – l'intégrale
You Again
Single Daddy. Try Me if You Can

Mia Carre
Bad for You
Teach Me Everything
Charmant connard !

Mélodie Chavin
Campus Rules

Olivia Dean
À lui, corps et âme – volumes 1 et 2 – poche

Emma Green
Toi + Moi : L'un contre l'autre (aussi en poche)
Toi + Moi : Envers et contre tout (aussi en poche)
Toi + Moi : Seuls contre tous (aussi en poche)
Call Me Baby – volumes 1 et 2
Call Me Bitch
Love Me if You Can
Kiss Me if You Can
Bliss. Le faux journal d'une vraie romantique – volumes 1 et 2
Jeux interdits
Jeux insolents
Jeux imprudents

Une toute dernière fois
Fallait pas me chercher! – volumes 1 et 2
Corps impatients (aussi en poche)
Cœurs insoumis (aussi en poche)
Âmes indociles (aussi en poche)
Cent facettes de Mr Diamonds – l'intégrale
Bliss. Le faux journal d'une vraie romantique – l'intégrale
(Im)parfait
Love Me if You Can – l'intégrale
Kiss Me if You Can – l'intégrale
It's Raining Love!
The Boy Next Room
Call Me Baby – l'intégrale
Call Me Bitch – l'intégrale
PS: Oublie-moi!
Fallait pas me chercher! – l'intégrale
Recherche coloc: emmerdeurs, râleurs, lovers... s'abstenir!
10 bonnes raisons de te détester!
Just 17
Love & Lies on Campus
Bien plus forte que toi !

Kim Grey
Insolent Bastard

Megan Harold
Sublime-moi! – poche
Breaking the Rules
Initiation with my Boss

Amy Hopper
Gone Boy
Le Coloc

Julie Huleux
Alpha Player

Charlie Lazlo
Mon insupportable boss

Sienna Lloyd
Mords-moi!

Caroline Mongas
Mariage forcé. Un contrat indécent

June Moore
Étreinte – volumes 1 à 3

Zoé Murat
Stepbrother Love
Boss Me Around

Clara Oz
Arrogant

Lise Robin
Infiltrée. Sex, Drugs & Danger
Love Scandal
Forbidden Stepbrother – poche

Gaëlle Sage
Kiss, Kill & Ride

Ana Scott
Dark Ride
Last Ride
Vicious Ride
The Dominant
Evil Ride
Sensual Stepbrother

Camilla Simon
Le voisin parfait est un enfoiré
Initiation with my Enemy

Ève Souliac
Sexy Mistake

Liv Stone
Love Lessons

Lisa Swann
Adore-moi ! – l'intégrale

Louise Valmont
Toi & moi, c'est compliqué !
Campus Initiation

Chloe Wilkox
Extreme Lover – l'intégrale
Immoral
Your Game, My Rules – poche
Dominant Boss. Apprends-moi
The Virgin's Price

Luv

Romans déjà parus

Ana K. Anderson
Indompté
Scottish Bastard

Sophie Auger
Be with Me

Laura Black
Dark Initiation
Games of Desire
H.A.R.D. Hot, Arrogant, Rebelle, Déterminé

Margot D. Bortoli
Too Young

Juliette Brunel
Delicious

Anne Cantore
Promets-moi. Louise et Marco

Sarina Cassint
Avec toi… peut-être
Insolent Boss

Mary Ann Davis
Coach Me Love

Nora Davy
Don't Resist

Gwen Delmas
Noël, toi & moi
Perfect Boss
Sex Friends. Pas de contraintes, que du plaisir !

Cléa Dorian & Ninon Vars
Dark Love

Laurie Eschard
Love Naked

Lil Evans
Savage Rider

Crash & Burn
Boss Affair

Lou Everly
Bad Boy Crush – poche

Lou Garance
Can You Keep a Secret?

Alexandra Gonzalez
Shades of You

Erin Graham
Teach Me Love
The Boss
Secret Stepbrother
Strong Addiction
Coloc avec mon boss

Joh Harper
Crazy Love

Marie Hayle
Under Control

Emma S. James
Under the Rain

Iris Julliard
Catch & Shoot

Lucie F. June
Fight with Darkness

Sara June
Rider in the Dark
Sexy Wild Rider

Lena Jung
Mon coloc, mes désirs & moi

Emily Jurius
Love to Hate You

Allie Krown
High School Challenge

Pauline Libersart
Tiger. Entre ses griffes

Nina Loren
Breaking the Ice

Ella Lores
Mariée par accident à un connard arrogant rencontré la veille…

Jessica Lumbroso
Emma X. Secrète et insoumise

Mila Marelli
Dark Man in Love
Crazy Wedding

Mag Maury
Fast Games
No Love, No Limits
My Hipster Christmas

Alix Parks
Never Kiss The Boss

Jeanne Pears
Insupportable coloc
Colocs & Sex Friends
H.O.T. Hypnotique. Obstiné. Ténébreux

Alexia Perkins
Arrogant Fake Lover

Sophie S. Pierucci
L'Inconnu de l'ascenseur & Moi (aussi en poche)
My Stepbrother. L'initiation
Deep & Dark – poche

Silvia Reed
Darkest. La dernière heure
Too Close

Anita Rigins
No Rules
My Rules

Avril Rose
Coffee, Sex & Law

Jana Rouze
Effet de vague – saisons 1, 2 et 3

Wendy Roy
Une seule fois (ou presque)

Ana Scott
À corps brisés

Léana Soal
Fight & Hope

Cara Solak
Perfect Obsession

Liv Stone
Initie-moi. Mes jours contre tes nuits

Lena K. Summers
Perfect Bad Boy

Kaly Swann
Austin. Breathe with Me

Alexane Tolley
The Boss Rules – poche

Lily Tortay
Dance for Me

Flore Valier
Ta peau contre la mienne

Anna Wendell
Arrogant Bad Boy
Apprends-moi le désir

Mina Zadig
Just Sex & Tattoos

Under Control
Marie Hayle

Il domine tout sauf elle.
Tyler Cole est respecté, secret et froid. Rien ni personne ne lui résiste, il impose ses décisions en toutes circonstances.
Samantha est une sage-femme attentionnée, vite déstabilisée, mais déterminée à ne laisser personne lui marcher sur les pieds.
Quand Tyler la croise au cours d'une soirée, il croit pouvoir la soumettre aux mêmes règles que les autres, l'utiliser et la garder à distance avant de la jeter.
Il n'avait pas prévu qu'elle serait une adversaire à sa mesure… Elle le bouleverse, le trouble, révèle ses failles cachées et lui donne envie de croire à des sentiments interdits…
Est-il prêt à baisser les armes pour elle ?

Auteure : Camilla Simon

Edisource – Éditions Addictives
100, rue Petit, 75019 Paris
Imprimé par FINIDR – Lipova cp. 1965 – 73701 Cesky Tesin,
République tchèque
Dépôt légal : mars 2021 – Achevé d'imprimer : janvier 2021
Réimprimé en juin 2021
ISBN : 978-2-37126-409-0
Réf. contrat : ZGAL_001